王化军 著

大樹朝天

内蒙古人民出版社

图书在版编目(CIP)数据

大树朝天 / 王化军著. -- 呼和浩特：内蒙古人民出版社, 2025.4. -- ISBN 978-7-204-18326-5

Ⅰ.I247.5

中国国家版本馆 CIP 数据核字第 2024MX6376 号

大树朝天
DA SHU CHAO TIAN

作　　者	王化军
责任编辑	王　曼
封面设计	徐敬东　吉　雅
出版发行	内蒙古人民出版社
地　　址	呼和浩特市新城区中山东路 8 号波士名人国际 B 座 5 楼
网　　址	http://www.impph.cn
印　　刷	内蒙古爱信达教育印务有限责任公司
开　　本	710mm×1000mm　1/16
印　　张	23.25
字　　数	246 千
版　　次	2025 年 4 月第 1 版
印　　次	2025 年 4 月第 1 次印刷
书　　号	ISBN 978-7-204-18326-5
定　　价	98.00 元

如发现印装质量问题，请与我社联系。联系电话:(0471)3946120　3946124

父辈之影　大树之形

叶落归根
（代序）

《大树朝天》是老王根据父亲日记改编的。一大箱子日记里，多国事、少家事，多客观记录、少主观判断，多理性见解、少感性认识，极少提及家人。高频出现的内容是，国家打了多少粮食，增产多少，哪些乡镇村屯受了灾荒，解决到了什么程度，下乡路过了哪些人家，和哪些庄稼人、哪些牧民交流了什么。从日记里看，像是书本里见过的人。

我对老爷子的印象，大多来自老王的口述：一年四季都把白衬衣的扣子系得非常严谨，用了几十年的自行车和收音机，花白的头发被梳得一丝不苟，严禁孙儿浪费水和粮食，严禁家人以他的名义办事情，谢绝一切上门送礼的人，退休后腾挪出一间卧房当办公室，每天戴着花镜记日记，读书看报极其自律，去世前一天仍在关注国民生产总值，并尝试在日记里记录，终因体力不支中途作罢，等等。听得多了，越发觉得是个书本里见过的人。

老王把这一箱子日记从通辽老家带回呼和浩特，又常常带几本到办公室，或又带到出差的地方，还曾悉数带到他扶贫的村子里摆在案头。他说这些日记可驱寒，可解乏，还可以在他遇到难题的时候提供思路，甚至答案。无疑，老王将对老父亲的信任和依恋寄托在了这些日记上。老父亲也将他对人和世界的理解、态度、经验留在了笔墨里。他们父子二人虽是阴阳相隔，却从未停止过能量交换。

2024年春暖花开的时候，老王提出以日记内容为主体，将父亲一生的经历改编成长篇小说。从起意构思、框架设计到题材选择、查找资料、统稿修改，我都是见证者。正如威尔·杜兰特所言：没有人可以将一百个世纪的历史浓缩进一百页的书里。浓缩人的一生，亦如此。老王想要仅靠父亲日记里记录的往事，编织和延展出老父亲在大步前进的时代里跌宕起伏的一生，并且将他从父亲那里感受到的能量传递出去，对于非文学专业出身的他来说，是有些艰难的。

这个过程中，他无数次打电话询问二哥父亲生前某件事的来龙去脉，或为了日记里提到的某一句话，查遍时代更迭中那些被人们遗忘了的久远往事，然后在浩瀚如烟海的历史长河里寻找与父亲有关的蛛丝马迹。偶尔，他拿起烟吸几口，有几次还失了眠，甚至还会在深更半夜突然爬起来写上一段。对此，我是理解的。谁让他这么想把父亲身上那些看不见摸不着的东西，变成人们又能看见又能摸着，还能驱寒、解乏、指路的东西呢。

途中，我陆续读完。在老王系统的叙述里，那个我仿似书本里见过的老人，模样渐渐清晰起来。最清晰的，莫过于他那个宽宽展展的额头和坦坦荡荡的胸怀。他把打好江山和守好江山的雄心壮志，变成了朴素的"老百姓是天"。

有的段落，在我读来，虽然叙述略为仓促，但我满足于读到了老人身上的风骨。那种风骨，来自于时代客观的烙印和生命主观的选择，且因为时间的流逝和观念的革新，越来越像一个老物件。而我经常分不清的是，我们和那些老物件，究竟谁在沉睡。

《大树朝天》完稿之后，老王将老父亲的日记全部捐到了档案馆。用他的话说，这个去处，父亲一定是满意的。

是为序。

张艳艳（作者爱人）

2025 年 1 月 28 日

朝天之志
（自序）

印象中，父亲这辈子没表扬过我，似乎一个"好"字也没提过。一个明显的原因是兄弟4人里我排行最小，父亲离休之际我还在上小学，社会的纵横发展对于小孩子来说是难以察觉的，更别说值得一提的长处了。

那时候父母忙，起早贪黑，甚至没有星期天。他们把我放到镇子里一户姓郭的人家寄宿，只有周末才回家与他们团聚。好几次我满心欢喜地把100分的试卷递给父亲，他边翻看文件边给我签字，并示意可以收回去了。相比之下，我的同学不但能受到表扬，还有形形色色的奖励。从消极方面讲，父亲像是忽略了我的存在，以至于得到父亲的表扬成了我的奢望。长大成年之后，我一直在外地工作，逢年过节回家探亲才会见到父亲。2006年春季的某天清晨，父亲在睡眠中平静去世，我的这个奢望也被悄悄带走。

本来应该写到此为止，但偶然发现父亲留下的满满一箱子日记，一共50多本，从1944年到2006年去世的前几天，大事小情记载得密密麻麻。

从日记里获知，我的爷爷奶奶很早就去世了，父亲和姑姑是吃百家饭长大的。1944年，在日本帝国主义的扶持下，伪满洲国军队到处抓壮丁，在地里给地主榜青的父亲被塞进卡车，稀里糊涂套上了黄军服，干了一年多，但一次仗也没打过。抗日战争胜利后，经过八路军审查，确认父亲没有问题，他才领了路条回到村里。虽然解放了，但村里仍然是土匪和反动势力聚集之地，形势异常紧张，村里急需有文化、思想先进的干部。父亲长得白净，初中文化，写写画画的都会些，经群众推荐去村里帮忙撰写报告，还兼顾着后勤物资的统计、分发、备案工作。渐渐地，他在村里村外小有名气了。1947年，父亲加入了中国共产党。

父亲工作果敢缜密，文采飞扬，性格爽朗，群众基础好，慢慢地就成了副区长，分管后勤粮秣工作，一点差错也没出过，遇到棘手的事情总是说一不二，从不拖沓。后来，他被任命为县粮食局局长，还是县委委员，那时候父亲还不到30岁，到父亲离休时，已经是国有企业的副厂长了。

父亲的第一个媳妇是同村的人，后来父亲参加革命忙起来顾不上家，两个人越来越生疏，最后和平分手了。有了解当时情况的人说，就像入党时区长说的那样，干革命或许要掉脑袋的，第一个媳妇多少担心自己，悄悄离家与父亲划清界限。我的母亲是父亲的第二个媳妇，也是父亲的同事，解放前就参加了革命，比父亲晚几年离休。父亲的两个媳妇，生的4个孩子都是男孩。大哥始终是农民，一直留在农村，改革开放以后日子过得日益红火起来，时常到市里和我们团聚。二哥、三哥同我是一个母亲，都参过军，一个在空军，一个在陆军，二哥大我20多岁，三哥也大我17岁。父亲本来想时隔多年生个女孩，结果不巧我又是个淘气的小子。母亲说，差点拿我换了别人家的闺女。

父亲一生为人正直，对党和党的事业忠心耿耿。当副厂长那阵子，按待遇的话，他是可以坐车的，但是父亲坚持骑那辆比我岁数还大的自行车和工人一道上班。这家大型企业是国家建材部的直属企业，刚刚建起来，需要很多人才，父亲来回奔波招贤纳士。人们也知道它建成后的效益，因此许多人削尖了脑袋往里钻，一到晚上送礼的人就悄悄溜进我家院子，父亲从不中饱私囊，把走后门的人一一推掉，把一个普通而有才的技术员提到领导层。父亲离休时，这个当年名不见经传的技术员已经是厂党委书记了。父亲从来没用自己的特权私用过厂里的一分钱，为了给公家办事还掏自己的腰包请人吃饭。父亲离开厂子时，把厂里分给他的二层小楼退掉，在县城边上盖了几间平房安度晚年。离开厂子的那天干部职工来了上百人，父亲与他们一一握手，告别了很久，车子驶出人群很远，人们还在招手。

父亲离休后，也没闲着，在房前屋后种了好几千棵树，把养好的树苗送给邻居种。到了夏天，父亲的院子、周围邻居的院子都是绿茵茵的。后来，父亲干脆动员有劳动能力的人把树苗种到山上去，足足十几亩，县城里有不少人认识了这个老王头。父亲还出了一次名，那年父亲已经60多岁，硬是报考了电视大学，成了电大里年龄最大的学员，轰动一时，上了自治区的新闻联播。父亲上学，全是因为爱学习，而不是想出名，上下五千年，没有他不研究、不关注的。我当时在外地求学，遇到点什么难题，父亲有问必答，张口就来，不用翻书现找。

20世纪90年代后期，因为哮喘病发作时县城里的医院几乎无法缓解症状，父亲搬回市区。我回家探亲时，父亲通常在住院，医生说不太容易出院了，因为不但离不开氧气，而且得了膀胱癌。他病得最重的时候大小便失禁，像婴儿一样需要照料，用上了尿不湿。每当我看到父亲躺在病床上，从前健壮的身体已不足80斤，就不忍心看了。人的回归和出世的景状是一样的，只不过一个是欣喜，一个是悲痛。

2006年的春节，父亲把所有儿女都叫到医院，表达了自己离世前的心情。大家不敢哭，纷纷打气说：父亲您说什么呢，医生说了能治好。父亲的大脑到最后也不糊涂，他知道自己的日子不多了。

当年2月25日，我在江西出差，三哥告诉我父亲走了，走的时候念叨最多的就是你，因为你不在身边，也对你怀有最大的期望。我当时没有哭，也没有中途回家送别他，我知道父亲最看重的是工作，对于没必要的礼节，他总是批评的，我给朋友打了电话，让他们帮我料理，尽我的孝心。

等我赶回去的时候，父亲的后事已经料理完毕。家里的摆设与父亲在世时一样，东西一动没动。无意之中追思既往，母亲说，其实父亲隐隐约约地说过，你还是很有出息的，说的时候眼中还有些泪光。父亲掉泪的事情，直到今天我也半信半疑，因为父亲面对何种情形都不动声色，怎么会有泪光。

刚才讲的这些故事，是我从日记里一遍又一遍读出来的，其实我急切地想知道日记里是否提到我，有没有表扬我的话，哪怕一两句，这样我就能骄傲地告诉我的孩子，爸爸也是被爸爸表扬过的人。日记里的叙事环环相扣，社会发展蒸蒸日上、焕然一新，偶尔也提到我在学习或工作，但不是表扬。比如，我军校毕业时，毅然递交了《到最艰苦中队工作的申请书》，并且如愿以偿地分配到全总队最艰苦的奇乾中队。我和战士们一起伴着嘹亮的军号，知难而上，中队的标准化建设成绩突出。上级考核组的评语说，这个中队的官兵们虽在深山却不寂寞，经年累月地默默奉献更显军人的伟岸，先进中队实至名归。我把考核成绩报告给父亲，他只说了句好好干，这是距离表扬最接近的一次。

如今，我也是父亲了。孩子在我这里也几乎没得到过表扬，因为我觉得表扬是我一生中积蓄最少的东西，该怎么给予别人呢。我没把表扬轻易给他，是因为我深受父亲影响，潜意识里认为男孩子不能靠表扬前进，存在的价值也并不在于别人的表扬，关键是要有目标，目标的实现取决于自己的行动、努力和成长。我无法判断父亲是不是这样想的，这是我当了父亲之后才有的觉悟。

日记里虽然没有找到表扬，却找到了一棵棵大树。在历史的长河中，总有一些身影，如同参天大树，历经风雨而屹立不倒，根深叶茂，荫庇后人。我决定根据日记中的真实故事改写一部小说，致敬那些不朽的灵魂。

从 2024 年 4 月中旬开始，我每天写 2000—3000 字，无论困了累了或者出差在外，都雷打不动，终于在 8 月末完成了书稿。交稿之际又不知道叫什么名字好。忽然想起父亲让我好好干的那段军旅时光，其间写过一篇反映官兵生活的散文叫《大树朝天》，那些在密林中绽放青春的战士们，那些在困境中依然坚守的誓言，激励着我从山沟中走出来，面对人生中的逆境时敢于挺立其中。用我自己的话来讲，从那以后，这辈子我再没有遇到过困难。反复斟酌，这部小说的名字依然用这个名字，以信仰为根，以坚韧为干，以奉献为叶，主人公王大树就是这样的一个人。

  谨以此书，献给所有为国家各项事业默默付出过汗水、青春乃至生命的人们。愿《大树朝天》能够成为一座桥梁，连接过去与未来，让更多的人了解那段光辉岁月，铭记那些不朽的名字，传承那份永恒的精神。那些关于信仰、勇气、牺牲和爱的故事，是永恒不变的精神财富，激励着新征程上继续前行的人们。

2024 年 9 月于呼和浩特

目　录

第一部　从村里到区里 　001
　第一章　大榆树下　003
　第二章　跟着谁走　027

第二部　从县里到市里 　051
　第一章　率土归心　053
　第二章　来时的路　078

第三部　从市里到公社 　099
　第一章　离不开你　101
　第二章　马不停蹄　123

第四部　从公社到县里 　145
　第一章　东西两院　147
　第二章　大碗吃饭　171

第五部　从县里到厂里 　195
　第一章　玻璃反光　197
　第二章　殊途同归　223

第六部　从厂里到院里　　　245
　　第一章　一日三餐　　　247
　　第二章　生老病死　　　271

第七部　从院里到屋里　　　295
　　第一章　四季轮回　　　297
　　第二章　隔空对话　　　324

第八部　从屋里到梦里　　　345

绿树成荫(代后记)　　　350

第一部

从村里到区里

第一章　大榆树下

（一）

听老人们讲，解放前，王家在双河村是大户。所谓的大户，其实是王姓在村子里占了大多数，但也是掉到黄土里难以分辨的贫苦大众。

辽金时期的广平淀区域，在今内蒙古东部老哈河沿岸，这里有一块东西长二十多里、南北宽十多里的地方，地势平坦，四边都是沙漠，但中间地带有水源，河两岸自然生长出大片的榆树、柳树。难得的是这里的冬天不怎么冷，故而为大辽契丹皇室所青睐。清朝末年这里设置了开通县，从山东等地流落到此的民众，见这里地势开阔、水草丰茂，便落了脚，在这里刨荒种地，逐步形成定居点。其中，有一王姓人家开了家烧锅，因为有两条小河从村边经过，就顺势取了个吉祥名"双河"，好窖出好酒，好酒出好名，随着双河烧锅名气越来越大，村子名也随了它。

王井窑就是王姓大户中的一个，他的父亲是个秀才。从山东来此之前，他已算半个秀才，在父亲的熏陶下练就了一手好字，村里兄弟分家写分单以及写房契、结婚帖子、信和状子等，他都有求必应，换回些小米、鸡蛋之类的食物补贴家用。过年时，他负责全村的对联。当然，写东西不是他的主业，给村里的文地主耪青才是他的主业。在清代和民国时期，耪青这种活儿很盛行。地主家有种子、肥料、大牲口、农具，农民提供劳动力，但没有经营自主权，所以只能分得产量的一小部分。耪青户之外，文地主家还有二十几个杂工，帮助地主修房、抹房、垛墙、推碾子、打扫官街、打防火道等。每一个农民背后好像都有一个暖烘烘的太阳，即便村子被贫穷和饥饿填得满满的，可这些善良的庄稼人总会通过他们勤劳的双手和不屈的意志，把生活的温度稳稳地传递过来，所以面朝黄土背朝天的生活方式，应该是他们深思熟虑之后的决定吧。

那个年代，靠天吃饭，没有防灾抗涝的能力。年景好时，吃喝能有基本保障。遇上荒灾年，只能向地主借钱借粮，但要加几分利息，是打滚计算，人称"驴打滚"，有的人欠债太多，年年偿还不上，只能卖儿卖女，减轻压力。好歹文地主为人不苛刻，逢年过节，活儿多活儿重时，都有好酒好肉给王井窑一家人解解馋。那年，王井窑写了一副对联送给文地主："门对千亩良田，家藏万卷书香。"文地主的儿子文保生从县里回来，一进门看见这副对联立刻竖起了大拇指。

多年前，文保生从燕京大学毕业，回到本县后当上了国民优级学校的校长，国民优级学校也就是现在的小学。因为文保生不在身边，文地主和媳妇感到很孤单，后来又生了个闺女，取名文桂兰。文地主的媳妇是带着病痛生的孩子，产后身体虚弱，文桂兰断奶后不久，母亲就因风寒去世了。文地主对自己的女儿爱若珍宝。文保生此番回来是要带妹妹入学的，这也是文地主的心愿。

王井窑和媳妇膝下也有一儿一女。女儿是老大，出生时突然下起了一阵雨，之后雨过天晴，太阳格外温暖，这是个好兆头，王井窑想起苏轼那句诗"薄雷轻雨晓晴初，陌上春泥未溅裾"，便给女儿取名叫王向阳。一个农民，肩挑日月四季，从青壮到老朽，有接续的子孙把粒粒种子播撒得漫山遍野，一茬一茬长出收获的遍地金黄，香火不断才叫人羡慕。王井窑盘算着，若是女儿嫁出，王家便成了绝户，等自己百年之后，香火岂不无人承继？早晚还得生个儿子。王井窑的媳妇十分争气，一年后便圆了王井窑的愿望，生了个天庭饱满地阁方圆的小子。王井窑美得窒息，那一刻，觉得接受人间任何冷热都是值得的，从此无论亲情、友情、爱情，哪怕是陌生人之间，他都是三百六十度无死角的真挚。

与女儿不同的是，儿子从第三日便开始他持续多年的号啕大哭，很少睡觉，不停地哭，仿佛将前世遭受的所有创伤都带到了现世，吃饱了哭，睡醒了也哭，白天哭，夜里也哭。王井窑围着他转，媳妇抱着他睡，还是很难安静。左邻右舍明里暗里提醒王井窑，这孩子哭得怪异，别是房前屋后哪里犯了忌讳，或是孩子得了什么暗症，说得王井窑心里直发毛，于是从邻村请来风水先生。风水先生喝了王井窑从文地主那儿借来的茶，又在房前屋后叽哩哇啦折腾了两个时辰，也不济事，孩子照哭不误。王井窑又托文保生找来县里的大夫，看了半天，说没啥毛病。孩子还小，哪里懂得少哭为孝，更不懂缺钙会增强神经兴奋性，烦躁了不会说只好哭闹了。王井窑夫妇俩以为是产妇吃不到有营养的东西，再加上他们对孩子照顾不周，亏待了孩子。夫妇俩觉得欠这孩子一剂良药，而且这良药属实难找。

其实，人和人不尽相同，但没有任何人的一生不需要治愈。小孩子哇哇大哭宣告他们的身体或心灵需要被治愈，一年一年，一岁一岁，一个人一天天长大的过程，都是从被治愈到自愈的过程。这个世界上没有全知全能的人和人生，只有一个问题连着一个问题的人生，和不停解决问题的人。问题是伤口，解决是药，问题被解决，即治愈。

秋去春来，天气渐渐暖和起来，日头好的时候，王井窑媳妇便抱着哭闹的孩子出门，把孩子放在门前大榆树下晒太阳，她就在旁边捡豆子。王井窑的媳妇虽是寻常农妇，但性格温婉，尊重每个孩子的性格特点，不大惊小怪，不以母亲的个人意志为转移，从不轻易指责两个孩子。那个打小爱哭的小儿子，竟在门前那棵大榆树下表现出难得的讨人欢喜，嘴甜、手勤，深得树下聊天的乡里乡亲疼爱，这也让村子里杞人忧天的邻居不再跟着忧心。王井窑跟媳妇说，儿子来到世上，有哭有笑，这是他的人生，咱俩无法代受。门口这棵几百年的大榆树，是村里老少歇脚乘凉的去处，背靠大树有依托，上天自然会照顾好他，就给他取名叫王大树。

关于这棵大榆树，有这样一个传说。相传辽太祖耶律阿保机在不满一周岁的时候，因部落间攻伐，家遭屠戮，给他爷爷喂马的老人掩护他藏在家中，才幸免于难。他在放牧的窝铺长大成人，年少放马时，曾吃过这棵老树的榆钱儿。还有传说，清朝康熙皇帝北征时，曾在树下歇马宿营。夜间，狂风大作，随之虎啸狼嚎，恶虫猛兽把御驾营地包围。随征侍卫、将士见状，立即防卫，张弓力射，但越射恶虫猛兽越多，越射越发逼近。正值防不胜防之际，从大榆树的树洞里晃出无数大大小小闪闪烁烁的绿灯，原来是长短粗细不等的蛇，一条一条往外爬，在宿营地外围形成一圈，与恶虫猛兽对峙。恶虫猛兽见状不敢上前，渐渐退去，进而销声匿迹。事后这些蛇又爬回树洞中。康熙皇帝安稳地睡了一夜。第二天清晨听了侍卫的回禀后，感念大榆树有灵，尊为神树，此后无人敢攀折其枝干。民间也传闻，树根下的深洞里住着蛇仙，曾舍药给穷苦老百姓治病。总之，在村里人看来，这棵树是神树，所以有事没事都爱来沾沾神气以图吉利，有病有灾的更是跪在那儿念念有词，以期化险为夷。

王井窑的两个孩子在战火纷飞的年代平安地活了下来，实属不易。王井窑夫妇俩忙起来常常是起早贪黑，很多时候姐弟俩饿着肚子进门却看不到午饭，这时他们通常会安安静静地帮父母干活，那份大人眼里的安静与懂事，是那个跌宕起伏的年代造就的。得到成全的，还有王井窑通过文保生的帮忙，让王大树和文桂兰一起走进了一心想读的国民优级学校，听上了县城里讲着普通话、写着小楷书的语文老师讲的"三人行必有我师"。

送王大树去念书这件事，王井窑琢磨了很久，不知道怎么跟文地主张口。王大树小的时候，王井窑还能教他一些简单的《三字经》《千字文》，孩子慢慢长大，问他的问题也越来越多，王井窑有点力不从心，不知该如何回答。有一天，王大树仰着小脸问，爹，我能不能和文桂兰一样去上学啊？王大树没想到孩子会这么问他，一时说不出话来。

王井窑曾经揣着这个想法在文地主家门前徘徊了很多次，最后还是折回了家。他想着文地主对他们一家已经很好，他王井窑不过是个牓青户，怎么有权利提出这样的请求。算了吧，穷人家的孩子学会从土里刨食儿比啥都强。可王大树总会突然问他一句，爹，我什么时候能去上学啊。夜里，王大树躺在炕上下定决心，明天就去找文地主，成不成都要替孩子张这个嘴。这么想定之后，王井窑睁着眼等到鸡叫三遍就起了床，扛着锄头，去了地里。王井窑通常是第一个到地里干活的牓青户，这一天他比平时去得还要早，他要在文地主来地里之前，把这块长到半人高的玉米锄完，他要在取得文地主充分认可的基础上，把自己的请求讲出来。以他对文地主的了解，即便文地主有难处，也不会笑话他。他筹划着，如果文地主不能帮他，王大树去不了县里的学校，他也要想办法把孩子送到有教书先生的地方。

文地主拿着旱烟袋走到玉米地的时候，吃惊地发现整块玉米地都被新锄了一遍，被翻起来的泥土还带着崭新的、整齐的、湿润的锄痕，几十垄玉米绿油油、整整齐齐地立在眼前，他弯腰看了看玉米苗的根部，嗯，一根杂草都没有，这活儿干得漂亮。文地主非常清楚，在他的牓青户里，不问早晚只顾低头干活的，只有王井窑。

这天收工后，王井窑放好农具，拍拍身上的土，走进了文地主家。文地主一边把旱烟袋递给王井窑，一边示意他坐下。他知道王井窑这么郑重其事地到屋里找他，一定有事。王井窑看起来有点拘谨，但还是痛快地把前一天夜里打定的主意提了出来。话还没说完，文地主把正吸着的旱烟杆子在鞋底磕了磕，拍着腿起身，井窑啊，是我想得不周到，早该让孩子一起去上学。学费你不用管，吃住让保生一起照看，两个孩子还能有个伴儿。王井窑说什么都不让文地主替他交学费，让文地主从每年的结账款里扣除。文地主没说什么，就说先上学，其他再说。

有些事情一旦开了头，便如同给自己上了一道待批奏折。虽然谁也不知道王大树能学出一个什么结果，但王井窑总以认真的态度对待孩子的渴求，不管是虎头蛇尾，还是头重脚轻，不管是囫囵吞枣，还是细嚼慢咽，孩子终将要成为自己做主的成年人，哪怕将来能给别人写封信也是多一条生路。

今日这扇窗前有身影，明日那盏灯仍亮着，抬头时喜鹊扑棱翅膀，落脚处总有草籽掉下来，如此情景，每天都不一样。一个学期过去了，王大树好像被超能量附体。每当学而时习之就不吃也不饿、不睡也不困，方寸之间，激扬文字之时，总有遍寻不着的词儿惊喜地跳到他的脑海里。每每写完作文后，王大树都会大声诵读，此时的文桂兰就好像站在树下，听树叶的响声，或变成它们，随风作响。

在太阳起落、暮色张合的轮替中，时间被裹挟着穿过四季，时光的车轮一寸一寸地从童年碾至青年，王大树从县立初级中学毕业已是1943年的秋天，王井窑还继续给文地主榜青。王向阳一直没上学，并在此前成了家，嫁给了村里一个忠厚老实的男人，也姓王，隔了一年当了母亲。王井窑顺理成章地在38岁时当上了姥爷，有了外孙子，这在村子里并不轰动，据说36岁有孙子的人也大有人在。

因为战乱和动荡，王大树不再继续上学，回到村里和父亲一起埋头榜青。他时常一边劳作一边想起在县里和文桂兰一起念书的生活，但他深知自己和文桂兰不一样，他的命运就应该和土地绑在一起，所以他做好了在土地上干一辈子的打算。

由于年初发生了春旱，高粱、谷子种到地里刚发芽就被旱死了，王井窑望着天，无可奈何，只能指望剩下的那片苞米了。此时，抗日战争即将取得胜利，日伪军龟缩在据点里，惶惶不可终日。县城各个据点的日伪军也闹粮荒，实在饿得慌，只能壮着胆子，偷偷摸摸出来，到附近的村庄抢掠，抢得最多的也是苞米。

1944年夏天，某天雨后，王大树照常去榜青，只是先走一步，却一直没有回来，一连好几天杳无音讯，王井窑媳妇六神无主地望着王井窑。王井窑看起来跟往常一样，日出而作，日落而息，问起来就轻松地说，没事儿，大树会回来的。王井窑媳妇跟在他身后这么多年，他总是以高大威猛的形象站在她心里最高的位置，但是一个从不会诉苦、从不会示弱的男人，这次说"没事儿，大树会回来的"时候，却是略有呜咽声。虽然王井窑说完这话，大手一挥又低头耪青，仿佛一切都可以波澜不惊，但是媳妇做不到，开始失眠，有一天半夜起来，看到王井窑坐在门前那棵大榆树下，远眺璀璨的星河，一颗心瞬间疼得无以复加。

  光阴滔滔流水兵，青山悠悠岁月行。
  晨种九分英雄意，暮起三丈儿女情。
  青丝犹记雨凝路，星夜趋赴待澄明。

（二）

一昼夜的时间，转瞬就过去了。

第二天，一个日本人领着一帮宪兵进了村，他们拿着枪，气势汹汹，说要继续征兵。王井窑打听到苟延残喘的日军兵力紧张，还要防着苏联，于是又开始扩充伪军，全县这期共被强征去了61人，也包括路边耪青的王大树。人没死没丢，王井窑老两口多少放了一些心。

反过头来说昨天的事，王大树和一群不相识的人被押着钻进闷罐火车，先到了通辽，又坐着带篷的军用卡车到了长春，编入的部队番号是伪满洲国第二军管区步兵二旅。王大树稀里糊涂地穿上了一身黄皮子军装，被送去了新兵训练营。在家的王井窑拿出本子记下了这天是1944年7月17日。

日本人的野心一直是将自己的小日本变成大日本，由此践踏了中国无数的村庄和田野，毁灭了无数家庭与亲情。王井窑的媳妇得知儿子被日本人带走，又想到日本人的罪恶行径，内心各种撕裂的痛、扭曲的痛、战栗的痛和愤恨的痛，火辣辣地随眼泪流了出来，几乎要烫坏她的脸。但她知道这点眼泪在战争面前何等苍白。思来想去，王井窑媳妇的偏头痛更加剧烈，头部、咽喉、胸部、腹部各种痛，痛苦会不会来不是悬念，只是时间或方式的问题，一命呜呼有时不一定是痛苦，而是解脱，真正的痛苦是看不见的。天空再次发出咆哮不止的雷声，屈辱和期盼的眼泪如乌云一般蚕食着酷夏的天空。王井窑媳妇闭上眼，默默念叨着，希望王大树能被什么人仗义相救，平安回家。

此时，王大树脑海里无数次闪现出双河村湛蓝的天空和清香的田野，尤其是夏日里大片的苞米地和随风飘在空气中久久不散的烟火气，父母的声声教导抚慰着此时的他，可能美好的时光真的没有锣鼓喧天和鞭炮齐鸣。

村子里像王大树这个年纪的孩子并不多，文桂兰算一个。王大树愿意去找她玩的原因，除了能帮父亲搭把手干活，还能体验到那个小女孩热情似火地将各种好吃的往王大树手里塞。在王大树的印象中，她家的各种美味与是否过年无关，什么时候想吃什么时候有，尤其是各种味道的炒瓜子。记忆中，那是一个阳光灿烂的日子，文桂兰抓了一大把瓜子塞到王大树口袋里，王大树觉得口袋里的瓜子妨碍了玩耍，因为每当翻跟头打把式时瓜子就被甩了出去，要不瓜子给你吧，反正我不会嗑。文桂兰笑嘻嘻地眯着小眼睛，你居然不会嗑瓜子！然后得意洋洋地抓起瓜子飞快地嗑给他看，先咬个口子然后用手剥皮吃。等王大树终于按照要领笨拙地吃到一颗完整瓜子仁时，就听见文桂兰和旁边的大狗子一起发出欢快响亮的声音，不用问，是在为他掌握了一项吃喝玩乐的技能喝彩。当咬开瓜子和剥皮的速度越来越熟练的时候，王大树终于省略了手动剥皮的程序，正式学会了嗑瓜子。这是文桂兰教会他的一个永生不忘的本领。

王大树醒过神来，眼前不是香喷喷的瓜子，而是炊事班班长盛给他的半碗碎高粱米饭，只能吃个半饱。饭后的训练却是十分消耗体力的，稍有不慎就得挨打。即使没犯错，每天也得挨三次"精神木"。"精神木"是用柞木做的，有擀面杖粗细，二尺多长。操练科目时，都得用日语，不许说中国话，说一句中国话就挨精神木的打。王大树听不懂日语和口令，经常受到日本教官的惩罚。其中一种惩罚方式叫协和嘴巴，让受罚者两人一组对打嘴巴。记得旁边那个一起来的常胜兄弟，始终学不会日本话的"满洲国建国歌"，被踢了好几个来回，挨了无数精神木和协和嘴巴，最后蹲了小班房，一直到深夜才被放出来。一人犯错，班里的其他人跟着做蛙跳，跳完后晚上都上不去炕。常胜当面不敢哭，晚上捂着被子偷偷哭了好几回。

第二天，身材高挑、白白净净的常胜因为有伤，佝偻着腰出操，遭到日军军官岩本一郎的出言侮辱，常胜有意无意地瞪了对方一眼，岩本一郎大怒，一连串重拳将他打倒在地。还不解恨，岩本一郎又把常胜从地上拖起来，揪住头发往树干上撞，直到他奄奄一息。到了晚上，常胜思来想去觉得生不如死，就跑到围墙角的一棵树下想上吊自杀,结果被执勤宪兵发现,又被关了10天禁闭,连半生的高粱米饭也没怎么给吃,禁闭结束后,王大树和几个同班兄弟把他抬回了营房。

此时,日军的后勤补给已捉襟见肘,经常出去抢粮食。抢不到粮食,就在刚入秋的时候命令伪军提前动手收割老百姓的粮食。这天早上,太阳透过云层洒下了一些亮光,伪军们背着空枪走进附近的村子。

伪军们拎着麻袋在田里掰苞米,岩本一郎感到有些燥热,他示意常胜扶他坐下来休息。常胜转过身,脸上露出笑意,却又似笑非笑。岩本一郎正在打愣时,常胜闪电般地给了他一枪托,大喊了一声,然后扛起岩本一郎扑进苞米地旁边的饮马河。附近几个干活的伪军一时都呆住了。那几天刚下过雨,水流很大,等到宪兵赶过去时,常胜和岩本一郎不知道是谁在水里忽隐忽现,顺水漂到河中间,一点点靠近对岸。这边的几个宪兵着急跺脚,又不敢打枪。有几个跳进水里,又返了回来。急急忙忙的日军终于找到一个过河的小桥,搜索了半天,在下游河边的灌木丛里发现了岩本一郎的尸体,脑袋上的大口子泡得发白,常胜不见踪影。那天晚上新兵们没有受到惩罚,毕竟事发突然,枪里也没有子弹。王大树听后厨帮忙的伪军悄悄讲,几个喝醉的日军军官垂头丧气地说,他们日本不行了。

常胜去哪里了,一直没有音信。

多年之后,王大树都在回想,常胜跳下去的那一瞬间振臂高呼，在他的呐喊里，在他的斗争里，王大树似乎听到了时隔一百年中国的觉醒。如今的当下，有无数个常胜就站在我们的身后，赐我们衣食无忧，赐我们平安康健，赐我们阖家团聚，赐我们有病可医，赐我们读书受教育，等等，所有目之所及的都来之不易。我们何以为报？

风起饮马河，
轻抚英雄心。
念尔帐下歌，
眼耳落余音。

（三）

1945 年是日本帝国主义发动侵华战争的第十四年，此时，他们已成强弩之末。

对于王大树而言，常胜是自己的朋友，他说话坦诚，笑起来爽朗，在抬眼的分秒间、走路的姿势里乃至法令纹的末梢，都藏着朴实、善良和一点儿书生气。他勇敢，敢于一损俱损。王大树事后问自己：如果可以选择的话，当常胜执意要把岩本一郎推到大河里之前，我是选择竭力支持，还是袖手旁观？当他失败，我是无条件跟他一同反抗，还是袖手旁观？但就在那一瞬间，当他的眼睛盯着常胜的举动发愣时，常胜已从他的脑海里跳进了河里，这不仅仅是有主意，也是有主义。王大树想着，哪天回家，一定要给爹妈讲讲常胜的故事。

在双河村的大榆树下，王井窑跟媳妇说，别等了，长春也不远，儿子会写字，稳定下来准来信，回去歇歇吧，当心犯了头疼病。媳妇瞅着这棵榆树，在伸手可触到的地方抚摸着繁茂的枝叶，说自己在这棵大树下心里踏实，好像能听到孩子们打闹的声音。每年春天的时候，榆钱儿那么密，孩子们骑在树上吃榆钱儿，把嫩绿嫩绿的榆钱儿一把把塞到嘴里，吃得那叫一个欢实。咱家离榆树近，儿子站在房顶上踮起脚就能够着榆钱儿。远处的几个孩子，一看到大树上了房，就火速跑过来，学他爬上房顶，房顶附近的榆钱儿很快就被洗劫一空。胆子大一点的孩子会抓住粗一点的树枝爬到榆树上，靠在树上吃个够，吃够了才会将榆树枝扔到地上，上不了树的孩子们便一拥而上，也不管掉在地上的榆钱儿有没有沾了灰土，一股脑撸下来大把大把地塞进嘴里，那才叫吃到嘴里，甜到心里。看着孩子们吃榆钱儿，也是大人们春天最快乐的一件事儿。只要有口吃的，别管是啥，大人都高兴。

王井窑媳妇把头埋在王井窑的怀里，泣不成声。

第二天，王井窑媳妇的头更疼了。

实际上，王大树即便写了信也邮不出去，附近的村庄已经被八路军和游击队控制，伪军们头也不敢露，每次都是空放几枪，应付了事。随着华北冀东抗日根据地不断巩固和扩大，一部分伪军被调到冀东，发动对冀东解放区的大"扫荡"。当时伪军的指挥部叫联络处，下设参谋处、副官处、军械处、军需处。联络处驻于唐山，负责与唐山日本驻军联络及部署军事行动。军需官到各个连队找会记账的兵，王大树会写字，被选中去了军需处，具体工作是记账、开收据。

其实无论在哪儿，日军据点都已成了大海中风雨飘摇的孤舟，朝不保夕，日军只能龟缩在县城里。烧毁炮楼的烟柱和军民的欢呼声，已经由远及近。大小农村根据地连成一片，八路军不仅在县城之间的联络畅通无阻，而且打通了主要交通运输线，南部平原地区征调的公粮及各种军需物资能够顺利抵达北京附近和东北。日伪军征粮不成，打又打不过，就对八路军的运输中转站和粮食集散地进行破坏和扫荡，被当地群众骂称"二鬼子部队竟干点二杆子的事"。

这天，扫荡队伍正走在路上，遇上了八路军部队，当时正是拂晓时分，又加上苞米地青纱帐蔽日，只闻枪声四面开花，却无法判断到底哪响。伪军趴下一片不敢抬头，等着长官喊撤退。伪军营长倒是老谋深算，根据枪声判断，鼓起勇气大声喊叫八路军最多不过几十号人，咱们兵力和火器是他们的10倍，人多势众，怕他干甚？弟兄们冲啊！话音刚落，八路军战士端着刺刀从苞米地跳出来，开始了反冲锋，一位八路军战士拉着了手榴弹冲进伪军中。一个营的伪军慑于八路军的威势乱作一团，日暮后才陆续撤回镇子里，数了数，死伤五六十人。日本人气得发抖，问伪军营长遇到的八路军的番号和兵力，伪军营长只说八路军个个不要命，其他不知道。日军的一位长官解下武装带抽得伪军营长满院子跑。据说，全营这次居然配了实弹，但还是一枪未放。

日伪军为防范苏联军队进入伪满洲国，王大树所在的伪军部队星夜跑回长春，准备开展阻击战。但伪军部队的士气低落，各种小道消息说日本人在太平洋及中国大陆的各个战场上节节失利，败局已定。果然，8月9日，苏联对日宣战，关东军自身难保，哪有时间管狗腿子，无主的二鬼子们乱作一团。8月15日晚七八点钟，据通讯排报告，收听到广播，日本人已无条件投降。接着又听到国民党在广播中指示各沦陷区伪军在原防地负责维持治安，听候指示。

王大树在军需处继续记着账，日本人进进出出，慌慌张张，只听见一个日本人说，自己不甘心就这样离开中国，其他几个日本军官也跟着一脸坏笑，都明白了他的意思。王大树听了就飞奔出去找那个挨日本人武装带抽的伪军营长报信。伪军营长把帽子摔在地上，拎起大片刀，招呼几个连排长冲了出去，迎头撞上那几个日本军官正召集队伍集合。日本人见状，抽出武士刀准备死拼，但寡不敌众，被众人你一刀我一刀，都归了西，王大树也砍了一个。

士兵们围绕在伪军营长周围，放下刀枪。伪军营长让大家把领章帽徽都扯了，严防死守投降的日本人，等着苏联红军接收。1945年8月17日，苏联红军到了王大树所在的伪军营地，全体日伪军向苏联红军缴械。18日溥仪退位，19日"满洲国防军"解散，官兵就地改造，查无罪证的发放路费，从哪来回哪去。

伪军营长和王大树等属于有功人员，八路军给发了有功证明信和通行证。王大树拿着这些心急火燎地奔赴家乡，心里想着爹妈一定在大榆树下张望着等着他，只是不知道文桂兰有没有在等他。

一路走来，王大树发现没有八路军的地方基本都在闹土匪，王大树谨慎地走山沟小道，摸索着向火车站方向疾行。经过一个屯子时，王大树的嗓子渴得直冒烟，正好找到一口井，刚准备摇辘轳打水喝，来了一个30来岁、披着白布褂的村民担水。王大树就商量用自己的黄军装换他的白布褂，村民说你的衣服看着倒是结实，可是黄伪军的褂子我们不敢穿，要挨枪子滴。这么着吧，你跟我进村，我家有蓝靛粉，锅一煮就能上色。王大树在他家住了一晚，衣服干透变成蓝色，又用自己的大头鞋、腰带和绑腿换了一双旧布鞋和一条黑单裤。借着第二天早上的浓雾，王大树出了屯子，慌慌张张地沿着田垄走，结果歪打正着发现了铁路，顺着铁轨隐约看到了铁路桥，有苏联军人拦截、盘查，王大树赶紧把留在包裹里的一支防身手枪甩进河里。

聚集在这个小车站等着回家的伪军不少，听说沿路又起了土匪，拦路抢劫，所以火车的次数少了，得等。车站有八路军的报名处，有人拿着喇叭喊话，要当八路军的跟着走。王大树觉得要当八路军也要回家当，以免爹妈惦记。听等车的人讲，车站原来由日本人占着，苏联军队一来就把他们圈了起来。有的日本人饿得不行就从窗口递钱向老百姓买东西吃，老百姓冲着钱吐口水擤鼻涕，有的日本人受不了就切腹自杀了，听着真解气。

第一部·从村里到区里

殷殷滋沃土，切切促新芽。

籽落春泥处，雨过待生花。

（四）

又等了两天，还是没有车，王大树想念父母、姐姐，想念家乡的阳光、雨水、粮食、土地、桂兰、书本、笔墨，还有村子里的春夏秋冬、万物生长……所以决定顺着铁路走回家。

铁路两旁三五一帮、七八一伙都是走着回家的伪军。越走天越黑，越走路越难走、腿脚越累，王大树在一个大坑边躺了下来，计划着明天之后的路程，不知不觉睡着了。感觉到冷的时候，已经是又一个黎明，王大树勉强睁开双眼，发现旁边守着一个40来岁的庄稼汉，庄稼汉告诉他，自己感冒发烧了，怎么招呼都不醒。要是就这么走，估计四五天也到不了家，而且路上土匪多，让他等路上太平些再走。

日本人虽然投降了，但是八路军还没在乡村建立政权，所以这时地主还在招榜青的人，出租土地，有的还置办了枪支弹药，害怕八路军也害怕土匪。穷人们还在给东家榜青，或租地务农，也不知道八路军和国民党军将来到底谁说了算。

王大树跟着这个男人给地主榜青，闲时拉着旱烟、线麻去道口变卖换些钱物，日子暂时太平。这天正睡觉，来了两个土匪，背大枪的在门口放哨，挎手枪的进屋盘问。他掏出枪指着王大树问庄稼汉，这个男人是不是你家人？一看就是八路的探子。庄稼汉说，这是我外甥，当国兵去年才回来，长了半年病，冬闲了才帮我出来搞点副业，绝对不是八路的探子，看看这衣服，一看就是国军军服染的色嘛。土匪打量了一番，让男人立下字据担保，三天内不准离开屯子，到时他们回来查看，如果跑了，就见谁杀谁。王大树怕大家担心，说自己不走了。

庄稼汉每隔几天去一趟附近的镇子，每次一进家门，王大树都以最快的速度安顿好男人骑回的马，着急地打听着外面的情形。庄稼汉对王大树讲了一遍他从集市上打听到的消息，苏联红军打完日本人就撤走了，土匪们认为自己的好日子来了，闹得更凶，人数直奔20万。共产党先派来了10多万部队剿匪，国民党为了争地盘也派遣军队进入东北，还勾结土匪共同对付共产党部队。路上不安全，还是等待为好。

转眼到了1946年春，八路军在乡村重新开展工作，建立了区政府、农会和中队，枪毙了不少土匪，路上太平了许多。这天一大早，王大树去粮仓抓了半袋子苞米粒，整理好包袱。这时院子里传来一声喷嚏，王大树闻声走过去，只见初露的太阳光光线均匀地铺洒在院子里每个角落，还有男人套好的马车……

两个人穿过村里一排排整齐的杨树，在渠沿上告别。男人的泪汩汩而出，在凉飕飕的风里，从棉袄里掏出很多暖乎乎的干粮递给王大树。此时，万籁俱寂，王大树几乎鞠躬到地，然后一转身沿着一条宽敞的大土路，昼夜不停地向着家的方向前行。这个男人是王大树生命里的一个符号，即便那一年一晃而过，但对于王大树来说，一生中没有几个人给过他这样的机会，不是生活的翻天覆地，而是生与死之间一个活下来的馈赠。

回家途中，王大树听说八路军收复了开通，这让王大树更加开心。他凭着通行证顺利进了城，用发放的路费在货摊上买了红纸、灶王爷、门神、挂钱，还给王井窑买了一顶兔皮帽子，把所有东西打了一个捆，背着这些，步履轻松地向家走去。临近晚上才到了村子。此时王大树的眼耳口舌的功能仿佛都被强化，并跟随身心一起落了地，落地感又伴随着不真实。一路上的热闹闯进脑子，还有惯性回味，但村子里似乎没有冲击出波澜，院子里没有灯火，大榆树下没有人张望。碰上的人有人认出王大树，大榆树下陆陆续续聚集了人。人们七嘴八舌地说开，告诉王大树，去年刚开春不久，他的老娘就离世了，据说是脑子里长了瘤，头疼病没的。村民们还说王大树的娘总站在大榆树下张望，盼儿回家。

听到这里的王大树瞬间泪流满面，他哽咽地问自己的父亲。一个老乡说，日本人投降那天晚上，村里突然传来几声枪响，你爹和几个壮劳力慌忙跑出去查看，就见一群死不改悔的日本人在村子里到处抓人，到处杀人，连小孩子都不放过。当时人们慌忙回屋顶上门，把老婆孩子藏进地窖，你爹却拿着镐头冲了过去……日本人走后人们才慢慢打开门，只见你爹躺在那儿，旁边还躺着一个日本人，脑袋上有个大窟窿。苏联红军赶过来后，很快把那伙日本人都消灭了。

王大树哭了很久，就像小时候一样，扯着嗓子号，闭着眼睛哭，蒙着被子哭……他一闭眼就看到爹妈在他的枕边，一闭眼就听到母亲曾对自己柔声夸赞，反复叮嘱他为人处世要以和为贵，要好好长本事，以后成了家要把日子过得和睦。王大树就这样当头棒般迎来了自己人生中第一次痛彻心扉的失去，父母不在了，姐姐王向阳随着男人逃难去了，不知去了哪里。院子是空的，屋里是空的，他的心也是空的。他不知道自己在空洞和黑暗中还要恐惧多久，无助多久……

墓地很幽静，阳光暖暖地照着王大树，他想说点什么，但什么也说不出来。他抬头看着远处，分明已是大好河山，但回身却是为了这一幅山河画卷长眠于此的血脉至亲。王大树想象着如果父母还活着，他们会开始什么样的新生活——

每天都有一束光穿透村庄的单调和寂寥，孩子们在父母的说笑声中睁开眼，到自己的地里耪青，回来还要吃好多饺子、好多糖，嗑好多瓜子。晚上村子里家家户户彻夜通明，人头攒动的大榆树下，在许多个你来我往间，讲起无数个津津有味的故事，人们的额头从来没有这么舒展过……

王大树抹完了泪，要走的时候，路边走来一个年轻的八路军，在王大树父母的墓碑前脱帽、敬礼、注视。这个年轻人很像是专程来悼念的，礼毕之后转向王大树说，村子里召开了群众会议，知道你叫王大树，会写字，现在县城马上要解放，乡政府缺个舞文弄墨的文书，群众们都推荐你。

第一部 · 从村里到区里　　023

两人边走边聊，在路过庄稼地时，不经意间王大树抬头发现向日葵和玉米秆在风中摇头致意，王大树仿佛又看到了儿时在地头看到的父母身影，瘦弱，却对土地无限忠诚，对未知的收获充满期待。然而很多东西，尤其是好东西，都是看着近走起来远。王大树停下脚步告诉那位年轻的八路军，自己会记账，曾当过伪军的粮秣员，会用阿拉伯数字，会用算盘算加减乘除，斤两换算也懂些。这个年轻的八路军一下子兴奋起来，说他们找了好几个粮秣员都是老先生，只会用老数码记豆腐账，不通用，正愁得发慌呢。

1946年初，新四军一一五师解放了开通县，县政府宣告成立。但是，解放战争初期，东北地区包括内蒙古东部地区，还处于国共两党两军的战略争夺中。不久，县委、县政府撤出县城，开展游击战，国民党七十二军八十八师占领了县城，筹建了县政府临时委员会，管辖着县城的大部分地区。

王大树是开通县政府第五区公所的文书兼粮秣助理员，区委书记叫刘胜利。刘胜利总是脚步匆匆，而且是小碎步，碰上急事便改成了小跑，或许是因为个子不高的缘故。不过他的情绪都挂在脸上，有时按捺不住欣喜，但转眼就像变了一个人，到什么程度，得看他正经历着什么。在与刘胜利相处的日子里，能听见、看见许多声情并茂的故事，故事里许多往事，往事里有勇敢、小跑和痛饮。

双河村也在五区。

当时，解放军挺进东北，过往部队不断，都是以旅、师、纵队为单位。部队有去的，还有回的。他们一到，要吃，要住，要草料，缺一不可。每个村都需要安排几十个伙房。大伙房要粮、要柴、要草、要油；小伙房要面、要肉、要蛋；马夫们除要草料外，还要麸子、高粱叶……一个个都是急急火火的，追着王大树不放。王大树请示刘胜利，让大家分头行动，秤粮食的、征集副食品的，杀猪的、供柴草的，各管自己的那一片。王大树在五区中心供应点专管各种账，大伙房和各团后勤算总账，小伙房直接结账。疑难问题请示领导集中解决，实在解决不了的，向部队耐心解释，处理得灵活周到，又不违反政策。

冬天正冷的时候，从东北来了一支衣衫褴褛、蓬头垢面的部队，王大树接过证件确信是自己人，询问过后得知他们于去年挺进东北，被敌人的大部队围困在瓦房县，坚持战斗半年多，终于突围出来，要到冀东军区去补给养，换冬装。

带队的指挥员跟王大树说，看你算盘打得这么溜就知道你是个精明人、会办事，咱们有话直说，弟兄们生生死死不容易，家当里就剩下点粗粮，用粗粮在你们这儿换点细粮，就地给大家伙改善一下伙食。按规定，粗细粮不能兑换，可这些眼巴巴瞅着的战士，叫王大树咋能说出个不字，二话没说，给战士们饱饱地吃了顿白面饼，就着苞米粥，炖菜也管够。看着部队心满意足地走了，王大树将他们留下的粗粮兑换成小米，再把小米运到50里外的县城换成白面，补入了库。这个事刘胜利没过问，但是他心里跟明镜似的。事后，王大树瞅着刘胜利在屋里歇着抽烟，便挑门帘进去。刘书记，我违反规定开了后门，请求处分……王大树正要说细节。刘胜利一摆手问道，大树啊，你愿不愿意加入中国共产党？王大树觉得很突然，乡亲们都知道共产党是穷人翻身求解放的大救星，如果自己能加入当然求之不得。可是，自己这刚犯的错误还没说清楚。刘胜利说，行动是最好的证明，说完拍拍王大树的肩膀就出门忙去了。

王大树凝视着墙上的党旗反复想着刘胜利说的那句话，想到了干部们常常提到的一个词：信仰。可是，信仰到底是个啥呢？

对于王大树来说，信仰是尊贵的，一会儿是旗帜，一会儿是凯歌，一会儿是阵地上高呼的战士……这样的坚定和不屈在这里随处可见。对，信仰并不是可以独立存在的东西，它必然会集中一个人全部的意识和无意识，必然以看不见的样子，千变万化于每个人的每份心思、每个眼神、每句话、每个决定。如此说来，信仰并不是看不见、摸不着，高不可攀，我们每天每时每刻每分每秒所思所想所作所为，都是一份信仰。有的可以外化于行，有的必须内化于心，有的已经走在前面，有的还在赶路……总之，它从未离开过自己。

　　房前榆树影，清风不待倦，
　　甘露迟解乏，青纱烹粗茶，
　　人去无形迹，念来再还家。

第二章　跟着谁走

（一）

1947年春末，为支援东北野战军发起夏季攻势，王大树随驮队转运两万斤白面到公主岭外围。八九十头牲口，排成长阵，一路浩浩荡荡。途中没遇到飞机，却遇到了大雨，刘胜利和王大树动员大家将自带的油布、麻袋片和上衣盖在面袋子上，冒雨行进，过村庄时则设法暂避。这样走走停停，距目的地还有20里路时，雨仍在下。刘胜利挨个通知大家必须在5点前赶到兴隆河边，赶渡船过河，否则就要露宿河边，那白面就彻底成了糨糊。

人们艰苦跋涉终于到了河边，可是这些牲畜一见滔滔河水死活不上船，还嗷嗷地向后退，人们前拉后打，非但没有奏效，反而好几个民工被踢伤了。当地的一个村民用自己的牲口反复上船下船示范引导，总算上了船。可船一开，这些牲畜又一次惊恐起来，不顾一切地往河里跳。牲口是庄稼人的命根子，有的民工怕自己的牲口被淹死，吓得直哭。

这时，有个人手持长竿跳进涨水的河中，赶着这群只露着耳尖的牲口游向对岸，众人一看原来是王大树。见状，船上的人纷纷跟着跳了下去，挥舞着竿子赶着牲口，刘胜利坐在船上圈着游偏方向的牲口。马匹扑扑腾腾上了岸，众人赶紧清点，万幸的是人和牲口一个不少。运输队千辛万苦到了公主岭营地，王大树忧心忡忡跟着部队的财粮科工作人员点验。科长一一查验，最后合上记账本说，粮食包裹严实，件数也对，基本上完好无损，一些小问题我们自己会处理，感谢你们的支援。科长伸出双手与王大树握了握手，然后又敬了个军礼，转身大步离开。王大树望着那个利落的背影，突然好希望在他们战斗的故事里也带上自己。

如释重负的王大树一屁股坐在地上，抹了抹头上的汗水和雨水，透过蒙眬的视线，望向雨后有些惨白的天空，王大树想起一个人，常胜。常胜像从来没有离开过王大树，总是在风雨交加时像太阳一样从心头升起。

王大树看见刘胜利从远处小跑着过来，微笑着朝他招手。王大树立即站起来迎了过去，敬礼并大声说，报告刘书记，我要入党。王大树确定，自己的明天、亲人的明天、理想的明天、革命的明天应该是什么样子，给我们答案的，一直是信仰，也一定是信仰。刘胜利郑重其事地回礼，然后紧紧握住了王大树的双手。

入党是秘密进行的，在一间老房子的墙上挂着党旗，王大树举起右手，刘胜利用低沉而有力的声音领读誓词，王大树跟读：

> 我自愿立誓参加共产党，永远跟着共产党毛主席走，一心一意为人民服务，个人利益服从党的利益，坚决执行党的决议，遵守党的纪律，保守党的秘密，遵守民主政府的法

令、群众的决议，在任何情况下不动摇，不妥协，不怕困难与牺牲，为新民主主义和共产主义的实现而奋斗到底。

仪式后，刘胜利转过身对王大树说，毛泽东主席在党的七大上指出共产党员要全心全意为人民服务，一切从人民的利益出发，全心全意为人民服务现在是咱们党确立的唯一宗旨。记得我跟你说过的那句话"行动是最好的证明"。全心全意为人民服务不是口号，要体现在实际行动上，表现在跟敌人的斗争上要有将革命进行到底、永远跟着共产党走的决心。你今天加入了党组织，说明你经受住了党组织的考验，今后要继续脚踏实地干好党交给的工作，不要做样子给别人看，要持之以恒争取更大的胜利。王大树拍着胸脯说，跟着共产党走，为人民服务，从今以后，刘书记看我是不是一个真正的共产党员！刘胜利微微一笑，要的就是你这句话。

王大树一整天都心潮澎湃，他在日记本上这样写道：

　　站在开通城下
　　我看见工农革命的力量
　　在天地山河的注目下
　　用镰刀和锤头
　　寻找生的希望
　　在向阳而生的地方
　　建起人民的政权

点亮了劳苦大众心中的灯光

我宣誓
我志愿加入中国共产党
对党忠诚的拳心
长成无数朵可爱的花
如果此刻
你们站在我的身旁
请穿过我的泪光 相信
我们会带着坚定的信仰
和对革命精神的崇尚
让鲜红的党旗
在不懈奋斗的征途中
高高飘扬

不久，王大树被任命为第五区公所财粮委员。

1947年2月，开通县第二次解放。以县大队和辽吉省一分区十五团为武装力量，成立县城防司令部，全城戒严5天，进行大搜捕，抓获特务、土匪等好几百人，枪毙了好几十个罪大恶极的头头。但是开通县历史上属于开通、开远、开鲁三个县城的交界地带，哪儿到哪儿归谁管，并不怎么明确，长期属于三不管地区。连绵起伏的沙坨子与村子、农田、草甸子、河流互相交错，复杂的地貌，荒凉的土地，动荡的环境，形成了山头四立、土匪遍地的局面。在这样的地方匪患经常发生，一直没间断过。现在开通县虽然第二次解放了，但仍有数十伙匪帮，一时很难铲除干净。三区区长就是县城解放后被土匪杀害的。

这天，刘胜利接到群众报告，双河村附近有匪情，差不多几十个土匪在村里吃饭、喂马、抽大烟。区工作队离村子还有几里路，为防止敌人逃跑，刘胜利找来王大树，双河村是你的老家，那儿的地情你比较熟悉，为剿灭这股土匪，由你当向导，第一波咱俩带骑兵连、通讯排包抄村子，第二波步兵跑步紧随其后。当刘胜利和王大树骑马来到村子附近时，便被放哨的土匪发现了，土匪乒乓放了几枪转身就跑，其他土匪听见动静开始翻墙逃窜。刘胜利安排王大树带着人蹲在村口阻击残敌，自己则带着一队骑兵进入村子。他们在一个场院里放倒了六七个土匪，还有几个土匪举枪跪地求饶，村子里的民兵顺势将他们给绑了。没想到，突然窜出四五个土匪与刘胜利的队伍打了个照面，双方都来不及开枪，更何况距离太近怕伤了自己人。刘胜利趁土匪没反应过来，一把抓住迎面而来的那个敌人，将手里端着的步枪往上一扬，随即腾出一只手照着土匪太阳穴就是一拳，剩下的土匪见状都跪下缴了枪。

王大树在村口守株待兔，远远地看见一伙土匪骂骂咧咧往村口跑，东倒西歪的，估计是喝了不少酒。王大树看着越跑越近的土匪，大喊一声"举手投降"，端着刺刀冲出来就横在村口，队伍的其他人端着机枪、拉着手榴弹弦也都摆开架势。土匪们一下子被震得呆在了原地，之后陆陆续续将手放在脑后。可是谁也没想到，就在大家准备上去捆绑时，匪首怪叫一声，猛地从脖颈后抽出手枪对着王大树他们疯狂射击。王大树冲上去就是一刺刀，正扎在匪首脑袋上。其他土匪慌忙趴下，狂喊"不关我们的事啊，我们愿意投降"，从袖口和怀里抖落出各种刀和手枪。王大树拔出了刺刀，发现自己的队伍倒下了两个人，众人抢救了半天还是牺牲了。待增援部队赶到时，战斗已经结束，毙敌32人，俘敌18人，缴获步枪40多支、手枪3支、战马20多匹。双河村的群众欢天喜地，还杀了羊慰问工作队。刘胜利召开诉苦大会，老百姓情绪激动，恨得牙根痒，在台下喊"枪毙他们""枪毙他们"，还有几个人往土匪身上砸东西。

此时的王大树正蹲在墙根儿抹眼泪，工作队两个同志的牺牲让他很内疚。刘胜利看在眼里记在心里，回到区里召开战斗总结会时说道，冬天土匪们通常都会穿厚实宽大的羊皮袄，这也是藏匿暗器的地方，一旦身处绝境就会趁人不注意发起突然袭击，为自己创造逃生机会。脖子后藏匿武器隐蔽性极强，举手的时候顺势掏出，还真成了撒手锏。此时，人群中传来愤怒的声音，吸取这次教训，以后抓敌人别喊举手投降，干脆就是缴枪不杀，该交的都交出来，举手不代表投降，武器不交出来照样吃枪子儿。

工作队把战斗总结报给县委，县委宣传部马上油印出工作快报，发给各个区公所。王大树拿到快报，看到编辑是文桂兰。刘胜利告诉王大树，确实是双河村文地主的女儿。文桂兰虽然是地主家出身，但看不惯穷人被欺压，了解中国共产党，接受了进步的新思想，后来投身革命。

人生中遇到的人数不胜数，但因种种机缘走在同一条路上的，实属难能可贵。金子般的光阴不仅流水般地经过王大树，也流水般地经过文桂兰。在王大树的脑海里，文桂兰还是期末考试时最紧张的那个小女孩。如今，她怀揣着坚定的信仰和对革命的无上尊崇，向着主义、向着真理出发了。据说文保生也从学校走出来，参加了革命，在王大树回来之前就走了。

县城解放后，按当时的政策，文地主的土地没收分给了农民。文地主财产没那么多，也没什么大罪，劳动改造一阵子放了出来，也分得一份土地，自己耕种，自食其力。文桂兰跟组织上说，关于她爹妈的事公事公办，她坚决服从组织上的决定。

烽火狼烟稠，往事不可辨。
怎奈一回头，斜倚青山红。

（二）

这次回村子剿匪，乡亲们告诉王大树，姐姐王向阳投奔了临近的开鲁县万发永村二娘家，十几里路不远，万幸是活着，他们一家打算在那儿落户，传回信儿打听王大树。

万发永村，现在是名村，1947年3月，有一个叫麦新的县委组织部部长带队员来到村里开展工作，组织贫苦农民在新分的土地上春耕，办农民夜校，耐心教大家识字、唱歌，村子里到处充满欢乐的景象。"大刀向鬼子们的头上砍去，全国武装的弟兄们，抗战的一天来到了，抗战的一天来到了……"这首《大刀进行曲》就是他写的。王大树也会唱。

王大树的脑海里保存着和姐姐王向阳一起长大的点点滴滴，她心无杂念的笑容和眯着的眼睛，叽叽喳喳地说着各种吃喝玩乐的攻略。在王大树心里，姐姐就是一个小太阳，在黑暗或光明的日子里，只要有一点点热度，都想为弟弟点燃一支蜡烛，这种简单的力量，就是姐姐的力量。王大树决定去看望姐姐王向阳。

万发永村，各家各户屋外的盖帘上晾晒着萝卜干、茄子干、豆角干等，门外做好的军服和干菜正装车一批一批地送往东北，要打大仗了。

王向阳在家里正踩着缝纫机赶制军服，哼着《晒菜劳军歌》。

各种蔬菜多晾晒，
晒好干菜送前方。
战士打仗为老乡，
老乡晒菜表心肠。
饭足菜全吃得饱，
打得敌人心胆寒……

王大树在外屋静静地听着，直到王向阳忙着换线中断了歌声才挑帘进来。姐姐又惊又喜，两人相拥而泣。两个人的话题围绕着双河村许多远的、近的场景。远到童年时，夜晚关灯后，躺在双河村的土炕上，一边听父母筹划光景，一边闭着眼看五颜六色瞳孔样的圆圈从左到右、从右到左地移动；近到在刚刚过去的两三年里，一件件既苦又悲、苦乐难解的事。王向阳说，我们总归是从艰难痛苦中走了出来，现在干起了革命，就得豁出去。你革命了，你姐夫也参军解放四平去了。即便王向阳给王大树和自己打着气，但王大树还是能感受到王向阳传递过来的一丝叹息，草木无常，人生也是如此，但现在说不定哪棵草里、哪朵云里，还有父母的能量，他们的影子一直在她的脑海里挥之不去。

王大树想说点什么，却欲言又止。的确，倘若父母还在，他们一定会一遍一遍地爬上房顶或站在树下，看有没有从远处来的灯火，一遍一遍地竖起耳朵听窗外有没有回家的脚步声，也会一遍一遍地问这个问那个，王向阳、王大树什么时候回来。怀念是怀念，到处又是新鲜的起点……

王大树话题一转，我想见麦新。

王向阳用袖口擦了擦脸颊，喜笑颜开地说，在，在，今天就在，麦新是我们县委组织部部长，是上海人，经常下乡搞调查，一有空，就给大伙儿讲共产党、毛主席领导人民翻身闹解放的故事，讲枪杆子里出政权的道理，是大文化人。王向阳告诉弟弟，那会儿麦新还不认识自己，看见她两只耳朵有冻疮，啥也没说就把自己头上戴的毡帽摘下来，把里边那层带毛的部分盖在王向阳脑袋上，自己戴上了薄薄的单层帽皮，并告诉王向阳女同志更不容易，保护好自己才能跟敌人做斗争。听完这话，王向阳不争气地哭了，后来戴着这半顶毛帽子跟麦新一起参加支援前线和妇女会的工作，一天到晚忙个不停。

说话间，王向阳放下手里的活拉着王大树去找麦新。

一路上，王向阳一直在讲麦新的故事，她告诉王大树，麦部长不但会写歌，还会打仗。哈吐达的村子里盘踞着一股国民党匪徒，但是那帮敌人硬得狠。为消灭这股敌人，麦部长想出一个引蛇出洞的主意，先派出20来个战士到哈吐达附近虚张声势，之后进村召集群众，动员群众剪秫秸棒装进白布袋伪装成子弹袋，找来锡壶烧化后做成假子弹头，找来木头做成假枪。村里的地主老财偷偷地向哈吐达的国民党军报告，对方果然上当，出动100多人要来消灭麦新他们。麦新组织大家早已做好准备，牵着这一百多敌军东转西绕，最后甩开了敌人。敌人没抓到一个八路军，无功而返。这时咱们的另一支部队已经提前埋伏在村子附近，等入了夜，筋疲力尽的敌人呼呼大睡的时候，部队冲进村里，敌人猝不及防，四处乱窜，我方仅用了一个小时就消灭了这股敌人，结束了战斗。

王大树正佩服得不得了的时候，他们已经来到麦新面前。王向阳迫不及待地做着介绍，这是俺家亲弟弟王大树，也革命着呢，在开通县五区当财粮委员，上过学，会写字，一心想着见见麦部长。麦新双手握住王大树的手，"大树同志你好啊"。

只见麦新一身农民打扮，嘴角紧紧地抿着，腰身笔直，上衣兜盖上别着钢笔，一看就是那种做事周密且极有计划的人。王大树十分激动，我要向麦部长学习，您是作曲家，又是战斗英雄，给您敬礼。麦新还礼,别向我学习,要向群众学习,这段时间我跟老乡们学会了骑马、喂马、使用枪、识别枪、站岗放哨、设营做饭、战斗联络,还有吃苦耐劳的精神,当然,最主要的还是打仗,群众的智慧大无边啊。不过,打仗就会有牺牲,为了党的生存、为了劳动人民能成为天下的主人牺牲是最光荣的牺牲。对了,大树你是党员吗?王大树挺直腰板说,报告麦部长,我是新党员。麦新说,记住,一个好的新中国决定于一个好的共产党,一个好的共产党决定于每一个好党员。好党员,必须全身心为群众服务,使自己在群众工作的锻炼中逐渐成为一个真正优秀的布尔什维克!我要像麦部长一样,在一切艰苦困难面前,都要咬紧牙关,不怕牺牲,坚决斗争,争取当模范。王向阳在一旁高兴地抹着泪。

在没有见过麦新之前,王大树以为,他与麦新之间多少隔着一些音乐或文学的东西。但当理想、信念、革命与布尔什维克纵横交错在一起时,王大树一下子在音符里看到了麦新战斗的影子,而且十分矫健。

麦新不但写了许多革命歌曲,还策划了开鲁县有史以来第一个公开的斗争大会。那次,会场上人多得挤不开,城里城外来的估计有上万人。刚开始,会场非常安静,突然一阵骚动传来,人群中一个青年农民背着双目失明的老母亲挤上台。老太太脚一落地,就颤颤巍巍地往前扑,声泪俱下地诉说,当年把丈夫抓去当劳工,后来又逼死女儿,这些都是国民党反动派和恶霸地主的罪恶。搀扶着母亲、两眼通红的青年,趁人们不注意,蹿上去就打了被斗争的地主和军阀们几耳光。这个头一带，群众呼啦一下上去几十号人，举什么家伙的都有，劈头盖脸胡乱地打了一气，维持秩序的战士拖拉着几个被斗争的对象往办公室跑，也挨了几下，再晚一点非出人命不可。斗争的形势是热烈的，但也惹来不少坏分子的报复，麦新成为土匪的眼中钉。

此时，在开通县委宣传部的文桂兰收到了一封信，打开，上面写道：

  这是我童年的院子
  大的 宽的 阳光从早照到晚
  有过我和姐姐的出生
  有过我父母的前半生

  我在这个院子里 学步 奔跑
  我在这个院子里玩耍 摔倒 哭泣

  我在这个院子里看晾衣绳上的衣服
  看鸡们啄米 看狗们打架 看牛们反刍
  看星星眨眼 看月亮变圆

  我在这个院子里等苞米被煮熟
  等母亲结束劳作 等父亲耪青回家

等过年一声鞭炮

等优级学校腼腆的女生低着头路过

天黑了 我爸爸还没回来

我望着院子的门

望不到他的弯腰 他的欢喜 他的满足

天黑了 我妈妈还没回来

她倒在榆树下的时候

我在他乡不认识悲伤

也不懂得她的头痛和忧伤

天黑了 我的腼腆女生还没回来

我知道她总是带着惊喜

比如一本词典 一支钢笔

榆树还是那个姿势

当年 我们站在树下 等着它的榆钱

如今 它站在门外 看着许多人

包括我们

插满遍地红旗

——王大树

王大树从万发永村回到五区的时候,收到了一封回信。

> 我看见一面面旗帜
> 安静地升起
> 就像那年大榆树下
> 朴素的满天星
> 开在你18岁的窗前
>
> 我听见青春的号角
> 挣脱华丽丽的车轮
> 就像那年 我攥紧一支笔
> 在勇士们共同的征途上
> 留下坚定的誓言
> 洗净前行路 脚底泥
> 愿我们踏歌而行
> 策马扬鞭 拾级而上
>
> ——文桂兰

(三)

开通县各区战士、干部接连遇到土匪袭击,五区就牺牲了4个人。刘胜利也向县委报了信儿,提醒县委的干部出出进进要格外小心。让刘胜利头疼的是,出行的信息是如何泄露出去的?因为他们发现每次土匪都是有备而来。一天，王大树去几个村子送完公粮回来，拴好马后进屋，正要和刘胜利寒暄几句，只听院子外一阵骚乱声，呼啦啦进来一群人，有的拿着枪，有的拿着棍棒。两个人赶紧出去看个究竟。

人们七嘴八舌地将事情原委道来，原来这三个人就是告密者。刘胜利一看，这三个人被五花大绑着，开口道，不能口说无凭，要讲证据。那还要啥证据，不信就当着大家的面审审，跟风的群众都喊，"审审，审审"。刘胜利摆手安抚在场的人，行，咱们就开个公审大会。大家张罗着摆桌子凳子，不一会儿就各自找好位置坐下，后来的群众站在凳子后面，院子里可谓是里三层外三层。

刘胜利示意大家安静，先问其中的一个，你是哪个村的、叫啥、干啥营生的？我姓潘，是忠厚村的，平时种点地……话音未落，人群中站起一个人，我认得他，过去这小子做过胡子，被抓过，改造后放出来，但狗改不了吃屎，去他家的都是些不太正经的人。这时，有几个群众冲上去拎着姓潘的脖领子打了几个耳光，大喊着，是不是你串通土匪害死的人？刘胜利赶紧把人拉开，转身严厉地对姓潘的说道，群众的眼睛是雪亮的，你不说实话大家会放过你吗，好汉做事好汉当，我们会给你个公道，想逃跑蒙混过关是没门儿！有几个群众又要冲上去揍他，姓潘的赶紧往后挪了挪，想了一会儿说，是我们干的，前一天晚上有几个过去的胡子朋友住在我家，我把这几天乡干部进进出出的路线告诉了他们。第二天，他们爬上我家房顶瞭望，看见几个人让我帮着确认，之后他们悄悄摸了过去，前后打死了几个人。

话一说完，没等群众发火，另一个被绑着的人不干了，一下子冲到刘胜利跟前，报告政府，我姓谭，也是忠厚村的。然后扭头对着姓潘的咆哮道，哪有这种事，我看你是被吓糊涂了吧。我们根本不知道乡干部的事，也没跟土匪一家。这时候，群众被激怒，坐在前面的大爷拿着烟袋锅子就往姓谭的脑袋上敲，另一个扶着大爷的壮汉顺势踢了姓谭的好几脚。王大树和几个战士赶紧上去拉开，姓谭的被吓得缩到墙角直哆嗦，嘴里嘟囔着我们真没干。姓潘的见势，也反悔说，我也是害怕挨打才承认的呀，你们都是青天大老爷，一定给我们个公平啊！

刘胜利稳了稳语调，对着一旁低着头不做声的人说，我认得你，你姓常吧，听说你有个儿子在伪满洲国当兵，一直没回来，是不是跟着国民党跑了？那人猛地抬头说道，我儿子不是国兵，是八路军，现在还在前线打仗，捎回信儿说在河北咧，已经当了班长。刘胜利问，啥信儿，谁带回来的，在哪里？口信，我儿常胜没上过学，不会写字，路过的亲戚一句一句学过来的。群众跟着问，你这就是打马虎眼，还指望大家给你挂个功德牌嘛。你们爱信不信，反正我说真话心不亏，你们爱咋处理咋处理。群众说，抓你来，就是因为你是国兵的爹，骨子里藏着反动。

听到"常胜"这个名字的王大树一激灵迅速站了起来，你儿子叫常胜？你想想在哪儿当的伪满洲国兵。姓常的说，他是当过伪满洲国兵，但没几个月，啥坏事没干，后来杀了个日本人跑了，从此当了八路军。众人就笑，说姓常的你是真敢编，为了保命你拿八路军说事。王大树向大家摆摆手,接着说,是不是伪满洲国长春第二军管区步兵二旅?姓常的瞪大眼睛,你咋知道咧?我儿子托人捎回信儿让我记住,我念叨了好几次才记在脑子里。群众又不干了,嚷嚷着,大树兄弟,姓常的是国军家属,死不悔改,伎俩多着咧,千万别上当!王大树说,这个人需要核查一下,反正跑不了,跟县里报告,核实情况。

现场的人开始嘀嘀咕咕,但很快他们将视线又转向姓潘的,没人替你俩说话,早交代早解脱,出尔反尔,糊弄不了大家伙,都眼睁睁看着呢。姓潘的瞅瞅姓谭的,叹了一声气,熬不过今天了,认了吧。姓谭的低下头没有说话。前面的群众纷纷站起来,现在就定一下咋办他俩,给牺牲的人一个说法。后面的人跟着就喊"枪毙、枪毙",喊声震天动地,有人上去拖人往外走。王大树拉起姓常的说,这个我来处理,查完给大家一个交代。刘胜利一挥手,几个战士架起无精打采的另外两个人到了村子外的空地,全村的人呼喊着簇拥着围成半圆。

王大树跟刘胜利说,县里有要求,咱们区公所没有枪毙土匪的权限,应该请示报告,或者押送到县里处理。刘胜利说,群众都眼巴巴看着呢,这也是教育群众、震慑土匪的时机,灵活处理,出了问题我负责。

只听两声枪响,两人应声倒地,执行的战士上去踢了两脚,又补了几枪,群众拍手称快。事后,刘胜利去县委汇报了此事,被严厉批评,写了检查,在全县各区公所通报。经过调查,姓潘的和姓谭的确实没有被冤枉,确有其事。同时,姓常的所说的情况也属实，河北的部队来电话告知常胜仍在队伍上，而且表现优秀，王大树的判断是对的，防止了一起冤假错案。

不久，王大树被任命为开通县第三区公所区长。

临行前，王大树去看望了常胜爹，给他讲了常胜的故事，感谢他为党和人民培养了一个好儿子，县里、区公所会善待英雄家属的。常胜爹紧握着王大树的手不住地点着头，颤抖着嘴唇连连说好。王大树向常胜爹敬礼，然后大步启程奔向三区，常胜爹倚在门口望着王大树，不禁热泪盈眶，使出全身力气喊道："孩子，防着点，路上有土匪。"

夏天的风，所到之处，都有野草的味道。这个味道不像来自草的体内，没有被割断时的清冽气味，更像是一大片草被风吹起，向人类宣示蓬勃的生命力。似乎有一点甜，又夹杂着一点香，只是偏向于怪甜和怪香，让人想起长着茴香的院子。

就是在这个季节，麦新遭遇了土匪。

1947年6月1日，麦新忙完一天的工作离开万发永村，去参加县委工作会议。6月6日，在四区参加完县委会议后回村的途中，他和通讯员突然遭到百余名流窜土匪的包围袭击。在激战中，终因敌众我寡，壮烈牺牲。一个热爱音乐的人，一个以音乐唤醒民众的人，就这样为了人民大众的解放而流尽了最后一滴鲜血。

麦新遇难的噩耗传来，大家悲痛万分。当天夜里，群众就自己作词作曲，写出了《麦新牺牲为咱老百姓》《麦部长，真英雄》

两首歌曲,其中唱道:麦部长,真英雄,二十参加八路军,劳苦受了十几冬,为咱老百姓……麦新被安葬的那天,坟地里一片哭声,每一个来悼念的人也都铲上一锹黄土,堆起了一座巨大的坟墓。后来,中共开鲁县委、县政府为麦新举行了隆重的追悼大会,将他生前工作和战斗的五区命名为麦新区,万发永村改名为麦新村。

　　一念春来旧音貌,二念身去留英名。
　　三念风吹麦苗绿,四念雨露沾衣襟。
　　五念出淤而不染,六念行识得民心。
　　七念上下而求索,八念执着跟党走。
　　九念茔前一抔土,十念身后绿如茵。

(四)

离开了五区,也就离开了双河村。

王大树只带走了父亲留给他的家谱,上面记载着村里王家的祖籍是山东省即墨县,经过热河省凌源建平县,来到开通县,从此打井种地,繁衍生息,广结善缘、积善余庆、宏才远志、浩气长存,简写后是鲁、即、承、凌、建、开、井、广、庆、宏、浩。王家的祖祖辈辈起名中间都得占这几个字,比如王井窑。但是王大树和王向阳并没有顺着起,左邻右舍也絮叨过还是应该守好家训。王井窑没听劝,他看重了天气地气,顺应了天时地利。

他对自己和孩子们有更客观的认识和期待，有的跟家谱有关系，有的没有。有多少人给过别人准确的建议，有多少生活经验可以有效指导别人的生活，他心里清楚；自己的每根神经是怎么指挥自己思想和行动的，他心里更清楚，特别是当他拿起锄头砸向日本侵略者的那一刻……

王家到开通县的时候是清朝，当时县城有四个城门，叫崇文门、正义门、宣武门、扬威门，伪满洲国统治时改成了东、西、南、北四门。人民解放军解放开通之后，将这四个门改成胜利门、民主门、和平门、解放门。此时，四个城门贴出县政府的布告，是关于土地改革政策的，大意是：春耕即将到来，必须抓紧时间，彻底地分配全县所有土地。为了使土地分配得公平合理，并使雇、贫、中农分得可心地，制定了以下几个办法。其一，应以村为单位，丈量清楚一切土地；其二，要求公平分配，把质量不同的土地，好坏配齐，以求每人分得在收获量上大体相同的土地；其三，重新定阶级成分，人分四等，雇贫农、中农、富农与地主、恶霸等依次挑选；其四，土地按人口分配，牲畜按户分配，照顾人口多少的同时兼顾质量；其五，分地办法是个人挑选可心地，互相比较，大家评议；其六，去年新开荒地属于雇贫中农者，一律不动，属于富农地主者，一律打乱平分；其七，中农的土地、牲畜不动，如其自愿拿出者，可以平分。在分地中，如有消极怠工、多占土地、互相包庇地主留地、包办代替、不认真执行等情况发生，不论是谁，一律追查责任，并分别予以处罚。

接下来，全县共没收地主、富农的大车996辆、粮食732万余斤、衣服近4万件、布匹69万尺、现金127万余元（旧币）、黄金38.1两、白银2 568.3两、银大洋14 952块，收缴大小枪支291支、子弹6 000多发。

在三区的土地改革工作中，有几个旧地主心怀不甘，暗中买通一些人散布谣言，吓唬农民，我们上面有人，今天把地给了，明天还得收回去。有三四个村子的农民又把地贱卖给了原来的地主，农民将此事告到了区公所。王大树带着干部战士上门逮捕了这几个地主，组成临时法庭进行审讯批斗。经请示县委，就地处决了这几个地主。之后发布了《告农民书》，提出不管是地主恶霸及其爪牙，还是干部、党员，违反纪律的，群众要怎么办就怎么办，要怎么惩办就怎么惩办，老百姓就是天，如有人反对……一经查出，加重处分，如此等等。王大树是公认的有决心、见行动的人，土匪也惧怕三分。在开通县第一届模范干部大会上，王大树介绍了自己的工作经验——不论做任何工作，都必须坚持党的群众路线，讲究方式方法，老百姓就是咱的天。

每月末，王大树都要带着粮秣助理员到县粮食科报销本区人员和过往军队用的粮草账目，领取下一个月的给养，带回粮票、料票、草票和粮食。来来回回间，他特意去看望了文桂兰，并留下一封信。文桂兰不为所动，回信说自己还没有准备好，希望可以给些考虑的时间，她一定会慎重对待。

成长是永恒的话题，它有着探索不尽的神秘，后来王大树又写了一封信，洋洋洒洒20多页，极尽个人所期待，即便很多观点是他个人之见，但他相信总有一处值得文桂兰停下脚步。

其实，文桂兰最大的犹豫，还是纠结自己的出身问题。回想起小时候的生活——住得不错，能遮风挡雨，冬暖夏凉，家中的陈设不算排场，却也能过得去；粮食可以敞开吃，白面、糜子面居多；家里养猪、羊、鸡，时不时能吃上肉蛋奶；晚上盖的是氆氇，类似羊毛毡，好不容易盖软和了，舒服了，却也破了；家有大牲畜，有畜力车，走亲串友可用。她比她的祖母、她的母亲要幸运得多、幸福得多，她们都去世早。想想父亲偶然抽几口烟，隔三差五喝几口小酒，出门骑马或骑骡子好像挺威风。想起这些她便又叹了口气。

刘胜利看准了两人的窗户纸，每到县里汇报工作就去文桂兰那儿吹吹风。桂兰啊，我还是那句话，行动是最好的证明，有永远跟着共产党走的决心，就是革命爱情的基础。另外呢，就是人品关，你们小年轻除了关注相貌是否周正、身体是否健康之外，最关键的是看对方是否忠厚、踏实肯干。在这一点上，我觉得王大树是块好料，不偷懒，人勤劳，脾气大点不是毛病，总比一脚踹不出个屁强。王大树跟我说过，会一直等你到老，这小子的秉性我是了解的，他看准的事不撞南墙不回头咧。

刘胜利深信，他们会是一对幸福的革命伴侣。

的确，王大树似乎是一个不问人家冷不冷只顾低头烧热炉子的人，一个只用行动不用言语跟世界对话的人，一个忍受了巨大的孤独而从不抱怨的人，一个徒手和命运搏斗并期待收获的人。文桂兰也似乎看见了一场婚礼，并在婚礼上用一大杯酒去理解他的这种执着。倘若不珍惜，这杯酒或许会变成惩罚的酒。

王大树最后一次给文桂兰的信，只有一行字：桂兰，别再犹豫了。

半夜，村前来了一股土匪，鬼鬼祟祟向村子靠近，这是王大树早预料到的报复，所以加强了夜间哨兵巡视。就在土匪们快到村前时，王大树大喊一声"打"，从墙头和墙缝伸出的枪响个不停。几个土匪应声倒了下去，其他土匪朝着石墙乱打，枪声四起，到处充满烟雾和浓浓的火药味。又有几个土匪倒下了，村前的土匪只好拖着死尸，架着伤员往回退。趁着土匪慌张逃离之时，王大树高喊抓几个活的，说完一下子从墙头跳下去，追上去和土匪扭打在一起。抓了三四个土匪，剩下的几个借着夜色夹着尾巴逃了。

王大树一瘸一拐回到区公所，一看小腿肿得老粗，他没理会，第二天更粗了。村里有个略懂医术的大爷给他捆绑了一下，半个月后消了肿，但是鼓起了包。到县里医院一查，是骨折错位，需要做手术，如果不做手术就得揪断重新复位，但是这太痛苦。医生正为难着，王大树拔出枪砸向自己的小腿……等再睁眼的时候，他看到文桂兰坐在他的身边。

他们的婚礼没有酒，也没有彩礼和嫁妆，王大树只带了一个行李卷，便在文桂兰的宿舍安了家。事实上，我们经历过的所有故事，放大了看，都会和许多历史重合在一起，成为科学意义上的规律，即所谓"人的命运"。

群山语不尽，朝来逐红日
随卿临窗喜，夕至采余晖。
往事不休眠，可有红娘炊。

第二部

从县里到市里

第一章　率土归心

（一）

时间在流动，人在成长，但每一寸成长都是仰仗真实世界里爱恨、是非、得失的历练。

1950年1月，王大树从第三区公所调到县政府民政科任科长，是县政府党组成员，此时他和文桂兰的儿子王庆祥已经两岁。

一天晚上八九点钟，王大树正和几个干部安排第二天的工作，一个女人闯进办公室，从咯吱窝下面掏出一把大菜刀，"咣当"一声扔在了办公桌上，连喘带嚷地骂起来，但半天也没说清啥事。王大树做手势压住她的声音，严肃地说道，骂也骂了，喊也喊了，说正事吧。女人从十几年前开始讲起，从她含辛茹苦拉扯孩子长大成人，到受了七里八乡哪些欺负，然后又从根上往梢上捋……王大树摆摆手说，先不说那些，就说现在此刻，你深更半夜拿着一把菜刀来民政科，是什么情况，如果行凶是要坐牢的。

女人一听坐牢，坐在地上号啕大哭，说自己冤枉，人民政府要给自己做主，但没有眼泪。两个干部把她拉到椅子上，费了很大劲才将她引到正题上，最后众人总算听明白，她姑娘和女婿吵架，分开过了。

姑娘和女婿吵架，你拿个菜刀算怎么回事？

姑娘说女婿骂她的娘，那个娘不就是我嘛。"腾"一下我就火冒三丈，上门找女婿算账，女婿拎着菜刀吓唬人，我也不是吃素的，冲上去跟他拼命，女婿碰上我这个硬茬，扔了菜刀就跑。我捡起菜刀就追，没追到，就到民政科来告状。王大树清楚了事情的原委，给她倒了杯水，问她叫啥？我叫张孙氏，家里老头叫张风。王大树示意她继续，并开始记录。一旁的干部按照她提供的姓名开始查阅档案。

张孙氏咽了口水，稳了稳情绪说，其实早在我姑娘12岁的时候，这门亲事就定下来了，那时候两家都没啥意见，后来姑娘大了就不同意了，跟家里闹，还喝过卤水，缓过来之后患上了肠胃病，人也面黄肌瘦，虽然别别扭扭但总算把婚结了，到头来还是不合啊，好几次连哭带闹要离婚，让我好说歹说劝住了，现在孩子都两个了，离婚不是苦了娃娃么。张孙氏还要说……王大树坐不住了，你这不是封建包办婚姻嘛，你还委屈了，我看这里面你的问题最严重，这把刀子要是在我手里，我也饶不了你。王大树边说边看了看桌子上那把刀，张孙氏赶紧把刀抢回去，夹在腋窝下。

旁边的干部拿出户口簿，我们这里有资料，你姑娘是不是嫁了个地主，你家也是地主出身吧。你们这是为了面子，为了所谓的门当户对，真正的罪魁祸首就是你们这些封建地主家长，你看看，这资料里还有你家姑娘的控告信，说你那个女婿个头只到你姑娘脖子那儿，还有歪脖病，好吃懒做。说白了，你就是图女婿家的粮食和钱财，找了一个看似相当的，实际是与姑娘不相配的男人。

王大树越听越生气，啪的一下拍桌子站起来厉声道，新中国婚姻法第一条就是废除包办强迫，反对男尊女卑，反对不顾子女利益的封建主义婚姻制度，实行男女婚姻自由。你这是违反婚姻法，跟强盗土匪有什么区别……说话间，手就放到了腰间挎着的枪上，突然意识到什么又赶紧拿开。强压住怒火，王大树继续说道，老百姓是天，共产党就是给老百姓撑腰的党，你违法乱纪还倒打一耙，我看是劳动教育得不够，你今天别回去了，先回回炉，啥时候思想觉悟了，啥时候再说。张孙氏立刻没了刚进门的嚣张气焰，低着头不敢看王大树。王大树说，这个事政府做主了，只要你姑娘同意，马上离婚，看谁敢胡搅蛮缠……

不告了，不告了，说完张孙氏低着头就想溜。

王大树大喊一声，回来。

张孙氏扑通一下跪在地上，又号哭起来，我同意，我不想回炉，人民政府饶命。王大树赶紧上前将人扶起来，没人要你的命，但是你要写个保证书，不再干预女儿婚姻，如果做不到，咱们再拿出来说道说道。

听见王大树在隔壁喊，县委书记赵大力披着褂子赶紧过来，迎头撞上了立完字据跑出去的张孙氏，于是调侃道，是不是清官难断家务事啊，这可不比打土匪搞"土改"简单啊，民政工作就得有张婆婆嘴，我可提醒你啊大树，你那枪可得给我管住了，不能动不动就掏家伙，民政是群众工作，是内部矛盾，不能跟对敌人一样兵刃相见。王大树想起最近大大小小的琐事，确实是，自己的火暴脾气得改一改。

赵大力给所有人的感觉是，他的身高、体重、力气都是有限的，但他的意志和能量却是无限的，开会时总是不动声色，悄悄地吸收现场的作用力与反作用力，最后的决策总能让事情走向理想的方向，按照他说的去做就会在寻找答案的路上碰到惊喜。还有一点是，他能把众多关系提到精神层面去概括，说服人相信这就是答案，或许，这就是县委书记的不怒自威。

王大树还在感慨，突然赵大力语气转为严肃，今天是二九第四天，昨天晚上狂风刮了一晚上，虽然今天稍有好转，但是家家户户的窗户上都还挂着霜。你看咱们的办公室，炉火着得很欢，但玻璃上的冰有一公分厚，做饭的烟一出烟筒口就落了地。有的孩子没出房门就冻坏了脚，俗话说老婆孩子热炕头，可现在是凉炕头啊。不光是人，猪在猪圈里蜷缩着打哆嗦，也不吃食。鸡在窝里聚成一堆，不见脑袋。两尺多深的井水也结了冰，打水时需要一个人下去现凿，要不就是用长杆子使劲儿捅。冻伤的人大有人在。说着赵大力摘了帽子指着耳朵，前天晚上到骨干培训班通报中央文件，往回走的时候，只有200米的路，因为没放下来帽子护耳，回来就没知觉了，化开肿成了馒头。几十年也没这么冷的天气，即便有也没冷这么长时间。

听着赵大力的话王大树眉头紧锁，坚定地开口，书记您就指示吧，民政这块儿怎么办。赵大力继续说道，从现在到开犁只有六七十天，因此各项春耕工作要提前抓紧开展。1.9亿斤粮食一粒都不能少，使使劲还要上2亿斤。大树，家长里短靠你解决，粮食这人命关天的事也要看你了。为了多打粮食，县里提出了借贷自由、买卖自由、雇工自由、租佃自由、变工自由，鼓励勤劳致富。王大树正要问赵书记是不是记错了，自己是民政科科长，不是粮食局局长。赵大力说，县委已经决定，王大树同志任民政科科长兼粮食局局长，区公所的农会工作专员也听你指挥，不得有误。说完，拍拍王大树的肩膀就走了。王大树望着赵大力的背影直挠头。

赵大力这次弱化了过程，强调了结果，那就是王大树你不可替代，必须担当起来。王大树一直坚定地认为没有喊错的口令，只有做错的动作，赵大力既然喊了口令，他必须清楚地认识自己，甚至跳跃式地认识自己，有能力做对动作。

说到粮食和春耕，王大树就想起1944年，当时他正在榜青，结果被拉去当兵。事实上，那次离家之后，王大树已经告别了田地，这让他常觉得心里有无法言说的空虚和自责。他是在父亲榜青过的各种颜色、各种形状、各种味道的土地里长大的，他熟悉粪肥发酵后与泥土混合起来的味道，那是一种让人觉得丰收在望的踏实味道。当春雨落到泥土里，他仿佛比父亲和文地主更能听懂泥土的欢笑。父亲是榜青户，只管按着文地主的吩咐低头干活，让他打井他就打井，让他间苗他就间苗，让他把尿撒在高粱地里他就撒在高粱地里。他不用筹划这块地是种豆子还是种谷子。他只需任劳任怨全力以赴地干活，是个地地道道的成手庄稼人。王大树只顾使劲快干，因为不守种地的规矩，没少挨父亲的骂。父亲严肃地告诉他，人糊弄地一天，地糊弄人一年。

深夜回到家，王大树把一天的事跟文桂兰叨叨了一些，文桂兰感慨着，我爹过去是地主，如今自食其力，收成也不错，还是看着你爹耪青，看着看着学会了。我们家的地其实都是中等地，牲口和车辆不缺，我爹也是精心侍弄，赶上几年间雨水调和，加上像你爹这样的耪青户，各种作物都挺争气。我爹和你爹一样都爱地，在咱们村几十里外还买了几十亩地，盖了几间房屋，雇佣了耪青户，时常去看着。但是那是中下等地，秋季收了几车庄稼，两捆不如咱村的一捆份量重，粒少秕子多，算下来不合适，就把铺子撤了。要是有你爹帮着经营，赖地也能变好地。王大树头枕着胳膊，双眼望着窗外闪闪星光的天空，低声呢喃着，我爹现在要是活着，还会帮你爹的，他离不开土地。

因为冷，外面的人很少。多处景致前空无一人。中午之后，阳光才在寒气中冒出来。傍晚，大束夕阳余晖倾泻在县政府的墙壁上，中国人民大团结万岁的标语更红亮了。王大树暗自祈祷，让阳光长久地照射和护佑着那些心意纯净、行为朴素、胸怀善意的人吧。

渠边骑树影，场畔数麦芽。
清风不待倦，甘露迟解乏。
低头捡晨露，抬臂逐晚霞。
春洒原野绿，秋开遍地花。

（二）

自从有了新身份，王大树便开始记日记，除详细记录每一天每个人的每件事之外，在日记里他还和自己谈话，这比照镜子更能认识自己。以下的数字就是日记的一部分内容：

当时，全县耕地面积为97万亩，分配给贫雇农88万多亩，占总耕地面积的91.5%以上，每人平均分配10亩。3月中旬，县、区组织了"查评"工作组，对各村分配土地情况进行了复查，及时纠正了个别不合理的现象。为了保障每户分得土地的所有权，以政府名义给农民颁发了土地执照。全县当时共有126个行政村，经过检查验收，土地改革达到标准的占78%，正趋向合理。

在1949年，全国粮食总产量2 000多亿斤，在除去饲料、榨油、种子、酿酒等其他用途后，平均每人一年仅400多斤口粮。折合平均每人一天仅有一斤多粮食。1950年是新中国的第二年，各区报来的粮食生产计划雄心勃勃。

王大树抖着五区的材料跟刘胜利说，能生产这么多粮食？咱们五区我不陌生，肥和水没法子和四区比，把产量报得这么高，多少有点意气用事吧。老领导，回去好好讨论讨论再报咋样。刘胜利一脸的不愿意，我说王大树，这意见归意见，可别心里对咱们五区没信心啊，有条件咱们上，没条件咱们创造条件也得上，咱们有力气、有决心，行动是最好的证明。这不是力气的事，这是实事求是的事，原来亩产100多斤，这一下子上到400斤，平白无故啊。凭的就是咱们五区人的力气，凭的就是咱们对党的恩情。

王大树一时不知道从何说起，琢磨了一下问道，咱就说水怎么解决？靠天吃饭，肯定上不到400斤。刘胜利胸有成竹地答道，咱们县委书记赵大力同志可说了，去年冬天冷得要命，今年肯定雨水好，土层墒情也好，害虫的虫卵也冻得差不多了，趁着好时节把群众的信心培养起来，大干一场，锄下自有三分水，大树你就别矫情了。老领导，那是咱们赵书记的愿望，过去咱两家都是给地主榜青的，十分清楚这收成的事哪有几次是靠运气的。七月十五定旱涝，八月十五定收成，农事也是有规律的，中央号召咱们开展农田水利建设，水利工作是恢复和发展农业生产的关键。行，行，大树，你现在坐在上面，文件比我吃得多，说话一套一套的，那你说这水咋办？

王大树在屋里绕了几圈，然后拿出一张纸和一支铅笔，画了一通。刘胜利围着转圈圈，上上下下没看明白。咱们五区有两条不大不小的河流，擦边流过几个村，这几个村可以引河水过来，建自己的圩堤，安置河闸，开挖垄沟。外河涨水排涝，平时不浇地时攒水，不能白白流走了，可以一举两得。话说回来，有水，不一定就万事无忧、旱涝保收了，得抓住时机在精耕细作上做文章，土地是咱农民的，多下点肥，锄头勤快点，提高单产。中央一直讲新中国的工业，其实我想工业如果作用到农业上，那就更不得了，这里面的文章大了去了。

刘胜利睁大眼睛对着王大树说道，王大树你这是三日不见当刮目相看啊。干啥吆喝啥，吆喝得还有板有眼，听着就在理，没看错你啊。王大树说，上级号召我们开展劳动互助，咱们五区不缺劳动力，但是缺工具，这可以和四区换工。刘胜利急切地问，咋个换法？他们工具借给你，你支援他们劳动力，以此类推，各个方面都可以换工，这就是两全其美嘛。王大树随手又翻出一份文件说，驻地的解放军营团都在落实这个指示，刘胜利看到这是军委《关于一九五〇年军队参加生产建设工作的指示》，其中有用红笔画出的重点：<u>人民解放军除继续作战和服勤务者而外，应当负担一部分生产任务，使我人民解放军不仅是一支国防军，而且是一支生产军……军队首长可和当地人民政府商量并在农民自愿原则下，参加劳力、资金、肥料、农具，与农民伙种，使之增加产量，公平分配成果。</u>王大树说，县里已经和驻军开过会，二营五连和你们互助，他们会联系你们的。

刘胜利喜形于色，行，大树，你说的我都明白了，到底是100还是400，得有理有据，光强调完成产量任务，不顾实际情况搞摊派那是不行的，闹不好产量没上去倒逼死了人，结合刚才你说的这些事，回去我们研究研究，刀在石上磨，人在事中练，向大树同志学习，尽快给你们报上来。走出门的刘胜利回头给王大树竖了一个大拇指。

1950年全国水利春修工程完成的土方，如果筑成高与厚各一公尺的堤，连接起来可以环绕地球一周。这些水利工程在春旱和夏汛中起到了很好的调节作用，为粮食生产提供了保障。当然，1950年的春耕是新中国成立后的第一个春耕，所以意义巨大。

此刻，驻县城部队的院子里热火朝天，不是齐步正步，也不是刺杀格斗训练，而是干部、指战员扛着镢头、背着犁铧、挑着筐子、牵着牲畜，正集合要向一望无际的荒野进军。各连战士除了积攒厕所、猪圈、马厩的粪肥外，还要求每人每天至少拾粪1.5公斤，支援给结对互助的村子。王大树拿出日记本在上面计算了一下，10天内驻军提供了10万多公斤积肥，难怪赵大力感叹，咱们的解放军又能打仗又会生产，只有中国的军人才有这样的觉悟和本领。

清晨，迎着初春的太阳，到处是劳动的人群，一镢一镐的挥舞，泥土纷飞，被锄头翻过来的新土地在太阳下闪闪发亮……欢快的歌声和洪亮的劳动号子声交织在一起，就像一首雄壮的生产大合唱，重新唤醒了不知沉睡了多少年的土地。粗糙的镐把将刘胜利的手磨起血泡，他简单地包扎一下拿起大喇叭，走到一处高地上动员喊道，上级对"土改"政策和公粮征收有了新的指示，对因为勤劳耕作超过年应产量的，超过的部分予以免税。对受灾的农民，根据受灾程度减税或免税。劳动的人群齐声喊"好"。刘胜利接着说，那反过来，因怠工产量偏低的，就不能免税了。人们笑着回应说知道咧。咱们今年定的目标是亩产 260 斤，差不多是去年的两倍多，但是咱们心里有底气，因为改造了水利，攒足了底肥，还有换工互助，关键是亲人解放军的帮助，我们一定能战胜这点儿困难，打好粮食向毛主席和党中央汇报。咱们区里的干部也不能光说不练，从今往后每天都来参加农业生产，同时，开展劳模评选，定期评选出农业生产模范，不光发奖状，还奖励现金。说完人群中又爆发出一阵喊好声。

　　刘胜利满心欢喜说完正要从高地上下来，只见一个老太太和一个穿军服的壮汉由远处急匆匆往这边赶，到了刘胜利跟前扑通一下跪下就哭，刘书记，我家没地种。刘胜利立刻收住了笑脸，先站起来说说咋回事。男的说，我叫郭连根，刚刚复员，这是我老娘，她说不清楚，还是我说吧。你说，你说。

　　郭连根刚说完，刘胜利就一跺脚，这不是胡闹嘛。

> 日出浸春泥，
> 风气阡陌间。
> 兼得几重香，
> 砥砺续恩缘。

（三）

　　按照郭连根的说法，他家是疙瘩柳村的贫农，现在评议说他家是地主，不能分给土地。因为1944年春季他被伪满地方政府抓去当了勤劳奉公队员，日本人投降之后，他自愿参加了八路军，今年复员，复员的时候是排长，曾立过大功一次、三等功两次。现在带病住在大车店，本来计划到县里看大夫。他的老娘哭着说，我们家以前成分不错，"土改"给我们定成地主是不对的。他爹死得早，儿子当兵之后，我生活无出路，1946年12月嫁给了本村一个姓霍的地主，结果解放后我们的成分成了地主。

刘胜利接过话题说，如果你说的是事实，可以提出申诉。我记得，关于划分农村阶级成分的事儿，咱们县里开过会，通过了决定，比如说，凡在解放前结婚的，工农和贫民子女嫁给地主、富农或资本家的，过同等生活满3年以上的，才能认定是地主或资本家成分，不满3年的原来的成分不变更。时间就以当地解放为起点，咱们县解放是在1947年2月，向前推算最多3个月，不够3年，构不成地主成分，应该恢复为贫农，合理合法分得土地。你先回大车店，我到县里确认一下，你们该看病看病，住宿吃饭我们也管，这事交给我，把心放肚子里。

王大树正在召开民政科会议，一个干部慌慌张张跑进来，边擦汗边喊"王明文抹脖子了"。王大树腾地站起来，王明文是谁，哪个村的？这个干部咽了咽口水说，二区南关村的。分地的时候有人说伪满洲国统治时他在县里开马厂，属于经营地主。咱们也是多次调查，但是到目前为止没有丝毫证据，据说还往祖上三辈查了。结果，王明文一着急自己抹了脖子。人现在咋样？不知道，已经被送去医院。散会，我先去趟医院，话声还未落，王大树已走到了门外。

王明文被救了过来，但暂时说不了话。王大树俯下身子，对王明文说，你的事组织上会查清楚，不会让任何一个人受委屈。

无论是过去拥有幸福的人，还是往事不想再提的人，想获得更多未来可能性就是唤醒现在。王大树决定亲自去查，他知道不能停留在材料里回顾过去。

经过调查，原来在1945年之前，王明文在县里马厂当车老板子，每天赶着马车出出进进，但不是经营地主。相同情况的还有同村的王贵，他的伯父是地主，但是在1947年本地解放前两家已分开过，差不多有十几年，他靠给伯父榜青维持生活，也不应该是地主。

听到这儿，王大树想起了双河村，想起了跟在父亲身后给文地主家榜青的日子。那时候他已经放弃走出双河村，虽然偶尔也会不甘心，觉得自己是读了书的人，也是在县城里见过世面的人，就这样面朝黄土背朝天地做一辈子榜青户，找个不识字的女人过日子，有什么意思呢。但是他实在不忍心再跟父母提任何要求，他知道，只要提出来，父亲一定能理解他想走出双河村做一番事业的心情，也会想尽一切办法支持他。可是母亲该有多担心，在那个战乱四起的年代，他如果非要走，就是要母亲的命。但是他怎么也没想到，他和父母、他和双河村、他和榜青是以那样不可预料的方式告别，那些他曾经在夜里失眠时反复纠结过的事情，那些对于年轻的自己，得失难解、喜忧难辨、是非难决的事情，在历史洪流席卷而来的时候，是多么渺小和不值一提。眼下，他和这个被差点认定为地主成分的王贵比起来幸运多了。历史就是这样魔幻，要么给你一个答案，要么让你放弃寻求答案。他曾经以为世界小得只剩下双河村，可事实是，无论是他还是王明文，都在被历史推着往前走，他们只不过是在时代的坐标里，一次又一次地确认着自己的位置。

王大树正感慨着……刘胜利推门进来了。王大树赶紧倒水，打趣道，是不是能听到五区超产的好消息了。刘胜利说，多亏了你啊大树，不过现在愁的不是粮食，是人。我们区疙瘩柳村的郭连根，是战斗英雄，复员回家成了地主成分，愣不给分地。事情我都查清楚了，给你送报告来了，不但不是地主，还是典型的优抚对象。王大树说，报告留下，咱们一并落实，不能让英雄流了血又流泪。

那天王大树有点累，午夜时分头又隐隐痛着，本来还想写几行字，可眼皮又沉沉地掉下来，没办法只能将这些想法先寄存在梦中。梦中他双脚踏上新征程，一路上碰到许多人，有的人笑得前仰后合，有的人在困难面前施以援手，几乎所有人都愿意拥抱或接受拥抱，还有相互间说不完的感谢和美好祝愿。

这年秋天，美好的愿望终于如愿。全县的耕地平均亩产量从100多斤增加到近300斤，粮食产量差点突破3亿斤。五区的粮食产量平均亩产280斤。秋天丰收的季节赶上中秋节，从县城到乡村到处洋溢着欢乐的气氛，虽然田里有忙不完的活儿，但每个人忙得兴高采烈，每户人家都吃了一顿纯肉馅饺子，还有月饼，五仁的、枣泥的、糖丝的，喜欢哪个口味就能吃到哪个口味。晚上，好多人家都备上大西瓜，大圆月亮升到头顶的时候，一家人围坐一圈，一边吃着月饼，一边吃着西瓜，畅谈着眼前的光景。郭连根、王明文、王贵家分得的地也喜获丰收，喜上眉梢的王明文特地来给王大树送自家做的月饼，说让穷苦人家吃上饱饭，咱们共产党做到了。

除了吃饭问题，当下，还有个急切的事——大批部队的干部战士复员转业，各种诉求接连不断。王大树给科里的干事传达上级要求，一定要落实好第一次全国民政会议精神。这次会议明确提出，民主建政、救灾救济和复员军人安置工作是当前民政工作的重点。复员的同志中负伤致残、积劳成疾的占一定比例。中央指示，凡是办有复员手续和伤残军人证书的同志，回乡时只要本人有一技之长或一定文化程度，要尽量安排工作。对没有文化也没有技术的，由县安置委员会雇人挑运他的行李送他回家，当地乡镇人民政府认真解决他的住房、生产生活和婚姻等方面的问题，并且三令五申，一定要以负责到底的精神把复员安置工作做好。人民解放军排级以上军官，由部队转业到地方工作叫转业军人。转业军人到地方工作，按军队的级别待遇，套改为地方行政工资待遇。与此同时，有一部分国民党尉级军官和士兵，在被俘后，经过解放军的思想政治教育，无悔改表现的，部队将他们转交当地政府，发给路费，遣送回乡，叫资遣人员，不属复员范围，不予安排工作。

接待室群众在排队，一位妇女递给接访的工作人员一封诉求书，抹着泪说，她家在三区清河村，老头是复转军人，打完仗了高高兴兴回了家，结果送他老姨的姑娘结婚，心里舒坦，酒便喝了个痛快，没想到回来的路上迷迷糊糊从马上掉下来，脑袋碰上块大石头，人没了，扔下全家七八口子人……工作人员说，我们已经知道这件事，区公所把评议结果报了上来，只不过你们还不知道结果。你家老头本来是可以安置的，但是出了意外，因为不是因公伤亡，所以发不了那么多钱，但是政府体谅你们，区公所报上来的评议结果是破例给你们家补助200元。妇女对这个结果还是不满意。从办公室出来的王大树了解完情况，便开导这位妇女，这个意外其实是可以避免的，少喝酒点不至于乐极生悲，收好补助回家好好安顿老小，今后家里遇到困难，随时再来诉求，按照困难救济的办法我们能帮就帮。妇女边说边抹着眼泪，哪怕是给公家买一盒火柴的路上也好哇，起码算个公差，这功没功力没力的，全怪他老姨……边说边走了。

妇女一走，后面排队的老大爷赶紧凑到王大树跟前，递过来一张纸，上面写着他儿子在部队是排长，后来牺牲了，评议发给了抚恤金，但是他持着村政府的介绍信要求补助买棺材的钱。王大树皱着眉头想，这应是区公所该办好的事……大爷您回去，不用再跑了，这个事我亲自安排办好，补助派人给您老人家送去。老大爷点着头走了，但回头望了好几次。王大树看出大爷的意图，大声说我叫王大树，万一没给着落，您回头来找我。

王大树手里像拿着一杆秤，时间做了秤杆，所作所为所思所想装满秤盘，责任和使命提着它们，而秤砣代表着老百姓，孜孜不倦地检验着他是否能在理想和现实两处、顺境和逆境两头，心口相应，知行合一。

日子就是这样，云变成雨，蝴蝶破茧，春蚕吐丝，树叶绿了又掉了，花朵开了又落，泥土变成房子。人类和雨水、草木、泥土、瓦砾，都是自然的一部分，那些纠结，也是自然辩证的，就如同树木，长了结子叫树瘤，变成家具却叫花纹。

> 朝阳覆辽原，
> 良辰拾黍穗。
> 已别陈年饥，
> 赏心乐事味。

（四）

1953年底，全县优抚积极分子代表大会召开之前，办公室里刚忙过一阵的王大树坐下来喝了口水，办事员递过来一份材料，说这是代表大会的方案，赵书记批示请大树科长把关。王大树一边核对着数字，一边念叨着，81户烈属，295口，军属4950口，130名残疾军人，2406名复退军人。参加会议的有7名烈属、8名残疾军人、20名退伍军人、44名复员军人、7名转业军人，还有10个特邀，也就是现役军人代表……行，比例差不多，议程没啥问题，待县委研究确定后发通知，咱们准备会务。对了，我记得二区的代表里有个李国华，怎么在这方案里没看见。办事员说,他是二区新任的党支部书记,在部队是战斗英雄,从抗美援朝战场回来不久。前几天,他在督查群众抢收怕风作物时,发现他外甥和几个人在家喝酒不出勤,一气之下打了那小子一镰刀把,赵书记下基层听说了这件事,取消了他的代表资格。王大树说,这个人我有印象,事迹很突出,所以安置的时候直接任职二区的党支部书记,实打实的好干部,有点可惜了。其实在咱们农村,长辈见到晚辈没出息打几巴掌踢几脚太正常不过,况且李国华又是维护集体利益,打的是他亲外甥。办事员跟着说,李国华同志不容易,转业到地方,媳妇没工作,因为区里没有中学孩子十六七岁了只能在小学五年级旁听。还有这样的事?王大树合上资料,走,去趟二区。

从县城到二区已经有了公路,骑马一个多小时就到了。李国华一家住在区公所的仓库,临时用旧门板隔出来一个角落,没有灯和窗户。这天马上就冷了,人住在这里肯定扛不住啊。李国华倒是满不在乎,说在朝鲜打美国人那几年,爬冰卧雪习惯了,这点小冷不算个啥,能遮风避雨就是顶好的了。要不是新社会,弄不好现在还住地主的狗窝咧,说着咧嘴开心地笑了起来。李国华的老婆倒着水,也笑呵呵的,有吃有住,组织上对我们不薄,知足知足。王大树没见到孩子,估计在学校。原地走了几个来回,开门见山地说,国华同志,组织上的处理意见没错,拿镰刀打自己孩子也不行,纪律和大道理我就不说了,想必你也是门儿清。我今天是专门为另外一件事来的,就问你一句话,想不想来民政科工作,想来的话有个副科长,成不成的不保准,我会向县委申请。咱们民政科还缺个打杂的工勤，嫂子如果不嫌弃就委屈一下，这个我能定。县里有中学，咱们家儿子也正好有去处。李国华怔怔地听完，眼泪汪汪，起身敬了个军礼，迟迟没有放下，王大树把他的手拿下来，拍了拍他的肩膀。

这时，一个小伙子探头探脑地进来了，满脸幸福地给王大树敬了个礼。李国华说这就是自己的孩子，放学回来了。王大树摸摸挎包，举起一个不知藏了多久的"小月亮"，在孩子眼睛一眨不眨地围观下，扒了"月亮"泛起黑点的皮，告诉孩子这个水果叫香蕉。孩子小心翼翼地接过去，似乎沉甸甸的，得用双手捧着，咬了一小口嫩黄色的果肉，突然眼神亮亮地瞅着大家。

晚上王大树回到了县里，拴上马就去找赵大力，把全县优抚积极分子代表大会的准备情况汇报了一通。赵大力说，刀在石上磨，人在事中练，大树你现在是行家里手了，我看方案可行，按时间表推着走就行，遇到问题咱们共同研究。王大树说，有秧不愁瓜，有骨不愁肉，我现在愁人。赵大力不解，大树啊，你那两个摊子是全县的命根子，缺人配人，缺物件配物件，县委啥时候亏过你们。赵书记既然这么说，就别怪我大树耿直，二区的李国华用镰刀打人被取消了优抚积极分子代表大会代表资格，这没问题，为了纠正他的错误，建议调到民政科，任副科长，我替您看着他。赵大力琢磨了一下说，也不是没道理，那他愿意来？王大树说，这由不得他，组织决定，必须坚决落实，他是军人出身想必都懂，这个工作我来做，领导决策就行。赵大力说，既然你有

第二部 · 从县里到市里　　071

信心，能人尽其才，这是好事，着急的话你就先把人调过来干活，县委过个会再办手续也不耽误，相信大家也不会有意见。王大树敬了礼，半天才放下，乐呵呵地转身一溜小跑走了。赵大力站在原地，眼睛转了半天，拍了拍脑袋也笑了，这个王大树，算盘打到这儿来了。

全县优抚积极分子代表大会如期举行，会场里响起了国歌，这是王大树生命里唯一能随时打湿眼眶的歌，就好像体内哪里埋着一颗种子，国歌是它最亲密的朋友，不分时间不分场合召唤它，它一醒，血液便沸腾。

会议结束后，王大树从县政府借了两辆自行车，准备带着李国华走一遍全县的村庄，寻访贫困群众，分类登记在册，因为民政工作没有捷径可走，心中有数手才不慌。这一走就是一个月。

李国华也向王大树学起了记日记，其中有一篇的走访日志是这样写的：

> 还是像昨天那样，我和大树科长推一段骑一阵地往前倒，又累又渴，就到路旁一个蒙古包去找水喝。一个中年妇女领着四五岁的孩子用手比画让我们进屋。蒙古包北边放着一张半月形矮木床，底铺牛皮上盖着毛毡，边上摞着叠好的被褥，西头坐着一位双目失明的老大爷。我们向他们问好，说明哪来的到哪去，想要找水喝。他用熟练的汉话与我们聊天。

他们是哈达嘎查的牧民，儿子上山放牧去了，这个妇女是老大爷的儿媳。说话间，他儿媳进屋放上了一张小方桌，掀开独节木柜端出一小盘白糖和一小盘细盐，又端来一大盘切成条的新鲜奶豆腐，随后提来一壶奶茶，给我们每人倒了一碗。我们喝茶的时候，老大爷问，听嘎查的干部说，我们国家在东海、南海成立了舰队，怎么没听说有在西海成立舰队呢？我和大树科长互相看了一下，告诉他，因为我们国家西边是陆地，没有海，所以也就没有西海舰队，他点了点头。他儿媳端来两碗用乌日莫拌的脆炒米，另外还有半盆鲜牛奶。吃喝完后，我俩要按下乡的规定加倍付钱和给粮票。老大爷说什么也不让儿媳收，后来我俩把带的糖饼、糖三角留给小孩，老大爷这才点了头，儿媳才收下。

　　中午到了哈达嘎查，饭后歇了半晌，继续上路。原以为牧区都是身穿蒙古袍、腰缠大彩带、脚蹬蒙古靴、说着蒙古语的人，问路一定很困难。可是来到之后看见的却不是想象的那样，无论苏木所在地或是经过的村屯嘎查，人们穿着和汉族没多大区别，西裤、短褂、解放帽、农田鞋很普遍，还有不少穿塑料凉鞋的人。遇到的人或多或少都能说听懂一些汉语，有的还说得很流利。

　　王大树和李国华揣着地图和指北针，一边记录一边交流，乡村路上能骑车就骑，不能骑车就推，遇到泥泞路段就扛着车走，深一脚浅一脚的。王大树喜欢这样脚踏实地的行走，虽然没有人对他提这样的走访要求，但他坚持一有时间就下乡，这是他自认为做好民政工作的基础。每次下乡他都有不一样的感受，他把一些感受说给李国华听，哪户人家去年庄稼被冰雹打得颗粒无收，两口子不给政府添麻烦，借粮养活一家老小，今年就打了个翻身仗；哪家老汉独居腿脚不好，邻居连着十几年帮忙担水锄地，不离不弃；哪户人家看起来家徒四壁，老的老，病的病，可儿子争气，书念得好，一定能出人头地……李国华一路听一路记，他问王大树，这么多村子，这么多人家，你是怎么记下来的。王大树说，听完就忘的那叫"事不关己高高挂起"，他们的故事不只是故事，是生活的真面目，更是我们想问题、出政策的依据，你想想，如果你每天琢磨怎么解决他们的难处，你还会记不住他们么？李国华钦佩地看着王大树，他常常被王大树和村民相处的情景感动。那是一个和坐在办公室里开会、布置工作的王大树完全不一样的人，一个放下公文包就扛起麻袋帮农民收粮的人，一个蹲坐在地头帮农民盘算明年种什么庄稼的人，一个见到争斗场面就奋不顾身冲到人群里维持秩序的人……有一次，打架的人失手把酒瓶子打到了王大树头上，李国华惊恐地看着玻璃渣在王大树头上开了花，急着要拉王大树去卫生所，王大树摆摆手，还是坚持要把事情了解清楚，处理妥当才去卫生所包扎了伤口。

　　李国华一边心疼一边埋怨王大树，你要是出了什么事，我怎么跟赵书记和桂兰交代。王大树淡淡地说，日本人投降的时候，我从伪军驻地往家走的路上，要不是老百姓救了我，我早死了，我的命都是百姓给的，这点伤算什么。说完之后，站起身拍拍李国华的肩膀,国华,其实我也没想到农村还是这么难,问题还是这么多,有时候我也不知道遇到的那些问题到底该怎么解决,但是我就觉得,遇到问题不解决,这是我的问题,不能推给老乡,绕着他们打架的场面走,我心里过不去,如果连我们都解决不了他们的问题,他们该怎么办?

当然,也有一些感受,王大树是不跟李国华交流的。比如,夜里躺在炕上看着屋棚就想起文桂兰和孩子,他很奇怪为什么每次想起文桂兰,脑子里出现的都是她小时候笑嘻嘻的样子,那是一个多么善良、多么好看的小女孩儿啊。是他王大树,把一个原本只会念书和写诗的文桂兰,变成了又要工作又要背着孩子洗衣做饭的劳动妇女,但也是她给了他完整的家,改变了他的命运。临走之前,文桂兰一边把洗干净的衣服装到包里,一边叮嘱他下乡也要按时吃饭。他看到套在蓝色列宁装里的文桂兰更显瘦弱了,但也只是搂了搂她的肩膀,抱了抱孩子就出了门。在安静的夜晚,他深刻地意识到自己对文桂兰和孩子尽责不够。但他也只有在这样万籁俱静的时刻,才允许隐蔽在内心深处的思念肆意蔓延,让他知道原来带着愧疚的思念是这么难熬。想到这儿,王大树更睡不着了,干脆起来点上灯,给文桂兰写信,信里报了他返家的时间,也急切而诚恳地表达了他的思念。他表达的方式又是极其笨拙的,他想不到除了承诺回家后给文桂兰和孩子做一顿好饭,还有什么方式能证明他太想对她好一点。

天亮之后,王大树和李国华继续挨村走访。

一个月下来,李国华的日记本满了:

五道井，北纬 44°29′，东经 120°39′

双龙屯，北纬 44°32′，东经 120°35′

中兴村，北纬 44°33′，东经 120°55′

鸽子庙，北纬 44°35′，东经 120°37′

华家铺，北纬 44°47′，东经 120°8′

开荒队，北纬 45°56′，东经 121°12′

四家堡，北纬 45°19′，东经 120°38′

敖包村，北纬 45°0′，东经 120°8′

塔头村，北纬 43°59′，东经 120°41′

兴起村，北纬 43°55′，东经 121°1′

野马滩，北纬 45°32′，东经 119°4′

……

一边走访一边催促，各乡各村的民政制度总算完善起来，优抚、救济、救灾款也都分发到位。

回来之后，两人建议县里召开核对地名的会议，因为在这次走访中发现不少村庄重名，比如，团结乡、团结村、团结林场、团结渔场，还有团结医院和团结兽医站，放眼望去一片大团结，所以经常走错了地方。还有的地名是蒙古语和汉语叫法各不同，只能带着括号。有的地名与上级要求相悖。会议决定尊重历史和群众的习惯，新的名称不再增加，不给群众的生活造成不必要的麻烦。

会议还要求县里各部门向民政科学习，经常深入基层调查研究，总结典型经验，推动工作落实，做到心中有数。不能工作没有计划、重点不明确，平平淡淡推着干，走一步看一步。只有书面布置，缺乏检查监督，发现不了问题也就谈不上解决问题。

的确，不去经历和感受，即便给你一段你最想要的生活，你也不知道它好在哪里，如何完善。而许多真正的完善，是去触碰经验和惯性以外的东西，在这个过程中，你要忘了你，变成你之外的所有人和所有可能。

第二章　来时的路

（一）

在王大树的眼里，时光从来都是同一个人，一个长生不老、容颜不变、性情不变的人。在人们短暂的一生里，时光经常扮演成主导者的样子，一边发个果子，一边丢个枣；这边刮会儿风，那边落几滴雨；一边送给你青春，一边刻画好苍老；这边有个美好的孩子抱着你希望你不恼，那边有人需要你在他变凶之前抱着他吴侬软语。

此刻，时光来到1958年4月，而伴随时光而来的故事也将载入史册。

盟人民委员会改为盟行政公署，为内蒙古自治区人民委员会的派出机构，不再行使一级地方政权的职能，辖开通县、开鲁县、开远县等。开通县县委书记赵大力提任副盟长，推荐王大树任民政处副处长，说离不开这棵大树。文桂兰也随行调往盟行署妇联工作。李国华任开通县民政科科长。开通县所属区公所改为人民公社。

从这年开始，全国开始实行粮食定量，因为有不少地方陷入饥荒。随着灾荒严重，代食品也愈加多样化，豆秆、榆树皮、稻草，以及其他可以粉碎的植物根茎都变成代食品。灾荒带来了反思，大跃进的锣鼓平息了下来。然而，雪上加霜的是，从1959年下半年开始，出现了前所未有的自然灾害。除了旱灾、洪涝、霜冻等常见灾情外，还出现了并不多见的鼠灾、蝗灾等。农民不仅吃不上粮食，甚至有些地方连饮水都出现困难。这个情况同样出现在盟所辖的各旗县。

盟行署组织工作组下乡救灾，决定从各个单位按比例抽人，一个旗县一个组。本以为能抽调二三百人，结果来来去去只有八九十人。王大树报到的时候，见抽到的人对环境陌生、条件艰苦、任务繁重等情况有畏难情绪，很少有人谈下乡是一次难得的经历，可以让人更好地了解农村、农民和农业，增长见识和阅历。

王大树想到下棋处于劣势时，脑子里总会冷不丁冒出一个念头，如果缺兵少马还能赢，就太好了。可有时候，越希望自己能出"棋"制胜，场面反而越糟。等到终于缴械投降时才发现，缺兵少马是伤，谋略和战术是药，吃错了药，还想医好伤，那就是异想天开。倒也不用气馁，一盘棋里有很多道理，一两句话说不清，但有一点，趋乐避苦、急功近利不是进步的最好方式。王大树边想边走，直奔赵大力办公室。

赵大力也正愁这事，跟一旁的干部说，都是吃苦受罪长大的人，这才刚吃饱几天饭，遇到点苦头就一脸不情愿。过去给地主搒青，吃的是小米饭就着咸菜或者炒盐豆，有时候吃一顿黏糕或者玉米面大饼子，菜就是黄豆汤熬干白菜，没啥油水，不到收工的时候就饿得前心贴后背了，不是该咋干还咋干嘛。现在新社会了，有温有饱，咋还这个不愿意那个不愿意的。王大树说，那我比赵书记强点儿，我时常能吃上一把瓜子。瓜子？嗯，文桂兰给的。赵大力回头发现了王大树站在门口的，那你都听到了吧，过耳就是责任，不能白听啊。

王大树说，群众的觉悟咱们想办法继续提高，眼前的事当紧，换个方法行不行。赵大力示意王大树坐下来讲，招呼大家围过来听听。王大树正了正衣领，挺直腰板说道，比如，有的单位小，人员少，工作确实忙，可以不来，否则来了也是勉强应付。有的单位有人可抽，但是本人不愿意下乡，来了也是心神不定，干不成事。所以，抽来抽去，抽不出如意的人。建议各单位自行组织农村牧区工作队，行署下达任务，各单位结合实际自行组织人员落实。简单的说，就是我们不具体抽人，只配发任务，至于用多少人，怎么督办，各单位自己定，到时候能拿成果交账就行。好的奖，差的罚。赵大力一拍脑袋，说这个可行，还是属你主意多啊。王大树傻傻一笑，不是我主意多，是老领导管得太多了。

王大树走后，赵大力琢磨了半天，问周围的人"我管多了？"周围的人光笑不答。

这次受灾，情况各异。就以受灾最严重的开通县为例，农区有10个公社粮食减产三成以上，250亩内涝，1 000亩洪涝，

7 840亩冰雹打，15 766亩风刮，8 180亩病虫，567 635亩干旱，共计600 671亩，占耕地总面积的61.9%，其中绝收面积55 000亩。其中就包括东风公社，也就是原来的五区，绝收面积比较大。王大树放下统计表，向盟里主动请缨，民政处工作组包联开通县。

王大树一边赶路一边看着路两旁熟悉的庄稼地。他知道自然灾害的威力往往超乎人类的想象，它们可以迅速扼杀农作物的生命力，尤其是洪水、干旱、风暴等，经常发生在农作物生长的季节，以至于无法避免或应对。发生水涝，农作物的根部会被浸泡，导致无法获得足够的氧气和养分，进而引发根部腐烂，无法健康生长，农民所有的劳动付之东流。干旱也一样，缺乏足够的雨水，农作物的生长周期受到严重影响，土壤失去水分，营养价值也会降低。农民不得不通过人工灌溉或地下水来解决植物的水源问题，然而这种方式并不能覆盖到每一块土地，现上轿现扎耳朵眼，来不及啊。说话间他们来到了开通县，远远看见刘胜利在路口等着，两个人都是一溜儿小跑激动地抱在一起，其他工作人员相互握手。刘胜利说，大树你来了我就心里踏实了。我又不是海龙王会呼风唤雨，还是那句话，靠天吃饭是吃不消停的。王大树一边说话一边蹲下身子，用手指刨开土层四五寸的地方，发现仍不见湿气。

一样的气温，一样的闷，时间的流动没有带来一丝一毫降雨的迹象。王大树一共走访了两个公社五个村，才来到了县政府。一路上还碰到了磕头烧香祈祷的村民。王大树知道，那些不受理性控制的感性在问题没有解决之前是不可能自动移除的。

在县政府会议室,刘胜利汇报了县里当前的应对措施。成立救灾委员会,发动和组织群众努力做好夏种、麦收、积肥等生产救灾工作。行署紧急拨出救济粮28万斤,县里正采取由缺粮户申请、群众讨论、公社批准的办法发放到群众手里,平均每人每天按9两的标准,发足一个月的口粮。军烈属和孤寡老幼分别对待。与此同时,为救助外地流动灾民,县里派人在必经路口设置问事处和粥站,手心手背都是肉,不许饿死一个人。救灾是一方面,另一方面县委、县政府负责同志带领大批干部,指导群众在治理河沟、开垦土地和发展副业等方面开展生产救灾运动。

听完汇报后的王大树放下笔,意味深长地说,刘书记刚才讲不许饿死一个人,这不仅仅是愿望,更是一个政治任务,咱们人民政府的奋斗目标就是让老百姓吃饱穿暖,一步步过上更好的日子。有了困难,不能把困难推给客观原因,要尽最大努力救助灾民,做一切必须要做的事情。咱们县里做得好,体现了高度负责、救命第一的要求。有几个地方是值得总结的,比如双河大队过去搞过农田水利、圩堤,安置的河闸是现成的,这次又广泛发动群众继续开沟挖河,扩大蓄水和浇灌能力,离水渠远的群众互助担水浇苗,抗旱保秋,现在看可以减少不少损失。全县如果能利用几百处水渠水井,在小型农田水利建设上下功夫,会立竿见影,保10万亩没问题。运输和修河挖沟可以雇佣当地农民,以工代赈,支付工资,农民还可以增加一部分收入。庄稼成熟后随熟随收,颗粒归仓。

刘胜利边记边问，绝收的那五六万亩咋办？补苗或者改种。如果改种需要多少种子？刘胜利答道，差不多 100 万斤。王大树边想边计算，协调盟里下拨一部分，如果盟里配不了这么多，群众可以采取互换种子的方法解决一部分，饼肥和化肥我们协调配套好，总之，能种上就比绝收强，抢回一点是一点，不能眼巴巴等着绝收。听到此处，大家互相点着头，开会前低头耷拉脑袋的人似乎有了精神，各自打开了话匣子。

这次王大树来到双河村，现在叫双河大队，看望了文桂兰的父亲，也就是自己的岳父。"土改"后，文家财产依法充公，房屋、土地、金银珠宝，家中的家具、器皿成了共有财产。岳父说，通过接受宣传教育知道了啥叫平等，穷人不低人一等，共产党代表了穷人的利益，进行土地改革让穷人分得土地。共产党不追究地主底财，不扫地出门，不乱抓、乱罚、乱押、乱扣，同样给了我一份耕地，我心服口服。过去我种地，使唤你爹榜青，把他当成机器了，发个指令就坐享其成，惭愧啊。现在，我自己劳动，在劳动过程中我产生一个想法，新社会没了人剥削人，那发号施令给谁呢，当然是给机械，社会进步了，种地不能光靠人，得改良农具，哪怕是半机械化，农村有经验的铁匠、木匠不少，试制新农具，成批制造，加以推广，能解决大问题。我说的可能不对，你爹活着的时候念叨过这些个事，当时我也没往心里去，瞅见你想起来了。

爹，你说的没错。

实际上，20世纪50年代，中国农村历经互助组、初级农业社、高级农业社、人民公社的发展阶段,而农业技术变革也由最初的推广新式农具、良种改造、化肥应用等,发展到农业机械化,农民的劳动效率逐步提高。而传统农业技术改造、新技术的推广对农村社会及农民的行为、思想观念都产生了重大影响。

> 青石卷烟尘,云雾罩弥真。
> 犹记秋杵探,拂面向阳春。
> 细火煮时迁,绸念化余音。
> 墙外别旧事,墙里见新知。

(二)

王大树和刘胜利在某个晚上列席了团结公社,也就是原来的三区召开的农田建设会议。各个大队的党员代表、团员代表、妇女代表、民兵连长、生产队长都参加,结合参观东风公社双河大队的小水利畦田建设,谈谈各自的感受,提提工作建议。

一个生产队长说,我观察测量了一下,畦田宽4.8米、长50米左右,根据需要和地势,也可延长或缩短,畦埂宽60公分、高50公分,上水均匀,主干渠、支干渠配套科学,咱们干部群众都上一线,大干快上修畦田,先完成2万亩的任务,每天完成1 000亩。民兵连长说,按以往来说,完成这么重的任务有一定困难,但是今天我们看到了样板,心里有数,明天一早就召集民兵进行动员,统一思想,绝不推横车。也有的人说,眼看着绝收了,现在修畦田也不顶事啊，不如赶快打场，能抢回多少算多少。还有的人说，不如打井来得快。也有人说，我们听指挥，上级让咋干我们就咋干，力气和人有的是……

公社书记说，行了行了，同意干的举手，少数服从多数。举手的人明显占多数。公社书记环视了一圈，继续开口说道，咱们就说重点，明确哪些地块修畦田，然后分工到各个生产队落实。还有就是绝收的地抓紧翻地，翻完抓紧修畦田，不能错过时机。刚才有人提出打井，有条件的可以多管齐下。最关键的是，我们请示了上级，这次修畦田可以计工钱。计工？人们的话匣子一下子被激活了，互相点头称赞。妇联主任这时站起来，大量人马去兴修水利工程，我们这些老弱妇孺也不能闲着，能下田的下田，把那些没有受灾的抢收回来，体力不够的就套上牲畜干。人群中爆发出一阵又一阵的掌声，王大树的掌声尤其响亮。

这时，刘胜利站了起来，这个事大家看得准、说得对，心里有底，我也赞同。当然，提出的不同意见，我们在开展工作的时候也要借鉴，防止走弯路，接下来具体咋干各个公社也要结合实际，自己商量着办，县里积极帮助解决困难。还有个事，我出发前县委、县政府发了通知，目前全国受灾地区很多，虽然咱们现在也非常困难，但是咱儿也要帮助国家和兄弟省市渡过难关啊。周总理把咱内蒙古誉为模范自治区，如何让这一金字招牌永放光彩，那就要时时刻刻听党的话，心向党、心向党中央、心向北京。

刘书记你就说咱们咋个帮吧。刘胜利看了看王大树，又环顾了一圈会场,坚定地说"捐粮"。

捐粮?

一时间,会场内鸦雀无声。站着的人也陆续坐下了,一股股青烟陆陆续续冒了出来。

王大树示意靠窗的人把窗户开大点,然后站了起来。我们都是从旧社会走过来的人,吃过苦,受过罪,现在迎来了新社会,啥啥都有人管,咱不能忘了共产党,不能忘了国家,更不能忘了牺牲流血的解放军。捐粮,这是报恩、还愿。我记得刘书记在我入党的时候就告诉过我,行动就是最好的证明。今天,我响应号召申请减粮、减定量,结余的粮食捐给国家。刘胜利跟着站起来,算我一个,一粒米、一两米、一斤米,都是米。当年我们小米加步枪打败了日本人和美国人,现在用小米打败自己的肚子更不在话下。

只见站起来的人越来越多,这时一道铿锵有力的声音响起,咱这条命都是党给的,党让咱咋办就咋办……

后来统计,团结公社捐粮 15 万斤,全县当年捐粮 300 万斤。三年困难时期,内蒙古人民同全国人民一道勒紧腰带,节衣缩食,克服一切困难调出 10 多亿斤粮食和数万头耕畜支援兄弟省市渡过难关,有力缓解了国家压力,以实际行动当好了民族团结的模范。

回到盟里,王大树向赵大力汇报了在开通县开展工作的情况。听到王大树汇报捐粮的事儿,赵大力一拍脑袋,我这次带队下乡碰上你姐姐了，夸你有文化、思想进步，要向你多学习，捐粮也不能落后，结果把全家粮食都捐了出来，大人孩子现在吃野菜和麦麸度日。最小的那个孩子还在妈妈怀里撒娇，忙着玩过家家，听说上山挖野菜、拾木材，背着筐高高兴兴跟着妈妈走了。那个大一点的孩子叫王庆丰，已经能帮着大人锄地、拔草了。赵大力说到这，有点哽咽，中国的农民是世界上最好的农民。

王大树站在赵大力旁边，内心复杂，既为姐姐骄傲，也为姐姐担心。赵大力擦了擦眼睛，走到写字桌旁，翻出一个笔记本，把里面夹着的几张粮票塞到王大树手里，让他带给王向阳，大人饿点能忍着，别苦了孩子，孩子是咱们的希望，未来还靠他们呢。王大树赶忙推回去，都给了他们，那您……赵大力摆摆手，又擦了擦眼睛。王大树也就没再坚持。

这时，王大树想起了岳父的话——重视农业机械，于是话锋一转，跟赵大力说到了机械问题。咱们现在的机械其实不过是把各个大队的柴油小胶车集中到公社，统筹分配使用，即便这样各个大队的认识仍然不统一，比如对建设标准化农田没有概念，不舍得买柴油，遇到困难大队也不积极向公社反映，小胶车能干多少是多少，没油了就停下来。但是这个事给咱们提了醒，人海战术是改变不了落后面貌的，面对大自然咱们得换个法子。

大树，我知道你总有想法，不妨直说。

我举个例子说明吧，比如，兴修水利就得开沟渠，挖出的土方要从沟渠底部运到岸边，没有施工机械，只能肩挑、人抬。但咱人力紧张，需要开动脑筋，大胆革新，创造和改进劳动工具。

盟里可以下发通知，开展提合理化建议、创新创造施工工具的活动，鼓励大家开动脑筋，将旧车或者旧式工具变成效率高的新车、新工具。群众的智慧大无边，咱们鼓励激励，争取代替扁担的可能还是有的。

大树啊，你可说到我心里去了，到下面走一圈，群众的热情是动员起来了，总觉得哪块差点啥，你这一说，我是茅塞顿开啊。

后来盟里下发了通知，鼓励农民创造、改进农具，效果良好。改良工具多达数百种，既有可以用来耕地、耙地、锄地、割草的小胶车，还有排灌、运输、施工等方面的简单机械，盟里的报纸专门开设了农具改造专栏，广泛介绍、宣传各类新式农具，改变了许多人挑现象，关键一点是劳动效率翻了两番。

1962年1月20日，《人民日报》刊登消息并配发社论《哲里木盟的新贡献》。社论中说道：哲里木盟是内蒙古的重要产粮地区。1958年以来，这个地区每年平均生产的粮食比第一个五年计划期间每年平均产量增长4.6%，比新中国成立初期增长了一倍。在遇到干旱和虫害的情况下，各族人民团结一致进行抗灾斗争，1961年为国家提供的商品粮比前8年的平均交售量多27%。

其实，灾难是每年都有的，好像需要下雨的时候不下雨，不需要下雨时却拼命地下，那么大的中国，每年出现灾难是正常的，而每一次与灾害抗争都是黎明前的曙光，一旦破晓就会走向更美好的明天。

生活总是充满了希望。

日落春又来，

朱墙新月待。

自从寻路起，

不问夜阑珊。

（三）

时隔若干年，1968年10月5日，还是《人民日报》，在《柳河"五·七"干校为机关革命化提供了新的经验》一文编者按中，引述了毛泽东的指示：广大干部下放劳动，这对干部是一种重新学习的极好机会。

全国各地党政机关纷纷响应，办起"五七"干校。党政机关、高等院校、文教科技战线的大批干部、教师、专家、文艺工作者等到干校参加体力劳动，赵大力、王大树、刘胜利也来到了盟"五七"干校。干校是个独立的院子，像一个机关或学校。红砖墙、大瓦房，建筑显然比同时期的民房好多了。宿舍的墙上贴着作息表，安排如下：

早晨6：30起床，所有学员都必须闻号起床，在15分钟内到操场集合列队。在各排长、班长带领下跑操。

7：15，跑操回到干校操场。各排长对前一天的情况作简短讲评，然后解散。各人回宿舍洗漱，到食堂吃饭。

8：00至12：00，如果是晴天，由各班长带队参加劳动。

如果是雨雪天，由干校另行安排学习任务。

12：00至12：40，吃午饭。

12：40至14：30，午休。

14：30至18：30，劳动或学习。

18：40至19：20，吃晚饭。

19：30至20：00，排长、班长到干校会议室开会，汇报一天情况；干校领导安排下一天的劳动或学习任务。

20：00至21：30，星期一、三、五学习和批判会，星期二、四、六自由活动。

21：30，广播大喇叭放熄灯号。除值夜班巡逻的学员以外，其余学员一律就寝。

干校还有菜园子、食堂、锅炉房、养猪场。平时学员与当地工人农民一样从事生产劳动。除了工业品，基本上做到了生活上自给自足。不管是谁，无论官有多大，学问有多高，进了干校都得劳动，每个干校成员要学习做一个自食其力的劳动者，能自理生活，不要人服侍。

大家分成连排组，互不往来，劳动锻炼的同时检讨自己的问题，接受批判，每次批判各连排组会被召集在大礼堂。

这天晚上，批判会继续举行，有人质问台上的人，认为他是反革命，那个人一口咬定自己不是反革命，并讲了几句过头话，气氛一下子紧张起来，组织批判的干部甚至开始撸胳膊挽袖子……王大树直起身子，盯着台上的人，想确认是不是听错了，刚才有人喊常胜。

你是常胜吗？那个低着头生闷气的人抬头搜寻着台下。王大树拍拍自己的胸脯，是我，王大树。那个人左右端详了一会儿，突然蹲到台前，伸出手。王大树从座位上挤出来，跑过去握住他的手。你是王大树，双河村的那个王大树？是我，是我。你是抱着鬼子跳河的常胜？那个人兴奋极了，一下子从台上跳下来，两个人拥抱在一起，互相拍打着。

台上组织批判的人看看这个，又看看那个，严厉地说道，不要破坏纪律，赶紧回到台上交代问题。王大树松开常胜问台上的人，啥问题？他给伪满州国当过兵，有黑历史没交代清楚。他没问题，我俩一起当的伪满洲国的兵，他抱着日本人跳进了河里，然后投奔了八路军，常胜同志是英雄。台上的人一时哑口无言。旁边的一个人说，王大树你的问题我们有据可查，是立过功，但他的问题没有证据，谁敢打包票。我敢，当时我就在他身边，常胜先当的英雄，我有功在后，这个功也是被常胜激励出来的，否则，我还走不到革命队伍里来，哪有为党和人民服务的机会。组织批判会的人互相商量了一下，行，王大树同志，你把当时情况写出来然后签字画押。没问题。话音刚落，王大树便转过身又和常胜的双手紧紧握在一起。

后来，劳动的时候两人又碰到了。常胜告诉王大树，那天他游过河，就一直向南走，听说到了河北就有八路军，他一直走一直走，走了不知多久，累倒在路边的苞米地睡着了。等到醒来时，耳边传来了脚步声，他揉揉眼睛定睛一看，是伪军。那一刻，他做好了必死的准备，但他在死之前也要拉几个汉奸垫背。当发现他的那个伪军来到他身边时，却没有向其他伪军喊话，而是轻声嘱咐他别动，他们马上就会离开。这一义举让他燃起了求生意志，一定要找到八路军大部队，痛痛快快打他个小日本。打完仗，常胜和媳妇从部队转业到了地方，媳妇家是开远县的，常胜随她落户，分到开远县农业机械局。他回开通县看望自己的父亲，本想着把老人家接到自己身边养老，但父亲告诉他地在哪里他就埋在哪，当年王大树救过他，欠人家一条命得找机会报答，哪能说走就走呢。

过了一会儿，常胜叹了一口气继续说道，我娘在我10岁的时候就去世了，前不久我爹也去世了，是痨病，走之前跟我讲，一定要找到你，谢谢你。王大树听到常胜父亲去世眼眶充满了泪水。就在两人沉浸在悲伤中时，一道催促声突然响起，别唠了，都麻溜干活。两人赶紧抄起工具，各自继续忙活起来。

王大树这个班一共12个人，有银行、粮食局、商业局、供销社和民政等系统来的，基本都是赵大力分管的领域，所以班长自然是赵大力。每天有小半天时间劳动，到田里犁地或用铁锹翻地，人们干着干着就开始一边聊一边干，有的会讲故事，一说起来手舞足蹈，不一会就围拢了一群人，嘻嘻哈哈的，所以进度特别慢。王大树看在眼里急在心里，但他只是埋头苦干，不大一会儿，就超出其他人一大截。干着干着，那些一边聊天一边慢悠悠干活的人，发现王大树已经远远把他们抛在了后面，于是，那个讲故事的学员就拉着长声喊，大树，我们可要批评你了，你可不能脱离群众啊。

晚上汇报的时候，王大树为全班一天只翻这么一小片地感到很惭愧。赵大力圆场说，这些干部平时都是坐办公室的，对干体力活有些生疏了，年龄也有大有小，不要催得太紧，毕竟到干校的目的是锻炼思想，干农活是次要的嘛。王大树回头正好看见那个讲故事的学员，只见他一脸得意的样子。

这天下雨，不能下地干活，便改成了室内学习。各班在宿舍里分组学习、讨论，由班长主持。学习的方式，一般先是由班长读文章，如果文章很长，也可以由几个人轮着读。读完文章后，就是大家发言讨论，每个人多少都得说点儿。有人东拉西扯，扯得跑了题，对吃苦受累有怨言的时候，王大树就会出面引导。全国的农民都在进行艰苦的劳动，他们受的苦受的累比我们这些干校学员重得多。修红旗渠的农民在悬崖峭壁上打钢钎，开山引水，苦不苦，累不累？大寨人七战狼窝掌，苦不苦，累不累？如果把吃苦受累的劳动看作是不公平，那怎么理解解放军战士的训练？怎么理解运动员的高强度训练？更无法理解军人上战场流血牺牲！大家听完这些话，眼睛瞬间亮了起来。

干校经常组织开展理论讲座，偶尔也邀请党校老师或宣传部的同志来给学员们做讲座。但这些人不太容易请，赵大力跟干校领导提建议，可以在学员中找一些能人讲讲，就是那种善于把理论和实践结合起来的人，搞个互教互学。干校领导认为这个主意不错，让他推荐一个。赵大力说，我们班有个王大树。

就是为常胜打包票的那个？

对，他讲得大家容易听懂。

时光染碧荷，流年过灶台。
烟自膛中出，泪从笑里来。
忆缠忘旧饥，与君触新怀。

（四）

王大树是第一个被邀请的学员，讲的是辩证法，因为这个必修课大家都说死记硬背也弄不懂。王大树讲了近两个小时，给大家归结成三条。

一是用联系的观点看问题。世界上的一切事物都处于各种各样的联系之中，认识事物就是认识它的联系，所以看一个人或看一件事不能孤立地去看，要把与这个人或事相关的人或事联系起来看。比如犁地、种地，不是翻开土下种子就完事儿，阳光、空气、水和土壤等事物之间存在着一种相互影响、相互制约的关系，咱们得通过劳动把他们之间的紧密联系起来，咱们出工不出力，糊弄地一时，地糊弄咱一年，最后喝西北风的还是咱们自己。

二是要用运动的或发展的观点看问题。世间一切事物都处在不停的运动、变化之中，看一个人或一件事，千万不能把其看死了，坏事会在一定条件下变成好事，坏人会在一定条件下变成好人；好事也会在一定条件下变成坏事，好人也会在一定条件下变成坏人，关键是要了解引起变化的条件。

三是要用一分为二的观点看问题。世间一切事物都存在矛盾，任何矛盾都有两个方面，既要看到事物的这一面，又要看到事物的另一面，不能片面地去看一个人或一件事。还要分清，在众多矛盾中，哪个是主要矛盾，哪个是次要矛盾；哪个是矛盾的主要方面，哪个是矛盾的次要方面；哪个是主流，哪个是支流；成绩是主要的，还是错误是主要的。常胜同志当过伪军，但是他及时纠正了错误，打日本侵略者，参加解放战争，立了功，那么他的成绩是主要的还是次要的？大家齐声说，成绩是主要的。掌声响了起来。常胜站起来，给大家敬了个军礼。

赵大力在一旁佩服得不得了，干校的领导也在一旁点头。

1970年春节一过，干校召开动员会，动员学员自愿报名到农村插队落户，继续劳动锻炼。插队落户的干部实行"五带"，即带党、团组织关系以及行政关系、工资关系、户口粮食关系和家属。

那天晚上，王大树做了个梦，早上起来只囫囵记住了一些场景：星满天，月如盘，听闻鸡鸭上架、猪羊入圈，还有房顶上的炊烟。第二天，太阳爬到窗前，人头攒，车马喧，上好的布料一米接一米的剪。生产队的钟鼎旁喇叭声儿亮，唢呐腔儿圆，吹散了西墙根儿下的残雪，吹来了草木即刻着陆，还有社员们心心念念的春天。大家你推着我，我拥着你，点燃的烟火映红了人们的脸……

王大树知道自己离不开土地，离不开土地上的人们，所以果断去报了名，名单上也有常胜。常胜还去找了赵大力，希望分配的时候和王大树去同一个生产队。赵大力答应了，并去学校领导那儿做了推荐，打了保票。干校给报名的学员放了假，让收拾东西。

王大树和常胜要去开通县长征公社，这个公社大部分属于牧区。插队落户的地点是嘎达苏大队。嘎达苏，来自一则传说，一只小野驴叫嘎达苏，与其它小动物一起生活在广袤的大草原上。然而，嘎达苏又有些许不同，它有着聪明的头脑和坚韧不拔的性格。一次，嘎达苏遇到了凶猛的猎豹，它不仅机智地躲过了追捕，而且还成功地解救了被猎人捉住的小动物们。所以在这里嘎达苏象征着勇敢、智慧，以及坚持不懈地寻找解决问题的方法。

1970年5月，几辆绿色的解放大卡车披红挂彩从盟行署大院开出，路两旁是欢送第一批到农村插队落户接受贫下中农再教育的各单位代表。喧天的锣鼓声伴随着发动机的轰鸣声，车轮缓缓地转动，送别的人群里有人挥手擦泪，车里的人则心情激动得难以言表。王大树又一次带着理想、带着希望奔赴他热爱的土地。

去往嘎达苏的道路异常颠簸，150多公里走了一整天，当汽车马达声终于停止时，一个陌生又亲切的小村庄出现在王大树眼前。它坐落在起伏的山坡下，平常而又宁静，一群早已翘首以待的人们围了上来，用眼神和表情嘘寒问暖，年轻的男女社员们穿着蒙古袍和马靴，热情地帮王大树和常胜搬行李。两家人在院子中间站好队，齐声向乡亲们鞠躬问好，来帮忙的牧民们也许没听懂汉语，但是大意是懂了，双手合十回谢着。

这时，一个年纪半百的老头儿自报是大队党支部书记，姓张，叫宝音，蒙汉兼通。首先，我代表咱嘎达苏全体社员对城里来的干部表示热烈欢迎，欢迎你们来插队落户，咱们以后就是一家人……院子里响起了热烈的掌声。人群散去后，张宝音告诉两家人，先临时住在牛棚后院的房子里。这两间土房是毛石基础土坯墙，门窗破损，墙体透光，王大树和常胜两家，一家一间，大家都担心这房子会不会倒塌。张宝音说暂时应该没啥事，过几天就给盖新房。

晚饭是大队安排的接风饭，先是一锅翻滚的奶茶，接着是玉米面大饼子，炖的白菜里边放了肉，两家人一顿狼吞虎咽，填饱了肚子。晚饭后正收拾东西，外面传来了一阵悦耳的钟声，王大树和常胜不约而同走出房门，一问，原来是大队开会，布置明天的生产任务。两人相视一笑，原来跟"五七"干校的节奏差不多。

文桂兰跟着来了，常胜的媳妇安振英也来了，两个人一见如故，聊得停不下来。

王大树的大儿子王庆祥当兵去了。安振英身体一直不太好，常胜一家还没有孩子。

第一个晚上文桂兰就失眠了，半夜坐起来不知该干点啥，就写了点感想。

我总想站在来的路上
认一认去的方向
就像只要站在你的手掌里
闭着眼睛 低下头
摸黑也能遇到安心

我总想打开过去
看一看未来
就像只要辛勤耕种
一抬头 一回身
就有明月和清风

我总想穿过深夜的渴望
碰一碰黎明时的梦想
就像从荒漠而来的人
凝视一滴水 一抹绿

每当我回到盼望里
打开过去 站在来的路上
就会低下头 闭上眼
种点什么 等它慢慢长出来

第三部

从市里到公社

第一章　离不开你

（一）

第二天早上，王大树和文桂兰正在收拾零碎的东西，忽然听到屋外一阵车声隆隆，推门一看，一群男男女女正从一辆卡车上下来，有中老年人，也有姑娘小伙，有说南方话的，也有说北方话的，人们开始卸行李。公社也组织了不少群众帮忙。王大树和常胜也赶紧上去，跟着卸的卸、抬的抬，文桂兰和安振英也是搬的搬、拎的拎，一股脑东西都进了屋。

不一会儿，张宝音灰头土脸地拍打着袖子从屋子里出来，还忍不住咳嗽了几声，见王大树和常胜两家人还在院子里，就凑上来说，全国各地来插队落户的知识青年和干部没见过咱们这北方牧区的炕头和锅台，我们几个和泥给他们安口大锅，铺铺席子，让牧民给张罗点干柴，先把吃喝睡解决好，别让人家心凉咧。见王大树和常胜也在收拾家具，张宝音说不要整理了，这院子里人越来越多，挤挤插插也不方便，我给你们另外找了一个住处。说着，就招呼着两人一起去看。

这段路实际也就几分钟，却也是乡路的尽头。紧挨着山坡，微风将山的春意传递给绿树和青草，山坡上有圈牛羊的栅栏，顺风而来的膻气装满了乡村的道路。房子地势略高，想必太阳终日都在窗外，四季之风貌、草木之盛衰，可以一目了然。

房子一共四间，带个小院子，张宝音说一家正好两间，新旧和之前的房子差不多。张宝音摸着房门说，这里原来是大队的马圈，改造了一下住过人，离队部稍微远点，取水需要用扁担来挑，愿意的话就住到这儿，等上面拨下钱，新房子盖好咱们再搬。王大树突然明白了，所谓新房子其实还没有盖，是张宝音的一个计划，上级给钱买材料再动员牧民们出工出力才能完成。王大树和常胜对视了一下，然后说，宝音同志，有住有吃就够好了，别让上级和大家继续为我们辛苦了，党让我们去哪里就去哪里。到哪里我们都能自力更生，修修补补的我们自己就在行，别浪费国家的钱，更别在农忙的时候抽人给我们盖房子，只要大家不觉得我们添麻烦，我们就在这扎根和大家一起奋斗，把咱们的日子往好了过。这话正合张宝音的心思，高兴地说，那行，到时候我派人手帮着修房子，我也来。

一个白天的时间，王大树和常胜两家的新住处就收拾得差不多了。窗外几个看热闹说着蒙古语的小孩也要回去了，文桂兰把他们叫住，从墙角的背囊里找出一个油纸包，打开是几张自己烙的白面糖饼，路上一直没舍得吃，文桂兰将饼分给这几个小孩，他们拿着糖饼翻来覆去地看，表情疑惑，文桂兰突然意识到牧区的孩子们没见过白面糖饼，就比画了几下，孩子们瞬间明白，往嘴里一放一咬，糖浆滴答出来，立刻用嘴接住，舌头上上下下地舔着，欢呼着跑走了。文桂兰知道孩子们不会说谢谢这两个字，但是他们开心的样子让文桂兰心满意足。

文桂兰喜欢这房子，在她眼里，这个房子或早或晚，总会有或软或硬的山风扑面而来。太阳还会在西行的路上，将夕阳反照在远处的山顶上，让山顶呈现出一大片的赤红。日落之后，山又变成靛蓝色。在那些赤红和靛蓝里，可以忘记忙碌和疲倦。

为了乔迁之喜，文桂兰翻出家里仅有的几斤白面，计划蒸一锅馒头庆祝庆祝。安振英也凑过来跟着讨论水、碱、面粉的比例。还好，一夜之间面团变成了一盆化学反应物。馒头准备上锅前，两个人先派出一个小面团与高温见面，蒸到时间后打开锅，小面团软乎乎香喷喷的，说明它成功了，其他馒头们才被拉起队伍送上前线。两个人嘻嘻哈哈地蒸馒头，大概也是因为太热闹了，那些馒头味儿成了年味儿……

房子很久没人住，满屋的潮气，甚至哪哪都是哈喇味，需要烧炉子烘透。王大树和常胜去山脚捡了几捆干柴，路上碰见一位老额吉阿妈弯腰弓背捡柴火，便换着她送回家，还留下最大的一捆干柴。晚上放羊回来的儿子，拿了鲜奶豆腐送给两家人，并比画着做感谢状，非留下不可，然后指着自己脑门说额拉巴拉，转身就跑了，王大树猜他名字叫额拉巴拉。

转过一天，张宝音来了，身后跟着五六个人，他一个一个介绍，有副队长、妇女队长、贫协组长、民兵排长、会计等，都是蒙古语名字。来的人围成一圈相互间说了一番蒙古语，王大树只能笑着点头，因为他一点没听懂。张宝音解释道，大家的意思是，以后就是好朋友、一家人，你们就安安心心住在这，有啥困难就招呼他们几个。王大树说，还真有困难，大家一定得帮助我们。啥困难？大家教我们学蒙古语，如何？张宝音跟几个人交流一番后，大家都笑了起来。看王大树一脸茫然，张宝音说，大家说没问题，但是，我们也要向你们学习汉语，你们也要答应咧。王大树和常胜也跟着笑起来，说没问题。常胜说，今天咱们就学第一句：你好。几个人就跟着说你——好。张宝音跟那几个人说了句赛白努，众人领会了意思了后眉开眼笑，个个伸出大拇指。常胜说，这句我也听懂了，蒙古语你好的意思，对吧？然后赛白努、赛白努地说了好几遍。一屋子的笑声。

大队召开了插队落户人员座谈会，总的意思是把家都安置好之后，大家就要参加集体劳动。会议一结束大家直奔地头。这里的土壤肥沃，各种庄稼苗长势良好，只是耕作方式过于粗糙，造成不少缺苗断条，一尺多高的苞米就有倒伏趴下的，没有间苗，密集地簇拥在一起。

王大树按照爹交的耪青口诀锄锄深耪，串好苗眼儿，不留胡子茬儿，结果把被土埋着的草都翻了出来。抬头望去，那些姑娘小伙子们耪的就是快，与其耪地不如说是放垄，大草一砍，小草一撸，没草直接过，耪不动的埋苗，互相比速度。有一个杨姓社员，人称老杨头，实际上年龄并不大，应该是庄稼地的耪青老手，太阳晒得皮肤黝黑。老杨头保持着精耕细作的习惯，速度跟王大树差不多，边使唤着工具边叨咕，没有这样干活的，只求数量不顾质量，一歇起来就没个完。

王大树走过去，说老杨你好，耪得不错。你好，我叫杨世福，没问王大树是谁就继续嘟囔着，人尽其能地尽其力，这些年轻人毛手毛脚的，时间花出去了，到头来也没学到什么好活计，唉……听着杨世福的感叹，王大树想起了"五七"干校田垄里的相似情景，觉得辩证法这个课，在这里也得上。

一转眼，到了栽菸的时段。这种活计，王大树也不陌生，少年时候就干过。先用柳条斗子从井里拔水，再用水桶倒在地里。然后刨埯，就是挖坑的一种，但是要串开空，横斜都得成行。这种活儿干起来很累，很耗体力，前面的人倒水，后面的人跟进用脚趟土封埯子栽苗。现在条件好了，社员们用马拉胶车到河里取水，到地头有倒水的、刨埯子的、插秧的、封埯子的，但是干得不细致，刨的埯子距离不均匀，横看斜看都是弯的。水倒得更不匀称，有多有少，插秧时也不把根伸开，结果有栽住的，有漂起来的，封的埯也不严实，一被晒，苗子倒的倒歪的歪。

过了些天，赶上一场雨。雨后，山顶上空升起一大片醉醺醺的云雾，远远看去，像是刚刚从幻境里漂过来的大船。庄稼地里泥泞一片，无处落脚，干不了体力活了公社就召开全体党员大会，专题研究怎样抓好农业生产。王大树在会上说，一是关于种啥的事。咱们公社土地肥沃，水利条件好，适合种植高粱、小麦、水稻、谷子、糜子、荞麦，现在为了追求高产，种的都是玉米，大家都不太愿意。我打听了一下过去种稻子的不少，现在不让种了，人们自然不顺心，也没人精心管理土地了，粮食收成也就不好。应该因地制宜，还要对应人们的需求。二是关于肥料的事。公社肥源充足，除了畜圈的，街上遍地都是牲口粪便，但是收集起来使用的不多，应该把这些天然的肥料集中到一起，发酵后给庄稼添肥。三是关于分户的事。现在咱们户数人口逐年增加，村子越来越大，公社和大队计划往外分户，如果分的话，西嘎达苏草肥树密还有河，足够一个生产队生活了……大家平时开会都在学唯物辩证法，其实就是叫人要用联系的、变化的、发展的眼光看问题，实事求是、一分为二地看问题。实事求是就是唯物主义，胡思乱想是唯心主义。实事求是，能解决吃饭问题，能解决我们遇到的任何困难，它是毛泽东思想的精髓。

话说到此，突然冒出一个声音问，你叫王啥了？

王大树。

能说会干，这回记住你了。

王大树一看，问话的人正是杨世福。

其实，杨世福有着很容易让人记住的模样，像梁山好汉们结了忠义，喝了烈酒之后的脸庞，可以瞬间让人看到诚意。

的确，这个诚意在后来变成了血脉故事，令人肃然起敬。

去时锣鼓喧，归来踪声寂。
金风唤倦草，玉露饮饥田。
陌上别旧貌，锄下现春颜。

（二）

  这几天雨一直下，而且有点出奇的大，好歹麦子都提前收完了，王大树和常胜只能在家歇着。两人就着文桂兰刚腌出咸味的萝卜条小酌了几杯，想起过往一些圆圆圈圈点点画画的片段，包括"五七"干校那个方方正正的宿舍，铁床铺下是脸盆，脸盆上搭着毛巾，牙刷朝哪个方向。当清晨第一缕光从窗帘的缝隙里照进来的时候，就会听到集合的哨声和鼎沸的人声。晚上入睡前盯着上铺的木板看，傻乎乎地就睡着了，两个人回忆到这些就笑得不行。常胜说，这个世界上，把酒喝干，把话说透，把事做得有情有义，把身心交付给有价值的事业，那便是有意义的，大树你做到了。王大树说，是你先做到的，最后两人拍着对方的肩膀说我们都做到了。

  在一旁闲聊的文桂兰和安振英也笑得花枝乱颤。文桂兰说自己脑子一直很笨，笨嘴拙舌，反应慢，而且大脑、嘴巴和反应大部分时间都不能高效合作。比如我小时候明明知道糖果好吃，它们安静地待在柜子里，而且柜子从不上锁，我从来没想过打开它，更不懂得跟爹妈索要，这强化了他们认为我是弱智儿童的判断。我爹为了证明我不是弱智儿童，很正式很认真地教我，好吃的东西吃完可以再要，哭着要也可以。但我用了几十年的光景也没有学会这个本领。

  王大树接过话题打趣道，这是你爹坚持让你上学的原因吧。

去去去，哪都有你。说完文桂兰和大家又笑作一团。

突然，外面好像有人在喊，酒和故事中止了，两人的身体和意志一下子醒了，向着喊声的方向延伸。没有犹豫，常胜和王大树果断冲出房门。

站在高处，眼前的景象好像一杯高度白酒，瞬间上了头——山洪，把额拉巴拉的羊冲走了。此时，响雷一个接着一个，闪电在天空中一道接着一道，大风使劲地吹着，树枝被吹得乱扭，齐膝深的水夹着泥石来势汹汹，顺坡而下，汇聚到山下的小河，水位急剧上涨，小河暴涨变成大河。额拉巴拉的羊圈在山坡上，用栅栏围着，200多只羊被洪水冲得东倒西歪，羊圈垮了，一群吓呆的羊顺流而下被泥浆任意吞噬，额拉巴拉在羊群的下游奋力阻挡。王大树和常胜两人立刻分工，王大树奔向羊群，拼命把羊群驱赶到山洪的两侧，但羊群不听使唤，站在原地不动，被洪水冲走了。常胜跃入河中，把几只漂着的羊推到岸上，无心顾及水位上涨，越来越多的羊被冲了过来，额拉巴拉也被羊撞入河中，常胜游向额拉巴拉，用尽全力抓住他扑腾的手，拉向岸边，而常胜自己却因此失去重心，摔向湍急的河水，有几根滚木压过他的身影，常胜在翻滚的浪头里摇了摇手，瞬间消失了。

额拉巴拉噙着泪水，顺着洪流往下游边跑边找，大声喊着，王大树也跟着跑，但是什么也喊不出来，就是不知疲倦地跑。张宝音带着大队干部和民兵也闻讯赶来，手拉手用人墙堵住羊，然后撵到两侧山坡上。额拉巴拉的羊圈被泥石流冲走，羊损失了几十只，活下了大多数。

雨停之后，各生产队灾情报告飞之而来，通往县里、公社的两条公路被毁中断，通信中断，西嘎达苏水库塘坝垮塌，多处房屋被冲走，常胜下落不明……

额拉巴拉和王大树一直沿着浪头追，直到这条河又汇入更大的河，看着里面忽隐忽现的枯木、变形的家具、牲畜的尸体，额拉巴拉蹲在岸边号啕大哭。王大树想起了1945年常胜抱着一个日本人跳进大河时的场景。

后来老阿妈问救人的干部叫啥名字，张宝音说叫常胜，老阿妈念叨了几次也发不准这两个音。王大树说，叫赛白努。这个名字好，这个名字好。

安葬常胜的那天，公社召开了党员学习常胜同志先进事迹座谈会，牧民的发言非常踊跃，王大树依然点着头，张宝音凑过来说，牧民们说喜欢这样的干部。安振英在这个过程中没有掉眼泪，她知道嫁给英雄，随时都要修整心胸，泰然自若。轮到她发言时，她安静地说在大队落户一直陪着常胜，将来要埋在一起。

县委后来发布了表彰通报，其中这样写道：

> 嘎达苏大队插队落户干部常胜同志在抢救牧民生命财产过程中不幸失联，经过17个小时的紧张搜救，在离事发地一公里外找到了他的遗体。
>
> 常胜同志因公殉职，让我们深感痛惜和惋惜。他是一位优秀的党员干部，尽职尽责地履行着自己的职责，用实际行动守护着人民群众的生命财产安全，用自己的生命诠释了一

名党员干部为人民服务的伟大使命,他的精神将永远铭刻在我们心中。比享受使人斗志衰退,比贡献使人奋发图强,我们要向常胜同志学习,学习他那种不畏艰险、勇于担当的精神,学习他那种为人民利益不惜牺牲自己的崇高品质。

困难好比一座山,看你敢攀不敢攀,胆小永远站山脚,勇敢就能上顶端。常胜同志的精神将永远激励着我们前行。让我们团结起来,争取更大的胜利。

大地的广袤和慷慨,森林的深藏和沉稳,山脉的静默和勇猛,江水东去奔流入海的不眠不休,还有夕阳落下时江水乍现的万丈光芒,当然,世界不仅仅是物质世界,还有人的精神世界,那些英雄们开疆拓土、打江山守江山、叫醒了和平与文明,五湖四海的人、四面八方的人、南腔北调的人、带着各种笑容的人,摆出各种姿势在大山大河前拍照的人,都要永远地记住这些英雄和英勇的精神。

亲人过世,谁也不愿意在安振英面前打开这个话匣子,王大树和文桂兰也不会刻意去聊常胜,只是在无意间会探讨一些她的想法和愿望,安振英会顺着话题聊下去。这天晚上,文桂兰照常去隔壁跟安振英拉家常,回来之后兴奋地跟王大树说,安振英有了身孕,两个月了。

对于安振英来说,这是一件既苦又乐、苦乐难解、苦乐都心甘情愿的事。她本来已经做好独居一生的准备,是这个小生命让安振英的内心重新流动起对生命、对情感、对天地万物的无限希望。在她看来，那汨汨而出将她折腾得筋疲力尽的晕吐感，不是简单的妊娠反应，而是一去不归的常胜对这个世界的留恋。一想到这份留恋要由她来完成，她便觉得十分荣耀。她有足够的信心，给那个奋不顾身跳到河里的常胜以全新的生命。她要延续的，不仅是常胜的生命，还有常胜给这个世界带来的光明和希望。

拿到正式检验结果的那天，文桂兰语重心长叮嘱安振英，务必要保养好身体，一定一定一定一定。张宝音得知消息后，又带着那五六个人来看望，还是那句话，有困难找我们。这孩子是你和常胜的，也是我们嘎达苏全体牧民的。我们蒙古族有句谚语，金子埋得再深也不会生锈，伟大的人逝世再久也不会磨灭，希望孩子像他爸爸一样，有金子般的心灵，有英雄一样的气概，生下来就叫阿拉腾巴特尔吧，阿拉腾就是金子的意思，巴特尔是英雄的意思。

安振英说，好，好。

不知不觉哭了出来，却无声……

> 子夜一梦醒，独坐月下怀。
> 身后碧空尽，窗前花自开。
> 月光倾如水，水漫明镜台。
> 花攒几分醉，我举水一杯。
> 清可洗长夜，千愁舌下埋。
> 昨日已东去，明日还复来。

一盏送明月，再盏送英骸。

盏盏无远翼，常落君樽里。

（三）

如果看见便是得到，想到就可以永恒；如果成长是在既定的轨道里一路向前，那世间便没有坎坷。人的每一寸成长都要仰仗真实世界里爱恨、是非、得失的历练。

常胜去世后，插队落户干部的工资关系才几经周折转到县里，而且要定期去县里取。工资单上写着：

王大树，级别 16，106.5 元

常胜，级别 17，95.5 元

文桂兰，级别 20，68.5 元

安振英，级别 21，60.5 元

组织关系也刚到，王大树收齐了每个人半年的党费：王大树3元，常胜3元，文桂兰、安振英各0.9元。

想了想，又把常胜改成了2.5元。

张宝音收下党费，递给王大树一页纸。

嘎达苏大队"五七"领导小组，组长张宝音，贫协代表额拉巴拉，知青两人，插队干部原来是常胜，现在换成了安振英。通知王大树，他已经是公社"五七"领导小组成员，被推荐参加10

月 26 日在长春召开的"五七"战士学习毛泽东思想讲用会。

而 10 月也是生产队打场的时间，知青们因为缺少经验，不用碌碡压就摊打粮食，实际上还有许多粮食籽没打下来，没吃到嘴就造成了浪费。碌碡不缺，但是整个大队只有一辆拉碌碡的柴油小胶车，轮流使用，确实耽误时间，但最终好歹是颗粒归仓。离开会还有一段时间，王大树带着文桂兰架杖子，把两家过冬的白菜、萝卜、芥菜腌好，收集干柴垛起来，房子漏风的地方和泥抹一抹，安振英想帮忙，文桂兰说记得四个"一定"。

王大树打听到五六里外有一处山洼，人们都去那里捡疙瘩棒子当过冬的烧柴，这种疙瘩棒子是枯木的一种，十分耐烧。但走了一上午两手空空而返，回来一问才知道，方向找对了，是沟塘子没找对，得翻过一个山包。老阿妈听说后，嘱咐额拉巴拉送来几捆烧柴先用着。接着一群牧民就来了，连说带比画，王大树明白了老乡的意思，大家去给他们捡柴。王大树说，要不我去捡成堆，大家帮我拉回来就行。那何必呢，来回折腾两次，费工费时，不如我们连捡带拉，就这么定了。有的说回去备绳子，有的说回去喂饱牛，还有的说去河边磨柴刀，就各自走了。

王大树望着他们的背影，有一种感受：世间有一种情谊，你可能为之兴奋、为之动容、为之不懈奋斗，如果把这些情谊连成线、连成片，就会像山丘般壮美，像平原般辽阔。这样的情谊，歌者有，舞者有，笑谈古今者有，纵情山水者有，一醉方休者有，嘎达苏的牧民们有，王大树有，就像奶茶和盐，谁也离不开谁。

去长春开会的时间到了,王大树这一走就是25天,其中路上各种换乘来去15天。出席这次讲用会的先进集体和先进个人共计950人,插队落户干部191人,知识青年314人,贫下中农63人,剩下的是有关方面的代表。

王大树将日记本记得满满的。回来后,在公社党员大会上一一做了传达,并说了点心里话:通过学习毛泽东思想和有关文件,我觉得应充分群众发动,通过交心交底交政策,最大范围地团结干部和群众,广泛听取意见,不管好的、坏的、正确的、错误的都要听,做到去伪存真,集中力量办大事。王大树甚至还大胆地指出,我们过去的学习方式存在形式主义,互相观望的多,讨论起来随便说几句,膝盖挂掌——离蹄还远,既没有提高认识,也没弄清思想,更没端正态度,所以问题永远是悬而未决,开头不错,没有结尾。比如说农业学大寨,我们去了几拨人,学是学了,干在哪里了,连个影子也找不到。

公社书记叫李行事,是县委派来的,此刻坐不住了,耐着性子总结了几句便宣布散会,红着脸背着手走了。

晚上,县里宣传队来巡回演出,邀请与会人员观看。李行事坐在前排,台上一开演他就开始评论,等到《红灯记》出场,他干脆站起来指着台上的演员大声嚷嚷,那个老太太怎么那杵脸,小姑娘表情也不好,好像谁欠你三百吊,李玉和亮相姿势不对……他这一吵吵,台上乐器停了,3个演员像楔了橛子一般,愣在那儿,此时舞台的幕还敞着。演出队长赶紧让人拉幕,交代演员之后重新出场,结果还不如原来的好,甚至走了调,李行事气得背着手走了。

回到宿舍，大家兴致勃勃地议论李行事以往闹过的笑话。在今年县直干部培训班结业大会上发言，有的人这也不行，那也不去，挑工作、挑职务，没有你的槽子糕，还不做鸡蛋了？他把程序说倒了，引得满堂大笑，一时成了经典。还有一次，外地来了一个代表团，他致辞欢迎，稿子上写的是某某代表团长途跋涉来到公社，他误以为团长是蒙古族，叫途跋涉，就念成某某代表团长，途跋涉同志来到公社，成了笑柄。王大树想到白天开会他背手离会的情景，感叹虽说人非圣贤孰能无过，知错即改就是大丈夫，不过，如果群众知道你错了，却没有人愿意或是不敢告诉你什么是正确的，至少说明你的工作作风已经不那么平易近人。如果群众纠正你，你却当成是笑话你、看不起你、不尊重你，那你可是彻底地丢丑了。一个人闭目塞听，容不得异己之见，以为自己所说的就是真理，那就不仅仅是丢丑，有时候还会给工作带来损失。几个人迎合着说，大树你下午讲得对，我们都同意。只要路是对的，就不怕路远。

既然不怕路远，干脆摸黑回去，住在公社的宿舍一个晚上3.6元，有点舍不得。七八里路，就当捡疙瘩棒子了。几个人合计完，就各自贪黑回大队了。

王大树也合计着这次去长春的费用：

来回途中10天，每天补助0.5元；住宿15天，每天0.5元；火车票11.8元；汽车票11元；会务住宿5.5元，共计 40.8 元。

这差不多是自己工资的一半，不行，也得回去，给大队省点是点。开始是结伴而行，后来就是独自一人，路过人烟罕见的乡野之地，任凭那前方黑洞洞，还有风吹树叶的声音，王大树满心只想冲上前去，把自己交给万物，让身体、灵魂和意志尽数附着在树枝、土石和尘土上，如此，便能彻底挣脱疲惫的束缚。

人生的道路也是这样，带着责任，带着笔墨，带着惯性，带着锅碗，日复一日地往前走，有什么样的生活，在于做个什么样的人。在 30 年、40 年之后，当初那些酸甜苦辣咸在一大杯茶水里或浓或淡，但都不影响后来的人继续追求那些越来越无懈可击的真理。

冬意滚滚唤头霜，
不待青女已投凉。
风过三巡侵腠理，
纨扇别过五更窗。

（四）

冷，于无声处。家，在大自然的抖动中呜咽。

供销社大院里，王大树腋下夹着的白色塑料布被冻得簌簌作响。在那样一个物资稀缺的年代，塑料布就是玻璃。到家后，王大树把塑料布裁剪成窗户框大小，用纸壳条压住，用钉子固定，不进风就知足了。

先说说那个年代的房子——土房。

盖这种房子要把泥土用模具做成砖的形状，晒干，砌在一起，然后用泥把面抹光，条件好的再刷些白灰。房顶不是瓦，是用麦秸秆和泥土抹上去的，年头一长里面滋生了各种爬虫，以潮虫居多，睡觉时最好不要仰头张嘴，否则指不定吃下什么。屋里的地面是和外面一样的土面，扫地前需洒些水，否则尘土飞扬。这种房子不怕瓢泼大雨，怕的是连天雨，一点一点地渗，整个房子似乎都洇透了，用手都能挖下泥来。当然，连天雨的时候并不多，提前盖上塑料布或者油毡纸，也能扛过去，只要冬天不跑风漏气，存住些热乎气，都能将就。

王大树统计了一下整个大队没有玻璃的土房共计22户，玻璃是解决冷的关键所在，否则烧再多的柴，热乎气也被冷气抵消了。后来在王大树的提醒下全公社进行了统计，有198户这样的人家。王大树请示公社能否给县里打报告，争取一下为公社社员们安装玻璃。公社说县里咋会同意，管了你就得管全县，会给咱们吃偏饭？不试试咋能知道，也许上级也在找抓手，也许咱们伸出手上级正好拉咱们一把。果不其然，县里研究同意先在长征公社安装，效果好钱不多，后续各个公社也给缺玻璃少窗户的人家配装。考虑到王大树在上级部门待过，办事程序熟悉，而且蒙汉双语兼通，公社决定此事由王大树负责。其实李行事想的是，成了是公社的成绩，不成王大树就是始作俑者。

王大树拿着县里的批复，在 12 月 28 日这天出发了。到了县里风尘仆仆地直奔物资局，接待的人说，上午局里的人都听报告去了，一三五上午是雷打不动的学习时间。走廊里，各个办公室果然挂着今日学习、不办公、不接待的牌子。王大树只好去"五七"招待所先住下，吃了午饭，又步行七八里来到物资局。局长和业务负责人都在，看着王大树的单子说，玻璃有货，木材货不足，明天能不能到说不准。如果不着急，最好是年后来，准保齐全了。王大树说，咋不着急呢，这大冷天，窗户没玻璃，200 来户村民受冻。业务负责人扭头看了看局长，局长还是为难地说，让村民们再坚持两天。

王大树不甘心地走出局长办公室，一阵寒风凛冽地吹过来，王大树忍不住打了个寒战。这寒风，在王大树看来，不是风，是翘首以盼的村民们的叹气声。这寒战，不只是吹冷了王大树的身体，也吹醒了他的不甘心。一想到如果这一趟他迟迟不归，或空手而归，李行事八成会得意地看他出丑，更重要的是，村民们不仅要继续挨冻，还会对他生出失望，这是他无论如何都不想看到的。想到这儿，王大树决定看看物资局的存货，七拐八拐到了物资局后院，眼前就是个大货场。从货场的存量来看，虽说不多，但是公社需要的木材和玻璃还是够的，况且还有卡车正在卸货。

王大树迈开两条长腿，返身就往局长办公室走。见了局长，急匆匆地说，局长，后院有木材。局长站起来说，那都是按指标分配的，你们的不是这批，再等等，实在不行找个旅馆休息几天，反正都报销嘛。货单的日期，我给你改一下，过了元旦啥时候来都行。王大树说，明天我还来，说完便出了局长办公室。第二天，上午不学习，王大树果然按时到了，这次把刘胜利的批条给了局长，上面写着：人命关天的事优先解决，必须在元旦前检尺提货。局长无奈地跟业务员说，调单吧，告诉不着急的人年后提货。下午业务员开始备货，忙乎完又是晚上了。王大树要步行回"五七"招待所，业务员说物资局对面就有旅馆，一块七一晚，管吃管住，王大树说，回招待所能为国家省三块四。

星期三上午又是雷打不动的学习报告会，午休之后才装的车，3辆大车沉甸甸慢慢悠悠地走到半夜才回到公社，下车后王大树进行了清点，写好汇报。

小径圆木，4米长，等级2，数量39.0168立方米，单价83.8元，合计3269.61元；

大径落圆木，4米，等级2，数量24.082立方米，单价50元，合计1204.1元；

大径红圆木，4米，等级2，数量24.082立方米，单价63元，合计1517.17元；

玻璃，3毫米，数量15箱，单价52.2元，合计783元；

木材加工费369.7元，搬运费127.2元，装车费10.2元；

总计：7 280.98元。

小径圆木是做门窗龙骨用的，大径圆木是做门窗扇用的。

事后，刘胜利在公社安装门窗、玻璃的情况报告上继续批示，对用了不到一万块钱解决了那么多群众的难题，给予肯定，有关部门为此做了调研，说：

> 这是在"五七"道路上大破"官"字，不断提高用毛泽东思想改造世界观自觉性的典型事例，王大树是干部刻苦学习拼命斗争干革命的优秀分子。全县要认真学习"五七"指示，破一贯正确论，立一分为二的世界观；破领导高明论，立群众是真正英雄的观念；破骄傲自满资本论，立为人民立新功的思想。

盟里的报纸报道了这个消息。由此开始，其他公社陆续来学习。县里趁热打铁，通知"五七"战士可以在公社、大队任职，王大树担任公社书记。

任命大会后，李行事调回县委。有人说，形式主义走了。

冬天的第一场雪终于来了，王大树突然很享受零星的雪花扑面而来又被气流吹散的感觉，它们快乐地飞舞，像精灵一样来到人间，这本就是属于它们的季节。或者说，冬天从来没有变，雪花也从来没有变，有所不同的，只是人们听觉、视觉、知觉在一场又一场雪花之舞交替上演的序幕中，切换着感受，比如，这个冬天很冷，也很暖。

冬天过去就是春天，懒洋洋的太阳光透过新安装的玻璃窗照在安振英的脸上，胎儿在蠕动，就像这春天的种子已经破茧而出，按捺不住了。虽然说离生产的日子还有一些天，但是安振英的肚子这几天一阵一阵的疼，文桂兰请了假一直陪着，找好了接生婆，住在安振英家里。从怀孕一直到生产，安振英一次产检都没做过，在偏僻的农村，产检是稀罕事，肚子里孩子的状况她全然不知。但安振英决心很大，无论如何要把孩子平平安安生下来。

5月10日这天的阵痛与以往不同，接生婆凭经验知道要生了，安排大家烧水的烧水，找盆的找盆，关窗户关门，又摆出她常用的工具。孩子是坐胎，屁股先出来，生到脖颈处卡住了，虽然千方百计生了下来，但孩子身体从红色变成紫色，手刨脚蹬，哭不出声。安振英把孩子用棉被包好放到炕头，半天没见孩子哭一声，还上吐下泻，眼看着孩子吐尽了苦水，自己还没奶水，急得哭了起来。接生婆说可能是胎饱，到公社卫生所开点万婴丹或者保持散吃了或许能好，实在没有就弄点蓖麻子油、黄油灌一下。这两个办法都用了，没见什么效果。嘎达苏的牧民们都很关心，张宝音这些蒙古族汉子干着急跺脚却使不上劲。

老阿妈也来了，放下一碗小米和半碗红糖，然后把张宝音拉过来说，不要瞎蹦跶，把大队生了孩子喂着奶的妇女都喊来，轮流喂奶。对，对！张宝音飞奔出去。杨世福把这个月的工资都拿来了，说给振英买点补品，我没有家，没牵没挂的用不上钱。正说着，妇女主任借来一个婴儿摇车，身后跟着两位牧民妈妈，说把自己的孩子先放放，给英雄常胜的孩子先喂。又来了一个知青，一听就是南方口音，说自己吃不惯北方的小米和玉米，来的时候妈妈给带了一口袋大米和一大块黄油,给产妇做点细粮吧。

孩子开始本能地吃了几口奶,呼吸强劲了一些,缓了几口气后开始大口大口地吃起来,吃着吃着突然哇地一声哭起来。安振英又急又喜,也跟着哭了起来。孩子挺了过来。那时候人的营养不足,奶水没那么多。看着孩子吃着费劲了,另一个牧民妈妈接过来喂。从半夜到凌晨,又有两位牧民妈妈敲开了门,比画着说给孩子喂奶。安振英不懂蒙古语,没记住接连四五天来喂奶的牧民妈妈们的名字。但是,所有的牧民妈妈都知道,这个孩子叫阿拉腾巴特尔。

5天后,安振英有了奶水,孩子从紫红色变回了粉白色,大人的营养也跟了上来,全嘎达苏才松了一口气。

当女人倾尽身体的乳汁养育一个孩子长大成人的时候,还要倾尽心灵的乳汁去养育一个男人化茧成蝶,此刻她和孩子相拥而眠,心里默念着莫负常胜当年。

> 新春叩木,弹音慢回,料是坊间凡心。
> 裹着繁花似锦,风尘仆仆。
> 芽破泥土新绿,雨一洗漫山遍野。
> 柳絮止,蝉鸣起,火炉见了红泥。
> 暑来晨起妆毕,碎碎念,忘了斗转星移。
> 只闻不问,白鹭一去不返。
> 西山树影犹在,歌一曲,倾国倾城。
> 情满时,细雨传书塞北。

第二章　马不停蹄

（一）

杨世福来插队落户的时候，随身带了一对鸟，是玄凤鹦鹉，平时叫得挺响亮。春光初绽，暖阳正好，杨世福想着让鸟儿透透气，便挂到了屋外。谁能料到，其中一只不知咋的就钻出去消失了。剩下一只孤零零的，几天不怎么吃东西，目光呆滞，只要被挂在外面，就只是嘶叫，叫得杨世福也感到凄凉。既然拯救不了生命，就放逐吧，杨世福把笼子门打开，简单地结束这个凄惨的故事。鸟，突然安静下来，站在笼门前，看了很久，然后奋力用嘴刨打着笼子，又走到食盒前不停地啄来啄去，转过头喝了几口水。杨世福隔着玻璃窗看着它，回忆着这过去的一年。

然而，这只鸟徘徊了几次之后退了回来，理智而精神抖擞地站回笼子深处。杨世福每次讲起这个故事都说这只鸟长大了，知道在什么时候唤醒自己的冲动，给自己留下生的希望。

那只鸟，经历了怎样的思想判断和感悟，大家无从得知，但是王大树时常想，安振英很坚强，但仍需要有个伴儿，或许杨世福最合适，关键是谁先走出这一步。

王大树第一次以公社书记身份主持召开了整党建党领导小组会议，其中讨论了杨世福的入党问题。

他的材料里有参加过盟里举办的入党积极分子学习班的鉴定，还有当时党支部和党小组的推荐意见，可是公社领导小组的干部说不了解当时的过程，够了条件为啥不在学习班发展？来到大队才一年，农村干部不能和群众比，特别是从上面来插队锻炼的干部，更要提高要求。王大树说，来的时间短不是理由，主要看够不够条件，够条件就发展，不够条件够时间也不能发展，党员发展有标准。几个先前发言的人不做声，另外一个说杨世福是科级干部，公社无权批准，得报县里，同意报的举手。大家陆陆续续举起了手。

过了一段时间，公社又组建了知识青年工作检查组，王大树跟党委班子成员说，知青是个新生事物，任何一个新生事物的成长都没有平坦大道可走，总是无限风光在险峰。中央强调，对知青工作要做到政治上有人抓，生产上有人教，生活上有人管。所以，咱们不能不管。这次工作检查，王大树带着公社班子成员骑着自行车一个大队一个大队的开展。

在嘎达苏大队检查工作的时候，大家格外亲切，知青们跟王大树也不见外，话匣子很快打开了。一个说，过去在家，除了上学念书，基本是衣来伸手饭来张口，现在会做饭菜、碾米磨面、搂柴捡粪，能独立生活了。另一个说，过去在单位，参加过简单的劳动，对农活根本不懂，现在不仅能点种、锄草、收割、挤牛奶、剪羊毛、侍弄家畜，还会脱坯、垒墙、修建房子。现场一片笑声和赞叹声。有个年轻的女知青腼腆地说，在城市，怕脏、怕累、怕苦，马路上遇到点粪便啥的都捂着鼻子绕着走，帮着家里人扇扇炉子、提点水、扫扫地都觉得是分外的事，现在做饭烧牛粪冒的烟也习以为常，干活找重的干，有时候还想和别人比试比试……现场的人们笑作一团。杨世福接着说，刚才这个青年说得对，很多大城市里的人认为郊区就是农村，不知道啥叫农村、牧区、半农半牧区。我最大的收获是，会说蒙古语了，和群众的感情拉得更近了。

　　杨世福的话音刚落，张宝音的声音响了起来。大树书记，您还不知道吧，杨世福同志前几天救了一个落水的牧民孩子，那孩子在河里洗澡险些被水卷走，幸亏被正在边上干活的杨世福同志发现了，后来杨世福同志不让我们向公社汇报，说都是小事，跟常胜同志比起来差远了。杨世福同志从天津老家探亲回来，给老阿妈买了不少药，给安振英买了不少补品。听完后，王大树握着杨世福的手说，这些事应该汇报一下，我们需要榜样的力量。没啥，没啥，我们应该向常胜同志学习，把牧民当自己的家人，关心交心，互相帮助。王大树把手握得更紧了，然后说，我宣布一下，经公社请示县委，批准杨世福同志为中共预备党员，预备期一年，从本月起生效。现场的掌声一阵高过一阵。

　　会议一结束，王大树和杨世福就去了安振英家，母子俩状态很好，文桂兰在院子里圈出一个围栏，养了两只小猪，安振英的院子里开出几片菜地，能自给自足。安振英说自己也不会侍弄菜地，都是杨世福同志帮着照看打理的。杨世福的那只鹦鹉挂在了安振英的晒衣绳上，王大树还逗了逗。晚上，文桂兰跟王大树说，杨世福人好、勤快，有些地方像常胜，给振英他俩撮合到一起咋样。王大树也有此意。两个人讨论了半天，最后决定观察观察，如果时机到了就推波助澜。

离开嘎达苏，继续奔赴下一个大队。到了地方已是傍晚，一行人先住在了知青集体宿舍。晚上，王大树与知青们在一起聊天。知青们告诉王大树，他们现在自己动手盖宿舍，在院子里种了玉米、葵花和各种蔬菜，养了一口大黑猪，下了12个崽子，留下两个，其余都送给了社员。上级下来的招工指标，他们不争不抢，谁的条件好就推荐谁上，因为这里群众好、风景好、牧场广阔，有困难还有大队帮助解决，时时处处有被关心的感觉，舍不得离开。

这场聊天一直持续到很晚，大家意犹未尽，全然没有回去休息的念头。王大树见夜色已深，不得不强制要求大家回去，众人这才恋恋不舍地起身离开。

看着刚刚还人声鼎沸此刻却万籁俱静的院子，王大树有点想家了。实际上，他已经很久没有好好跟文桂兰说说话，每次见面都急匆匆。有些事情，他很想听听文桂兰的建议。更重要的是，文桂兰在他心中一直是一针强心剂。虽然她总是不声不响、安安静静的，也从不过问他忙些什么，可是他知道，文桂兰每时每刻都在关注着他，知道他在想什么。倒是他，关心她太少了。

心有灵犀似的，过了一阵，文桂兰委托去公社开会的张宝音给王大树带去一封信。

  遇见
在过去通往未来的列车上
我遇见了给小鸟写信
给大石头报春
给不会滚泥水的小猪洗澡
没有耐心耕地的牛犊拉犁

在我们的村子里
屋子虽然很小
住的人却是很多
铁炉子生火很慢
柳树发芽却很快
大榆树下
隐藏着很长的青春

我遇见了你在荫凉里谈笑
墙旮旯里乘凉
戏台子底下神往
场面里劳作归来
面容青涩
伴着风尘仆仆的乡邻

（二）

10来天没来报纸是常事，一个月不来就有点不正常了，王大树到邮政所去询问，巧的是一个月的报纸攒到一起来的，王大树足足看了一天。其中《参考消息》的一则报道令人振奋，中国恢复了在联合国的合法席位。

王大树兴奋地边看报纸边往外走，想把公社的班子召集到一起传达这个好消息，迎面又碰上了匆匆而来的秘书。王大树问道，是县委开会？不是开会，是抽调，要求马上去报到。

王大树到了县里才知道，自己被分到哈达公社。动员大会上得知，全县19个单位应建立党委，目前才建了13个；有188个单位应建立党支部，才建了82个。县直属11个单位党支部，只建了3个。其中，哈达公社有11个大队，党支部才建了两个。党的建设缺失，党内政治生活不正常，组织生活不健全，影响了各方面工作的开展。自治区、盟委到县里都很重视此项工作，县委下定决心，抽调得力干部到上述单位和地区开展工作，解决虚化弱化现象。

全县只有两个牧区，即长征公社和哈达公社，但严格说，哈达公社属于半农半牧区。王大树有牧区工作经验，蒙汉双语兼通，刘胜利在县委会议上说，去哈达公社非王大树莫属。11个大队，外加一个牧场、23个生产队，4000多人，5万多头牲畜，都系在这棵大树了。

接到任务的王大树是兴奋的,他想起了自己入党时,刘胜利带领他宣读入党誓词时紧张得怦怦直跳的心。王大树知道这项任务的重要性,虽然有他目前把握不了的艰巨性和复杂性,但是他不怕,他一直觉得自己的身体里住着一团火焰,这团火焰就是用来对付困难和挫折的。这团火焰的背后,有父亲,有文桂兰,有刘胜利,有常胜,有巍然耸立于风雨中的那棵大榆树,最重要的是,有共产党给他的安稳日子,他必须把安稳日子和许多人的愿望、努力、收获、喜怒哀乐连在一起。

有了在长征公社的工作经验,王大树规划了三个步骤。第一步,发动群众。到公社后,进一步学习毛主席"人民,只有人民,才是创造世界历史的动力"的观点,放手发动群众,积极鼓励人民群众发挥自己的创造力;摸清党员和积极分子底数,了解主要矛盾,为开展工作打好思想基础。这个工作需要一个月时间。第二步,认真学习毛主席的指示"共产党就是要奋斗,就是要全心全意为人民服务,不要半心半意或者三分之二的心三分之二的意为人民服务"。对于犯过错误的干部按照惩前毖后、治病救人的方针,批判从严,处理从宽,通过学习教育摆正作风,达到团结和提高自身能力的目的。同时,教育群众对待干部也要一分为二,区分不同性质的矛盾,哪些是敌对斗争,哪些是内部问题。干部要主动化解干群矛盾,树立典型,得到群众拥护。对于投机倒把等犯罪分子决不姑息。这个工作需要一两个月的时间。第三步,建立党支部,要以积极谨慎的态度吸收先进分子入党,成熟一个发展一个，保持党的先进性。调整充实公社领导班子和大队领导班子，但不能搞大换班，大队书记和队长由一人担任。这个工作需要一个月时间。

公社党委和两个大队书记、9个大队主任就这个方案讨论了一个下午，并没有发生像王大树预料的那种积极场面。起初会场一片寂静，无人率先发言。后来白音大队主任朝鲁就如何加强群众纪律问题做了笼统的阐述。之后，陆续有人打破沉默，介绍各自大队的情况。大家你一言我一语，交流过程中显露出一个共识：要完成王大树的方案有点难。王大树意识到，方案或许有点照葫芦画瓢，但是问题应该出现在精神状态上了。王大树决定去蹲点，回来再讨论这个方案，会后他和朝鲁一起去了白音大队。

这个大队有72户，3个生产队。主任是朝鲁，党员。副主任叫青山，预备党员。没有书记。委员吉日嘎拉，是中学毕业的年轻人，工作积极，群众评价较高。会计王财元，兼食堂管理员，群众怀疑他中饱私囊。生产委员何六十三，敢于揭发问题，搞点小副业，养了7头驴和一辆小胶车。另有3名党员，分别是各个生产队的政治队长。

大队部是两间破土房，门上挂着草帘子，窗户上钉着塑料布，当地群众的生活状况可想而知。房子前面是一眼望不见边的芦苇荡，是盟里造纸厂原料的来源地。没有院子，门前有拴马杆和饮马的水槽，牲口粪便分布在周围，被各种蹄子踏碎混合在泥水里，黑绿黑绿的。办公室的桌子上什么都没有，朝鲁说个人忙个人的事，群众要盖章啥的才来大队部。

第二天，王大树和大队班子成员的会议就是在这个破房子里召开。青山说副业就在眼前——割芦苇卖钱，但是集体搞还是个人搞也可以，咋贯彻，没人敢做主。朝鲁补充道，只要不再受旧社会那种苦，群众就欢迎。吉日嘎拉小声说，最近来了许多外地人割芦苇，这些咱们管不着，打下芦苇、羊草鱼，就有人上门来收，挣完钱各自散了。正说着，门被试探着推开了，走进来一位老人，问哪个是大树书记，我要检讨。王大树愣了一下，赶紧请老人坐下来细说。

我叫王正林，今年50多岁了，伪满洲国的时候被抓去给日本人当过劳工，那时候的日子生不如死，新社会的日子好啊，好的我还想更好，结果翻身忘了本，打了不少芦苇卖了钱，买了小胶车。听说来了查案子的大树书记，我有罪，我要检讨，恳请领导们高抬贵手。王大树环视在场人员，语气严肃地说，难道任由芦苇白白烂到地里，就是社会主义的发展方向？

晚上，王大树召开了大队和生产队干部会议，结合王正林老人反映的问题研究当前的生产问题。王大树发现，大队没有详细的生产计划，只是随时有任务随时招呼，意见还不统一。比如，规定个人打的草归集体所有，但没有人来送也没有人去收，计划只是一张纸。组织群众割芦苇，全劳动力割的归集体所有，40斤算一个劳动日，请假装病有事的人多，积极性不高。王大树说，为啥个人搞副业冒了烟，集体搞副业就溜边？我看是因为不关系群众的切实利益而动力不足。这样，全劳动力割的半数归集体，半数自行出售；妇女和儿童割的，全部自行出售。但是集体不给派工具和车辆,也不要影响正常的农活,怎么样?朝鲁第一个站起来,我觉得大树书记的话不仅有道理,而且是讲道理。大家觉得在不在理?这回不要再闷着,说句话表个态。会场短暂几秒钟的安静,紧接着众人几乎异口同声地说,在理,同意。王大树说,这是咱们的集体决策,干对了社员受益,干错了我们全体班子成员担责。同意。

会议的最后,王大树做了总结,抓革命促生产,学大寨赶小乡,巩固集体经济,发展农牧副业生产,彻底改变贫穷落后面貌,这事得有领路人。整党建党工作必须走在前面,要建立党支部,充实领导班子。大家绝不是一人一把号,各吹各的调,否则形不成合力,啥大事都办不成。

第二天,召开党员大会,选举朝鲁为党支部书记兼大队主任,副书记吉日嘎拉,副主任依然是青山,王财元和何六十三职务没变。当天,全大队80%的社员出了勤,包括王正林,芦苇荡里没有唉声叹气,只有欢天喜地。

> 晨有新愿,暮有身栖。
> 远山有云,寄我絮絮。
> 盼尔洗尘,盼尔新生。
> 身有所托,心有所期。

（三）

  党支部批复建立后，王大树要求各个大队按照党章标准，采取积极谨慎的态度，全面考察申请人，吸收积极分子入党。同时，也强调调整充实领导班子不是大换班，要遵循实事求是、循序渐进的原则，不要一窝蜂，最终要让群众满意。

  班子成员接连前往群众家吃派饭、开展漫谈。所谓吃派饭，就是坐在社员家里和群众一起吃饭，群众吃什么干部就吃什么，并且严格按生活标准支付饭费。这一做法是革命时期留下来的好传统，也是密切党群、干群关系的好措施。王大树发现这里的群众基础好，人们发言踊跃，敢于批评，并坚持己见，提出问题让干部解答，气氛很活跃。有人认为，日子没过好是干部不从实际出发，主观主义造成的。王大树诚恳地接受了意见。朝鲁派饭回来说，社员反映王财元不去群众中了解情况，也不和班子成员一起研究工作，成天睡大觉、下象棋，扯起闲话没完没了，晚上不吃饭也不住宿舍，经常不见人影，还开小灶做好吃的，群众建议查食堂的账目。

  王大树和朝鲁决定约谈王财元。王财元火冒三丈，瞪着眼大喊，那都是胡诌，有些人才是真正不进盐酱的肉，我活泛一点就扣个屎盆子。王财元始终火气未消，谈话没法继续，王大树和朝鲁只能先拿着账本回去。回去之后，王大树将账本仔细看了一遍，越看越生气，最后气得拍了桌子。账目混乱，多收入少人账，甚至不下账，少收入多下账，没支出硬下账，这些都让他操作了一遍。比如给大队买收音机剩下的70元没退回，卖牛皮的450元没下账，大队小胶车的拉脚钱300元、卖秫秸的100元，两项连钱带数据都没交给大队。他自己欠大队700多元，挂着白条。这哪是活泛一点，这是贪污盗窃。王大树结合这个事例，让群众继续揭发类似问题，核准后，哪些公社处理，哪些县里处理，分别办理。

其中有一笔挂着账没报销的。朝鲁解释，当事人叫王时花，是大队的民办教师，有人曾举报她爹过去是经营地主，"土改"时掩盖了身份未被发现，现在应该重新甄别，确认身份。调查期间，人队工作人员就把王时花关了起来，趁看守没注意，王时花用裤腰带上了吊，抢救花了1089元。报销时，大队有两种意见，一部分干部认为，没打她骂她，就是让她交代问题，自己想不开要自杀，费用应该自己承担。另一部分干部认为，到现在也没查出来人家身份有啥问题，应由公家报。王大树问朝鲁，王时花的父亲是哪里的经营地主？县里的马厂。王大树想起原来二区南关村的王明文就是因为这个事抹了脖子，被救了过来。王大树立即派人去取证。果不其然，王明文认识王时花的爹，确认是车老板子，在证明信上签字画押。正好县档案局也保留着当时马厂开工钱的签字本，上面显示王时花爹的工种是马夫。王时花的事解决后大队贴出了告示，提示大家有问题公平解决，决不打击报复。在告示前，群众纷纷点头，眼里满是认同。

但是，王财元拒绝承认那些账目的事，反而胡搅蛮缠，放弃了工作。公社将情况上报县里，最终县军管会做出决定，鉴于王财元不择手段，以烂卖烂，伪造账目，虚报冒领，嫁祸于人，贪污公款1 908.16元，经教育不听，抗拒交代，顽固到底，追缴后仍有540.19元不能退还，所以召开了公审大会，依法判处王财元有期徒刑10年。

1972年春季，县里组建了负责宣传中央精神的工作团队，并对成员开展培训工作，要求各大队党支部派人参加。哈达公社共13人参加此次培训，其中有11个大队党支部书记、一个牧场党支部书记，还有王大树。

培训时，王大树他们学习了《农村人民公社工作条例》，上级要求各公社搞好备耕工作。会议上提到，去年全盟遭遇了各种自然灾害，打了18亿斤粮食，今年争取20亿斤粮食。开通县是粮食大县，也受了灾，打了2.8亿斤，今年盟里要求突破3.5亿斤。各地要想尽一切办法，解放思想，3月15日前必须抢墒开犁，4月25日前种完早田。施行科学种田，积极推广使用化肥。畜牧业方面，母马生育存活率达到70%以上、母牛80%以上、母羊90%以上，总体死亡率控制在5%以下。

王大树记满了一页又一页，正此时刘胜利走了过来。大树，记好了把本子给公社留下就行了。听到这话的王大树一头雾水，啥意思，该回去了？回是该回了，但不是长征公社。回哪里？盟里。插队落户结束了？那倒是没结束，但你现在是能人，能人总有人惦记，赵大力书记想你了，调你去盟物资局，说你各方面都是行家，盟里缺这么个能人。祝贺你王局长。正式通知还没来，但你可以做准备了。对了，桂兰同志回原单位。我不回，要回就回开通县当民政科科长，我的老本行，民政我行家，建材我不行，他们看错人了。这可由不得你，再说了，放着局长不干，去当科长，什么稀奇古怪的想法。王大树猛地一转身，大步离去，只留下刘胜利呆立原地，无奈地摇着头。

王大树没等正式通知来就去了盟里，到"五七"办公室报到，又去了组织部看通知，没见过部长就跟干部处的人说，请转告部长，我不适合做这个工作，最好能把我分配到民政局，哪怕是县里民政科，这个工作我熟悉。那个干部说，民政局调整后现在满编，盟里开会定的是物资局，改不了。那我就去开通县民政科。这个我们说了不算，得领导研究。

这时，一位女干部急匆匆走过来，跟这位干部说，组织安排我去旗县插队落户，可我是女同志，正科级别，旗县条件艰苦，在基层工作开展起来多有不便，再加上我身体不好，能不能安排我留在盟里，做点力所能及的工作？你和这位王大树同志一样，你们俩的事都得领导研究再说。女干部转身问王大树，你也不想去旗县吗？王大树摸了一下鼻子，没说话，甩了甩袖子快步离开。

王大树找到了赵大力，没等赵大力说话，就一通炮轰，叫我去盟物资局，我也考虑了一阵，但是老领导，你知道我是做民政的底子，最熟悉农村和农民，虽然也做过一些物资工作，但是时间不长，皮毛而已，工作起来肯定被动。我建议领导们再研究一下，让我回到盟民政局，实在不行就去开通县民政科，插队落户就地安置。赵大力本来也是个火暴脾气，不过这会儿却爽朗地笑了。大树啊，你和我都是风风火火的作风，你接触物资工作时间是不长，但是有成绩，盟里领导都看到了，当然民政工作你轻车熟路，也不是不可以。两个方面，我们研究一下，你等信儿。

听说王大树回来了，过去的同事来家里看望。有的介绍了这几年盟里的形势，极力建议回来工作。还有两个人专门来找王大树，听说新局长要上任，请求把他俩调到物资局。王大树表示感谢和理解，但是自己不想干那种违背心意服从组织安排的事，弄不好会给组织带来损失。自己在基层工作久了，盟里的政务事务性工作也不熟悉，一时摸不着头脑。最重要的一点是，自己离不开基层群众，每天见不到老乡就浑身没劲儿，跟得了病似的，唯一治疗的方式就是经常下乡，听到、看到农村牧区的人和事，心情舒畅。

几个人说，大树同志，看来你的药还真在开通啊。

　　春去春回 春将填满地
　　日出日落 日不肯睡去
　　手高手低 手不负心意
　　心远心近 心不离不弃

（四）

王大树在盟里等了六七天，依然没有消息，组织部的人说事儿比较难办。后来，组织部的分管副部长和常务副部长分别找王大树谈话，再三挽留仍没有改变王大树的想法。

王大树没有回家，又去找赵大力，他把理由重申了一遍。赵大力说还有两个选择：玻璃厂和水泥厂。王大树说，玻璃和水泥很重要，都是为群众服务的。我本身就是玻璃和水泥，不是造玻璃和水泥的人，我必须得直接联系和服务群众。赵大力挠着头琢磨了半天，要不去盟农牧场，这也是基层，而且是处级单位，开通县民政科是科级单位，好干部也不能越干官儿越小吧。

王大树说，我先回开通县，等领导们研究决定了，通知我，去哪我都服从，说完就走了。赵大力自言自语道，这个王大树越来越倔。

时间不知不觉来到夏天。

这一天，电话铃声响起，电话那头的人通知王大树去县里报到。在县"五七"办公室王大树看到了任职通知，县民政科科长，文桂兰为卫生局政工干事。办公室的干部告知王大树，如果没有意见，即刻到任。王大树说，我服从组织安排，哈达公社书记啥时到位？现在是粮食生产的关键时候。

临行前，王大树一家和安振英、杨世福吃了一顿饭。一桌人吃着、喝着，忽然王大树看见杨世福脸上泪迹斑斑。只听杨世福带着哽咽的声音说，前几天还拍着桌子扯着嗓子喊大家要一起奋斗，大干快上，怎么突然就要离开了，真是让我们措手不及，知道这不是你的本意，这我们心里都明白，组织上需要你，哪里都需要力挽狂澜的人，说完又双手抹着眼泪。王大树端着酒杯用力地搂了一下杨世福的肩膀。人生是经历的过程，无论我们走到哪里，都始终站在这个世界上最适合的位置。我们祝福未来，也祝福过去。杨世福说"好"，端起酒杯一饮而尽。

转眼间，王大树到民政科工作一周有余，每天人来人往络绎不绝。民政科如今变化不小，主要体现在人的身上。李国华已经是县委办公室主任，现任科长刚刚退休。还有一个副科长李玉山去插队落户，已经有一年没回来。新上任的副科长高有才被借调到救灾办公室，何时回来不确定。梁凤凤暂借到东风公社任民政助理员，主要配合盟、县抓好当前对部队的慰问工作。藏春天是会计，不太懂业务。两个信访干部是刚从部队转业回来的，一个叫霍联合，一个叫张丰。还有两个干事是事业费开支人员，负责日常事务工作。

当前正是发放去年下半年优抚救济款、清理以往老账的时间段，发现的问题要及时处理，比如救济款指标给了，但是钱没到。有的公社钱到了，但是擅自做主挪作他用，购置了车马和有线广播器材。有的统一使用，但困难户和非困难户一个标准。有的干脆钱不翼而飞，至今没查到去向。混乱的原因是民政科可用的人手少，下放了事情没力量督办跟踪。从生产救灾办公室转来的资料看，去年全县灾情是严重的，全县116个大队298个生产队，受灾13 229户71 793人。39.7%的耕地受到旱、风、雹、霜、涝影响。吃返销粮的有102个大队、245个生产队、9 878户、50 452人，这些救济的事不但要及时办，还要办得精准。王大树心急如焚，他知道当务之急是必须配强民政科的助理员。

霍联合也反映了一个问题——育流户，没有上级通知，一些公社停止了育流户的口粮补贴。王大树告诉霍联合，既来之则安之，不宜遣返回去。遣返要花钱，被遣返人的费用、负责遣送工作干部的费用都是钱；这边遣送那边又回来，来回折腾的是人力、物力、财力。关内地少人多，回去他们的日子也不好过。咱们这儿地多人稀，不如就地安排生产生活，让他们自力更生，自己来比国家动员来好，能为国家节省开支。这些流动人员里有农村党员干部，还有参加过抗日战争、解放战争和抗美援朝战争的复转军人，因为家乡连年有灾，不得已背井离乡，寻求生活出路。有的弄丢了证件，缺少档案材料，所以得不到正式认证。联合，你去发通知，没有接到县里停止供应口粮补贴通知之前，各公社必须按时发放。"是"。

一组数字正要报给盟里：全县96名军烈属、328名军属、117名残疾军人、543名复转军人、630名转业军人、481名退伍军人。王大树问这是哪年的数字？张丰回答说是历年累计的。搬走、去世的有没有？我刚到不久，梳理甄别有难度，应该混在里面没刨除。张丰同志啊，这就是工作中的想象症，必须及时根治，这些数字如果弄不准，不但没用反而有害。张丰惭愧地点着头，说马上改正，匆匆走了。

刘胜利忙完手头的事来找王大树进行任职谈话，谈话很正式，最后表示让王大树有困难尽管提。王大树说，就一条，民政科的人哪来的哪回。刘胜利说，这个我能做主，马上就办。那没有了。刘胜利说，你没有了，我有，但不是民政科的事。啥事？你们民政科的隔壁是县革委会，目前是党委和政府合署办公，东西两个大院，办公室主任李国华去长春党校学习，时间一年，政务和事务运转不畅，需要个精明的人，这个人就是你。说白了就是，民政科加上革委会，你都要管起来。

我干不了那么多的事情，一个民政忙起来都跟打仗似的。刘胜利一脸严肃道，大树啊大树，我还不了解你，解决民政那些事，根本用不完你的精力和智慧，剩下的能量转移到革委会大院，为党分忧。况且，民政的原班人马都要回来了，马上就会好起来。见王大树没啥表示，刘胜利又换了语气，你还看不出来嘛，但凡有合适的人选，我们也不瞄你了。有自告奋勇的没？有，但县里领导们斟酌了半天，觉得还是大树同志妥当。

既然说到这份上了，那我恭敬不如从命。这就对了，人事有代谢，往来成古今，无论是人，还是光阴，失去了就是失去了，不如干就干好。倘若时光倒流，我刘胜利还能回到从前，我多想做一些从前想不到、没做到的事情。王大树伸出手，两人的手紧紧地握在了一起。

刘胜利很清楚，王大树就像象棋里的士，马走日，象走田，士永远走在将前面。王大树一路走来虽慢,可有谁见过他后退过一步。

正如刘胜利想的那样,王大树悄无声息地接过了主任这个职位,而且开始了"三把火"。一个星期天,王大树带着行政科和秘书科的干部两次往返党政两个大院,检查了值班室、办公室、厨房、马号、干部宿舍……从下周开始王大树预备要解决几个问题,至于解决到什么程度,何时完毕,要视情况而定。

忙完了一天的事,王大树回到家,进门发现文桂兰一脸的神采飞扬,充满着大业告成的幸福感,肯定是有了顶好的事。果然,经文桂兰几番撮合,杨世福和安振英计划成家,两个人都愿意留在公社,守着常胜一辈子。文桂兰收拾着家里的一些没用过的锅碗瓢盆,计划给他们送过去,还有两床新棉被和王庆祥用过的婴儿车。王大树说,能送的都送,咱们说不定哪天就离开这儿了。

杨世福被任命为公社的党委书记、主任。一个月之后和安振英结了婚。

在婚姻和爱情的关系上,王大树始终相信恩格斯那句话,"没有爱情的婚姻是不道德的"。当文桂兰把爱情亲手送到安振英的婚姻里,王大树感觉似乎又增加了一条含义,爱情是精神生活,遵循理想原则,婚姻是社会生活,遵循现实原则。爱情在人的快乐里,它是贵重与脆弱并重的稀缺资源,而婚姻则需要千锤百炼。

杨世福和安振英没有举办正式婚礼，只是邀请熟悉的同事到家里聊了会儿天。几天后，两口子专门来看望王大树和文桂兰，文桂兰炒了几个菜，走的时候把大包小包的用品又给带上。看着远去的杨世福两口子，王大树说，仁，人之安宅；义，人之正路。

原本平淡无奇的日子，突然有了意义。意义的源泉在于敬畏和祝福。

那天晚上文桂兰伏在桌上写了一首诗，这写的是谁？文桂兰笑了笑，谁也不是。

安振英？

分明是忽开忽落的花朵，
却变成忽高忽低的麦田。
分明是忽浓忽淡的女子，
却变成忽酸忽甜的人生。

第四部

从公社到县里

第一章　东西两院

（一）

王大树的办公桌上有一盆文竹，没有阳光，没有营业液，不生虫子，无甚需索地生长着，它靠的是什么？王大树累的时候，就看一看它，剪一剪，把让墙壁碰疼的叶子拿出来，在感知苦心、体谅难处、增加勇气和交换能量方面，草木心何尝不是人心。

树老根子深，人老骨头硬，针对周日突击检查的一些情况，王大树决定趁热打铁召开各办公室负责人会议，就地解决比以后啃硬骨头要省力的多。

按点来的人寥寥无几，有的负责人没来，打发一般干部来听听内容。两年前买玻璃和木材的一段经历，让王大树对机关一些不良作风记忆犹新，明明一半天能办完的事，催促着也要干三四天。此刻的会场参会人员稀稀拉拉，来了的人也都无精打采、交头接耳，王大树本想客气一番的想法也就此打消，甚至原本打开的稿子也合上了。

正式议题之前，王大树简单介绍了自己，然后直奔主题。通过几天检查，机关存在这样一些情况。一是有些人不遵守作息时间，上班过了半小时还没来，眼见为实，今天开会迟到的就不在少数。还有的不到下班时间就溜走。借机上街办私事的也不在少数。有的干脆招呼也不打，去看电影。还有的来了点个卯就走，这些问题由来已久，司空见惯，从今以后必须纠正。此时，会场上的人还是老样子，有人低头聊天，有人摆弄着钢笔，还有一叮一叮剪指甲的钻心声。二是白天没有值班人员，夜间虽有值宿制度，但是还有相当一部分的人不执行，就是来了也不查查看看，好像是来住宿的客人，在屋里睡大觉，脑子里压根就没有生命、财产、保密、安全这几根弦。三是室内外卫生特别不好。灰尘满屋，天棚角落到处是蜘蛛网，门窗玻璃长久不擦，办公桌椅柜灰突突，碰都不敢碰，哪有心情办公。门外两边炉渣成堆，把墙根都压住了。新建的房子周围砖头瓦块到处都是。四是浪费严重。订了不少报纸杂志，没有人往各科室送，也没有人定期回收，各科室也没人管理，看的不多，多用来点炉子包东西了。电灯不亮也没人换。有的文件需要从东院送到西院，有人连这两步都不愿意走，还要邮局送。这些看似小事，实际是干部精神萎靡、士气不振，所以工作起来懒散松懈、拖拖拉拉，归根结底就是形式主义和官僚主义在作怪。过去讲过，整改过，这次还要讲，还要整改，不同的是这次必须见人见事，是谁的错，谁把处分领回去。全场的人都愣住了，互相瞅着。

　　王大树一边讲一边环视会场，原本歪在椅子上的几个人慢慢坐直，吸烟的人悄悄掐了烟，有几个人把眼神从他脸上移开不敢看他，还有几个满怀期待地看着他。

有啥问题咱就解决啥问题。一是严格遵守作息时间。下面有人笑，应该是这种话他们听多了。王大树接着说，我说的遵守时间，不仅仅是按点上班下班，凡事出去必须请假，去哪里，办啥事，知道你在哪里正干啥，干出点啥，混时间没成效的也算白干，先进没你的份儿。请假或者外出前规划好目标任务，确保实现预期目标。二是白天值班，尽量安排妇女和年老体弱的人。晚上值宿安排科室所有人轮流进行，两个人一班，一个室内，一个室外流动，两小时一交换。三是搞环境卫生。星期二、三搞室内的，四、六搞室外划定的责任区，责任区连着责任，会议室由各办公室派人共同搞。这些工作咱们边干边调整，直到变成习惯和制度。

散会后，不少人围着要具体的规定，王大树说已经组织干部编写管理制度，征求意见后就发，众人一步三回头地走了。

即使是好的制度起初也不一定能被理解，一些老问题被激活，有人就会站出来讨要说法。王大树觉得自己像穿了生锈的盔甲一样，以至于当敌兵扑面而来时，急切但却使不上劲。

王大树的办公室门庭若市。

大礼堂管理科反映，礼堂是革委会的，雇了几个人管理，但是长期被电影放映队和文工团无偿使用着，最近当地驻军也借用了几次，用完就走，用坏不修。王大树翻出制度指着上面说，制度上已经明确，除了革委会以外，任何单位借用都要提前联系，拟定能接受的收费标准，用坏了要赔偿。这些规定印发给他们，照章执行。

房产科科长一脸愁苦地说，咱们东西两院的房子早已年久失修。到了雨季东院滴水厉害几乎不能办公，需要换瓦片。西院需要进行小修理，门的折页、插销、玻璃、墙皮、厨房用具都有些小问题。家属宿舍和干部单身宿舍也有类似问题。有的职工调来没住处，有的调走了不退房，还有自己维修了找上门来报销的。武装部人不多占用的办公室最多，又不肯让出几间，农牧局人多办公室又不够，对武装部很有意见。

财务科科长也来反映，不少干部长期欠款不还，然后又继续借。有的是家里有病人等钱用，有的是公干回来不核销，哪个领导批的都有，不给谁办都不高兴。建议建立审批手续，哪些是财务人员直接办的，哪些由行政科审批，哪些由领导批，否则，越来越多的人扛着领导的大旗给财务科施压，造成财务混乱。比如，某个人要借款，理由是去外地看病，说某某人就去过，我为啥不能去，然后拿着领导批条借钱。可能身体毛病不大，没必要去北京、上海的医院，但是没有规矩就会盲目攀比，到处乱跑，给国家造成不小的浪费。

王大树带着这些问题，参加了县政府常务会召集的各口负责人会议。会议由刘胜利主持。

汇报到一半的时候，刘胜利接过了话题，咱们县的发展离不开在座的每一位同志，这是值得肯定和表扬的。在今天的会议上，我注意到一个现象，那就是大家在汇报工作的时候，更多地聚焦于成绩和亮点，对于存在的问题和解决方法，却舍不得说。这种报喜不报忧的风气，将会严重影响决策的准确性和实效性，更不利于推动全县工作再上新台阶。我们常说，成绩不说跑不了，问题不说不得了。面对问题，我们不应该回避，更不能掩盖。因为问题是我们前进道路上的绊脚石，只有勇于正视、积极应对，才能将其转化为推动我们前进的动力。我希望大家能够树立一种正确的政绩观，既要敢于展现成绩，更要勇于揭露问题，实事求是地对待我们的工作。接下来的汇报，有目共睹的成绩简单说，重点对存在的问题进行深入剖析，提出解决方案。县委也不是冷面孔，见到问题就批评，我们会站在大家的立场，坦诚面对问题，共同推动工作向前发展。

话音刚落，王大树腾一下站起来，那我就直接说问题了。咱们县不久后要成立工会，建议办公室从武装部的现有办公室调剂出来解决。县委领导一共5辆小车，为了节省经费，车坏了司机自己修，不会修的司机换成会修的，县委不养闲人。直属机关党委研究一下，召开一次直属机关党支部书记会议，研究落实城镇规划问题，教育干部按规矩办事。有些人不执行城镇规划，任意扩大院子和房基地面积，在群众中影响不好，必须立刻恢复原来的面积。整顿机关制度，逐级审批个人事项，如借款还款问题。值班不到的、开会不到的，抓几个典型组织处理，今天没到的就记上一笔，会后有通报。

王大树说完，所有人的眼光都聚焦到了刘胜利身上。

看我干嘛，同意的举手。只有稀稀拉拉的几个人举手，见没什么气势,刘胜利继续道,如果没有三头六臂是天灾,不去前思后想就是人祸。脑子不要太直,要学会拐弯、加速,甚至能百步穿杨、飞檐走壁,刀不磨要生锈,脑子不用就会变成磨刀石。这些问题过去就有,为啥长期没有解决,一是没有主见,二是提不出什么意见,三是怕得罪人不被待见,这个大旗我让大树同志扛,不同意的来找我。这回所有人都快速举了手。

文桂兰对这件事的评价是,人生就好像是高利贷,从来都不问你有多少,只问你还想要多少,要得太多了,就连本带利还回来。王大树逗着说不愧是地主的姑娘,但文桂兰有点急了。

青山倚月明,

朱墙待星稀。

江山远阔日,

国泰民安时。

(二)

说到天灾,今年的夏天的确很不正常,有关资料说,我国南涝北旱。世界上许多国家也很反常,该冷的地方热,该热的冷,该雨水大的地方变旱了,该雨量小的地方涝了。今年开通县是五年来最热的,办公室开着门,脱掉上衣还是热,有人穿着背心、挽起裤腿,还是汗流浃背,办公的干部不一会儿就得把眼镜摘下来擦擦汗水。田野里,禾苗萎靡不振;荫凉的墙根处,狗耷拉着舌头，鸡张着嘴，猪滚着泥，喘息着。

一只虫子掉在王大树的脚面上，它很软，嫩绿的皮肤很漂亮，王大树突然很想知道它圆滚滚的身体里装着什么秘密，它用什么逻辑跟这个世界交流，烈日炎炎，它怎么面对妻离子散和即将到来的家破虫亡，重新成为大自然不声不响却又无影无踪的一部分。

这时候传来了文桂兰父亲去世的消息，王大树跟文桂兰回到双河村料理后事。葬礼很简朴，听不到有人哭，也没有人说话。文桂兰披着麻布孝衣，头上戴着白布孝带，跪着守灵。其他人有的跟着跪，有的鞠躬。从出殡到结束，挖坑，填土，垒坟头，立碑，烧纸，左邻右舍能帮一点是一点。入葬之后帮忙的人一起吃了顿家常饭，安慰文桂兰节哀顺变，陆续就离开了。

大队干部临走前跟王大树说，大队今年不涝不旱，青苗都有水浇，只要秋天之前不遭害，就可以保收了。咱们头些年修建的渠和闸都管大用了。前些天热归热，雨水后来也跟上了，全大队的秋收保住去年的水平不成问题。

王大树欣慰又自豪地点点头。在养育了他的双河村土地上，在他父亲埋头耪青的身后，他和乡亲们建设畦田解决了那些曾经让父亲、让乡亲们为之焦急、无奈过的难题。双河村的父老乡亲一年又一年保住了收成，没有什么能比"多打粮食"更让群众信服的事了。

文地主，这个曾经在全村显赫一时的大人物，土地改革后合理合法地获得了属于自己的土地，内生了生产积极性，通过自己的劳动收益安度了晚年，直到临终他也感激着党和政府对他们一家的善意和恩情。在整理遗物时，文桂兰发现一个被精心保管的旧皮包，它被里三层外三层地包裹着，打开发现是文桂兰父亲写的信。收件人是文桂兰，每封信的最后一句都是回信为盼，最早的写于20多年前，但这些信都没有邮寄。文桂兰很意外，在她的印象里，父亲常年挂在心尖上的只有土地和粮食，即便是有事找她，也不应该是这样舞文弄墨的方式。

这是文桂兰第一次端详父亲写下的字，她看着那些字的沟沟壑壑，很难想象这是那个常年经营土地的父亲写下的。信里说，他今年打算种多少亩麦子，计划拿出多少钱买化肥、多少钱浇地，秋后农闲时去县城里做了点小生意，返回时买了一本《新华字典》，一到阴天有点头疼，不过不用担心，他吃一点去痛片就好了，如果大树工作不忙，就多回来看看……文桂兰试图在父亲留下的横竖撇捺里一点一点追忆他当年的境遇和心绪，那些笔画从文桂兰的眼睛里进去，顺着血液和神经涌到心脏里，让她觉得凄凉。这凄凉里，又夹杂着沉重的愧疚。她一直觉得父亲和她的丈夫都像一面高大坚硬的墙壁，他们总是忙着处理问题，查找原因，盘点收成，他们对家人似乎没有那么多闲话要讲，即便有也没有时间可讲。在她眼里，父亲是这个村里最会精打细算的能人，全村只有他送女娃娃去县城里上学，在饥荒年代也从来没有让她饿过肚子，他是铁打的，他属于土地、属于四季，他不属于柴米油盐和儿女情长。但是此刻，她在这些信里，看到了父亲想跟她唠家常，想知道她过得咋样，但是又不想给她添麻烦。

文桂兰终于哭出了声。

什么是亲情，就好比在无数个推门而出的清晨，跟着飞速而去的时间奔跑，在人潮涌动中忍辱负重，和天空表白，和自己争辩，在睡梦中追问，和生活里许多不确定、不透彻、不对劲、不舒服斗争，不过都是为了拼尽全力跟父母说一声，我挺好的。文桂兰一直想说这句话，只是在哭声里说的，可是晚了一步，文地主没有听到。

料理完后事刚回到办公室的王大树，被告知鉴于当年没有预算，维修大礼堂的事，在1974年春节过后天暖和才可以动工。县里决定项目组负责人依然由他来担任。

王大树找到刘胜利，一脸愁苦地说，礼堂危房改造，我虽然提出了一些建议，但不代表我会修呀，基建局局长才是专家嘛。抽我参与这项工程，相当于拉着和尚认亲家，请修锁的补锅，造屋请箍桶匠，找错人了。刘胜利笑眯眯地说道，这可不是我定的，群众的眼睛雪亮，有人建议说在物资调配方面你有经验，非你莫属。王大树急了，我不能不懂装懂。再者，东西两院加上民政科的事儿，还有当前要总结今年的工作、计划明年的工作，要做召开优抚积极分子代表大会的准备，盟里春节期间的拥军优属活动的工作组说到就到。而且，现在正处在收益分配之际，民政科需要检查督促兑现优抚救济款，哪有时间搞这些嘛。我建议，紧紧抓住基建、物资、财政部门，由他们提出资金、物资计划以及设计、施工方案，确定后报县里批复。不能放着有权部门不用，只盯着我，如果我瞎指挥不但不能把事办好，弄不好还要起反作用。刘胜利立刻收起笑容，你这是又要跑啊，怪不得赵大力书记提醒我，王大树这个家伙整急了那是一溜小跑根本撵不上，让我千万要盯住。没等刘胜利说完，王大树一转身真的跑了。刘胜利望着王大树的背影是又气又笑。

刘胜利知道，王大树从来没有放弃过任何一件组织上让他干的事，困难该面对就面对，而且一旦面对则有超乎想象的抗挫折力。果然王大树再回来就是大踏步走来的，那些要做到的事也变得具体了。这些年来，即便是有十件八件事同时涌到案头，王大树也没有徘徊犹豫过，而是交集中带着一点兴奋。

（三）

盟里拥军优属工作组很快来到了开通县，组长赵大力，一个文工团随行，计划用10天时间慰问一个师部、4个团部、1个武装部、6个营部、5个连部、两个排，预计行程800多公里。

刘胜利和王大树陪同。早上9点从县里出发，赵大力坐着吉普车，刘胜利坐着拉演员的大客车，王大树坐着拉舞台道具的大卡车。吉普车车速快，一溜烟走了，两个大车慢悠悠地跟着。中午12点吉普车就到了第一站，两辆大车下午两点才到。此时已过了饭点儿，演员们只能简单地吃点东西便开始化妆为演出做准备。有几个女演员身体弱，加上寒冷颠簸和疲劳，晕倒在了舞台上，会场一下子紧张起来，军医立刻被招呼过来抢救，人苏醒过来大家才松了一口气。

赵大力乘坐的吉普车，车况好，行驶起来轻快灵活，速度极快。反观大车就不行了，装载的东西多，司机对路况又不熟悉，只能边走边打听，迷路了好几次，兜了好几个圈子。更关键的是吉普车没有按计划行进，原计划只前往4个团的部分营连排，结果，吉普车在路上遇到营连排，便随意拐进去。后面的大车不知道计划有变化，又没有通信工具，导致吉普车和演出队去的不是一个地方。不见大车踪影，小车又返回去找大车，最后有人在前面引路才到了活动地点。王大树和刘胜利分析，出发前盟里的领导和演出队之间应该是没沟通好，比如计划是先去基层单位，然后去师部慰问，行动起来是先去了师部对接领导，又一起去基层单位。这样路线就来回交叉，浪费了时间。

慰问队每到一处都先召开座谈会，然后才是大家更期盼的演出，在春寒料峭的天气里带来这么热闹喜气的文艺节目，指战员们都很感动。赵大力最喜欢听《华容道》中曹操哭典韦那一段，演出队每次演，赵大力都不会错过，并时时道出自己的观后感：英雄辈出，多少豪情，泱泱众生之中，竟只记住一个为英雄落泪的曹操。三番祭拜，纵马挥泪，只为典韦。英雄固然可敬，失英雄而有锥心之痛者，亦可敬。尽管有哭戏，但是现场喜气洋洋、张灯结彩，鼓掌的时候自然带着欢声笑语。

演出结束后，领导们照例走上舞台与演员握手合影留念，部队的首长对着话筒表决心，表示一定要在当地党委和部队党委的领导下，完成各项任务，加强军事和政治训练，保卫祖国边疆，把毛主席关心的地方建设成为毛主席放心的地方。

慰问结束后，没进行总结，大家都十分疲惫的匆匆解散休整去了。后来，赵大力打电话给刘胜利，这次慰问大家很辛苦，虽然有些不足，但是指战员们都很高兴，也算是圆满完成任务。那个王大树没说怪话吧。他哪有时间说怪话，感谢您还来不及，咱们虽然多走了几个来回，但把这小子得意够呛，他把以前没去过的部队情况摸了个差不多，这会儿正管我要人，他说拥军优属工作还没做到经常化、制度化、群众化，现在只是逢年过节忙一时，过后很少有人过问，所以建议往各个公社派驻民政助理员，把民政工作落实落细落到所有角落。听到这里，赵大力接住话题，他这是含沙射影批评咱俩形式主义呢吧。刘胜利在电话这头哈哈大笑，王大树还说，1970年的时候，国务院已撤销合并中央政府机构。咱们县不大，30多个局室，跟国务院的部门数量差不多，职能复杂重叠，人浮于事，不符合精兵简政的原则，应该把多余的编制挤出来，放到基层服务群众。赵大力点点头，这个撒手锏是把咱俩震到喽。

这天，刘胜利接到一个公社书记的电话，说自己挨了县委通报批评，一肚子苦水没地说去。刘胜利反问道，县革委会通知优抚对象救济费每人6.6元，社会救助对象每人5.5元，你们倒好，均摊了，每人6.05元，你们没按优抚救济费的标准发放，违反了重点集中使用的政策，造成有的人抬高了，有的人降低了，你们还居然造假回联单报给上级，县里通报都是照顾你们了。公社书记唉声叹气，没有专人管，干部们谁有空谁干，况且不是专职，对政策把握得不准，难免遗漏和犯错误。现在公社人手少，积压了不少工作，下拨的拥军优属优抚金得派专人去领，慰问军烈属和复转军人所需的慰问品也得有人去办……刘胜利想了想说，情况知道了，你们做好眼前的工作，县里酌情研究。但是丑话说在前面，人给你们配齐了，再出幺蛾子，照旧打板子。公社书记兴奋地答道，认打，认打。

全县民政工作会议上，刘胜利宣布革委会决定，各公社配备一名民政助理员。掌声响起。

果然奏效，各公社把下拨的拥军优属优抚金领走了，参加优抚积极分子代表大会的名单也报了上来，民政科的同志们终于可以缓口气。事实上，民政助理员配备后，最重要的是解决了系统化工作的问题，否则一些工作模糊不清，容易形成恶性循环。民政助理员到位后，陆续反映了一些新情况，比如，各公社发婚姻证书，但过去从来没有统计过发放了多少，全县多少已婚家庭没有数据，这个工作如果从头算起工作量不小。带病回乡的军人就医治疗费，本来是卫生部门负责，但是在他们没钱看病的情况下由民政部门垫付，一直垫下去就会形成债务。烈军属和复员军人需要一批建房木材，也需要民政部门联系，建材局说既然你们有了专职助理员，就多干一点嘛。越有人越忙……

很显然，并不是因为有人干了某项工作，那些日常琐碎而庸碌的事务就自动消解。一切事务的外围，都有一个能量环，它由人自身的情怀、知识、能力、勇气以及周遭的环境、机遇等共同组成。所以，改革从来不是一帆风顺，好东西起初常常在夹缝里求生存，改革的实践比文件里的改革难多了。实践路径越难，越需要理想和现实在多番较量中互相甄别，大胆尝试。用王大树的话讲，民政干部不仅要有悲天悯人的情怀和匡世济民的志向，而且更要有一种对社会发展深层探究的态度。这种态度集中表现为在社会生活面前的谦逊，还有对于历史主人的尊重，特别是尊重人民的主体地位。

远山的阴面还星星点点铺着点雪，在阴沉的天空下更显肃穆。1974年的惊蛰在古老节气智慧的召唤下如期而至，敲打着窗棂，亦苏醒着大地。这前后国家也发生了几件振奋人心的大事——胜利油田创年钻井进尺150 105米的全国石油钻井最高纪录；兵马俑被发现；中国大陆第一艘鱼雷核潜艇命名为"长征一号"，正式编入海军战斗序列。长征公社为此还庆祝了一番。

> 水远山高埋，
> 语寂百感来。
> 树下奉手谈，
> 自然恩赐百。

（四）

人就是这样，心里往往对禁止和限制有着特殊的反应，有些事，强调了不做，反而会变本加厉。

财务科科长汇报说，借债的人里，家庭人口多、收入少、家中有病人，这些情况是正常的，他们真想还，只是目前有些困难。有的没有任何理由，欠了一千、两千，四五千的都有，家里吃的、住的、用的应有尽有，他们不还，就是故意的。有一个干部欠了2 500多元，结果机关失火烧了账本，欠账也就一了百了，现在又欠下1 000多元。有的两口子都在机关工作，每人每月工资都不低，可是也欠账2 000多元，买了自行车都不敢骑，怕被人识破。机关没公房，不少干部自己买木材，盖两三间房子是可以理解的。但是，用机关大车运砖、瓦片、沙石，甚至走后门买国家调拨的建材、水泥、玻璃，欠着大笔公款，盖起高级房屋，这样下去怎么得了。有些干部买了小胶车，不是为了生活方便，而是为了业余时间刨药材、打柴草，钻空子搞贩运，县里应该调查清楚，区别对待，不合法的要归公。

说起来容易做起来难。财务科科长说着把几份材料递给了王大树，原来是两封检举信和一份情况汇报。第一封检举信，举报革委会食堂厨师王中，每月70元工资，欠公款1 100多元，扬言死后再还，现在要钱没有要命一条。自己加班是常事，还没管公家要加班费呢，用欠款抵销。第二封检举信，知青办公室姜天云两口子欠1 300多元，双方都有工作，月收入96元以上，住着宽敞的公房，又自己盖了新房。

最后一份情况汇报是直属机关做的统计，革委会各科室共415名干部，294人有欠款，占比达78%，欠款总额为10.9218万元，人均欠款370元。其中还有刘胜利书记欠款900元的条子。民政科欠款的也有4人。平均欠款最多的是农电局，3人欠款4 242元，人均1 414元。欠款的人里172户有私房，44户盖新房。财务科科长问，咋办？

咋办？得先问问错在哪里？一直是藏在暗处折磨人的东西是啥？王大树在屋里来回走着，一边自问，一边想。忽然抬头，他看到悬在空中的那一大块云朵，一会儿飘东一会儿飘西，像人的命运，总有一些时刻，不知路在何方。如此说来，人和自然是同根同体，任何铜墙铁壁般的存在背后都是肉身，既要斩钉截铁，又要尽可能给予关怀和帮助，两者兼顾是最难的。

在革委会各科室工作会上，王大树通报了县革委会机关职工干部中存在的欠款问题和处理意见的报告，请大家讨论，刘胜利等领导也应邀出席。

没等别人发言，刘胜利第一个站了起来，我是县委书记、革委会主任，是一把手，我第一个做检讨，就一句话欠债还钱天经地义，更何况欠的是国家的钱、是本应该为人民服务的钱，欠条里也有我，清理欠款点醒了我，作为人民的父母官，工作没做好，还欠了人民的账，心中有愧啊。接下来，我们要落实革委会的指示，这个指示是集体研究做出的，必须立即行动，而且行动到人，克服松垮散漫的行为，限时还钱。没有现钱的，以物相抵。我的小胶车和两头驴作价归公，差下的钱从我工资中扣除。

刘胜利本来已经坐下，但又缓缓站起来，轻轻敲着桌子说，生活在英雄用血汗换来的和平年代，我们连自己的吃喝拉撒都没管住，真是一件很不光彩的事。

刘胜利刚坐下，一个干部站起来，我本来不欠款，因为在机关发福利费时没被评上，我心里不平衡，一气之下就借了150元，已经还了30元，会后我把其余的120元也还回去。接着又慢慢悠悠站起一位干部，听了刚才的情况，我深感欠款问题的严重性。十几年来，因为家里人口多，收入少，孩子老人都有病，加上最近母亲去世，欠了1 000多元，我把今年新盖的三间瓦房卖了抵债，家里还有老房子可以住，还完债，我这心里的包袱也能卸下了。民政局的霍联合也不好意思地站了起来，我买了一头驴花了60多元，准备业余时间拉点活儿，下一步我把驴卖到生产队，把欠款还了。

又有一位干部表示自己每月工资48元，家里10口人，有两间旧土房、一辆小胶车、一头驴，欠了130多元，现在无力偿还。按规定职工不允许有自留畜和小胶车，可要是处理了，生活就更难了，不处理自己又是党员，不知道该咋办，听组织发落。还有人想站起来表态……

刘胜利摆了摆手，示意大家先停一停。刚才听了大家的讨论，看到大家都有了觉悟和行动，有的表示马上还欠款，有的做了还款计划，还有的确实存在困难。我个人建议有自行车、缝纫机、手表、收音机四类物品的，千方百计也要还。同时，为了公平合理，各单位也要评议一下，区分性质，不能强求一致，确实困难的同志可以分期还，甚至期限可以长一点，特别是县直机关和企事业单位的50多户优抚对象，要清欠和优抚两不误。除此之外，对于困难家庭且无业的家庭，安排一些力所能及的活计，增加一些收入。

刘胜利转过身瞅了王大树一眼，继续说道，这个事触及了不少人的利益，认为王大树同志是始作俑者的人不在少数，今天在这里我给大家讲个故事。长青公社长河大队三等甲级残疾军人邵洪波给革委会来了一封感谢信。他原籍是河北省，1964年迁入咱们县，也就是育流户，咱们县不但没遣返他，而且育流户的口粮补贴也从未间断，日子总算稳定下来。今年县里组织重新评残，给他补发了新的残疾证。但邵洪波说早在1952年他就被评为三等甲级残疾军人了，只不过那些年到处搬家残疾证不知什么时候丢了，之后就没再申请，心里想着自己是育流户，安家落脚是首要的，再申请残疾证岂不是给组织添麻烦。根据原内务部的规定，残疾军人遗失证件的，一般应从补发新证时恢复抚恤，遗失证件期间未领的不予补发。如果是民政部门拖查造成的，补发时间应从申领时间算起。可以确定的是1964年到1974年这10年300元残疾金他是没领的，邵洪波入伍、立功等情况确信无误，只可惜不能补发10年的抚恤金。但是，不能补的钱邵洪波最终还是拿到了。话到此时，会场上交头接耳，但是没有人预判到答案。

刘胜利惭愧地叹了口气，邵洪波在信中感谢县里给他补发了10年的抚恤金，但他不知道这个钱来自王大树同志的存折。一时间，会场上鸦雀无声。刘胜利环顾了一圈，是我追问王大树才得知真相。王大树跟我讲，行动是最好的证明，英雄已经流过血，不能再让英雄流泪。其实，这句话是当年我在考察王大树同志加入党组织时讲过的一句话，他记在心里，付诸了行动。

掌声从小到大，越来越响。

开通县这次清理欠款的工作，在全盟引发了一场大震动，也带动了全盟进行了财经整顿，经济形势日益好转。

不料，开通县真的来了一场地震，弄得人们惊恐不安，连续好几天通宵未眠。有的穿着衣服睡，有的把箱子、柜子拉到院子里，卷着被子睡在外面。这本来是场小地震，结果有人传言大地震在后面，结果一传俩，俩传仨，满城风雨，笑话迭出。当时，电影院正放着电影，人们津津有味地看着，忽然外面有人喊，李震，快出来，有事。观众误以为地震又来了，人跑了大半。

王大树也把铁床搬到院子里，文桂兰倒是满不在乎，还和王大树开玩笑，你起来后招呼一声，我赶紧跑出去。王大树和黑夜相守两天，又亲历了天地的日夜晨昏。夜色静谧，仿佛时光倒流，他听到大榆树下那些亲切的耳语。甚或在未来的某一天，也会有辗转反侧之人，听到在时间的长河里，今天的故事。

尽管是一场小地震，县革委会的大礼堂已经经不起摇晃，掉了不少瓦片，维修的事又提上日程，大家举荐的工程组长依然是王大树。

王大树没有拒绝，自己每天马不停蹄地忙，也不差这一件。

灰尘四海为家，
树叶孤军作战。

风声呼啸穿过，

姹紫嫣红开遍。

（五）

大礼堂维修会议召开，王大树带着图纸参加。

参会人员审视着图纸。王大树做了介绍，在原有图纸上有几处改动，一个是扩大放映厅，增加4根明柱，通到顶。舞台向前延伸，取消乐池，可以多坐些观众。从村里劳动力中抽调25人，可以增加农民的副业收入。负责工程调度的临时办公室要建立各项制度，不准借工程之机，占用一块玻璃、一块木料、一块砖头、一根钉子，不允许任何单位和个人借用施工器材，更不允许在工程期间投机倒把、请客送礼、优亲厚友。

民政科接待室，一个人在大声嚷嚷，只要安置了别人，就必须安置我。今天你们不给个明确说法，我就住这儿了。霍联合见状答复道，原则上规定，咱们县不接收安置外地应征入伍的复转军人，开通县你没亲属，应该哪来哪去嘛。我老家无亲可投，在本县和一个女同志订了婚，这算不算亲属？霍联合答道，订婚不是结婚，还不算亲属，结了婚才算亲属。

王大树放下图纸，顺着吵闹声找过去。众人也跟着出来。

霍联合把部队的介绍信和档案递给王大树。介绍信上写着，王玉海，原籍河北宣化，已无亲可投，现只身一人，请在开通县安置工作为盼，附有部队公章。

王大树打开档案袋，档案显示家有兄弟3人，连哥嫂和侄子类亲属共计12口，与介绍信所列情况完全不符。王大树问霍联合，他与哪里的女青年订的婚？我们没见到女青年，来的是女青年的哥哥。霍联合顺手一指，王大树看到旁边坐着一个不吭声神色慌张的男青年。王大树走过去问，你叫啥，是县里的？我叫赵起柱，本县的。联合，你查查户籍，看看他妹妹的情况。赵起柱突然冒着汗说，不用查不用查，我妹妹早结婚了，是王玉海送了我两瓶酒，叫我来演给你们看，我也是一时糊涂，不知道关系着这么大的事。正说着，一起开会的劳动局徐信局长正好过来，这不是王玉海嘛，你有个哥哥叫王玉生，大你一岁，你们哥俩同年一起入伍到开通县，这种情况不多见，所以我们都记住你俩了。去年，你哥哥转业说老家无亲可投，我们给安置在了农牧场，今年你又来走你哥哥的路线？

　　王大树对王玉海说，事情我们还要进一步了解清楚，你先回去等通知。转身又对霍联合说，把他的介绍信和档案都留下，档案由本人携带是违规行为，联系部队来人处理。是。王玉海凑过来怯怯地说，老家是有亲人，但是哥哥嫂子都靠不住，可以算单身汉吧。王大树说，为什么部队能给你开这种不符合实际情况的介绍信，说明你找关系走后门，违背安置原则，我们要跟部队交涉，这种不一视同仁、制造差别的行为，要坚决予以纠正，你先回去，有了结果告诉你。王玉海彻底泄了气，一步三回头地走了，后面赵起柱低头跟着。

　　徐信紧锁眉头思考了一会儿说，按理，部队的介绍信与档案不符，不予接收符合规定。但是硬来的话会不会伤了与部队的关系。他哥哥有了先例，咱们也不算破例，所以，我有个建议，接收他，可以到农村去落户，如何？王大树拉着徐信到自己办公室，递上一沓子材料，盟里刚刚开过安置退役军人会议，已经明确了有关政策和规定。你看看这条，从我盟入伍的复员干部，其爱人在城镇工作，是国家正式职工的，可以在爱人所在的地方安排工作。从外省入伍的复员干部，原籍无亲人，其爱人是我盟的，系国家正式职工，随复员干部回原籍有困难的，经自治区批准可以接收安置工作。咱们县也根据会议精神细化了办法，专门还有这么一条，从外省或外县入伍的，现已和我县正式职工或农村妇女订婚的，不接收、不安置。待其回原籍后，由居住地出具证明，通过女方申请可以来我县落户。这已经很照顾了，更防止重婚罪咧。还有，啥叫单身汉？入伍前与兄弟分开过的，服役期间哥哥去世、嫂子改嫁的，父母病故的，或者父亲病故母亲改嫁的，这叫单身汉。至于入伍前与父母、兄弟同住，退伍后要分开过，不算无家可归、无依无靠。我看他的档案，兄弟户籍在一起，也不符合要求。我们联系一下他的老家派出所就知道了。徐信说，在理，在理，我们的工作确实存在粗枝大叶的地方，还得多向你们学习啊。

经民政科与派出所通过公函确认，王玉海不算单身汉，县里和驻军共同研究决定，王玉海按照从哪里来到哪里去的安置原则，回原籍河北。王玉生已经安置，且真实订了婚，原籍地派出所出具了未婚证明，经研究同意在本地成家，就没再追究。

说起结婚和军人安置，王大树想起两件事，一个是下发了《关于免收结婚证成本费的通知》后，有人写信给民政科告状，说公社还在收费。王大树专门去调查，结果公社的理由是，新证是不收费的，以前的旧证还没用完，那些旧证也是花钱买来的。先用旧的，再用新的。王大树又发通知，旧证全部收回，费用全部退回。收费的事刚平息，有一对青年男女来革委会和法院申诉，说公社不给发结婚证，必须生下孩子才给。案子转移到民政科处理。公社的理由是他俩未婚先孕，有失体统，发证要看情况再说。王大树召集团委、妇联进行协商，到会人员说生米已经煮成熟饭了还不准予结婚，难道让孩子生在马路上？按照婚姻法的规定，民政科给他俩发了新结婚证，这也是民政科第一份异地办理的结婚证。王大树把证书给他俩的同时，也教育两人回去找领导认个错，毕竟未婚先孕是不对的，今后积极劳动、努力学习，挽回不良影响。两个人喜极而泣，没想到组织这么宽容，激动地赶紧鞠了躬。

第二件事是王大树代革委会起草了《关于做好评定优待对象工作的通知》，经领导批准下发。通知里明确了优待对象，就是无劳动能力或者缺乏劳动力的烈士家属、士兵家属，也包括病故和失踪军人的家属，以及生活有困难的残疾军人、退伍老红军，带病回乡长期不能劳动、年老体弱丧失劳动能力、生活有困难的复员退伍军人。要求上报的时候，先把政策交给群众，让群众参与监督和评议，准确地掌握好标准。程序上，可采取优待对象自报、群众推荐、生产队审查、大队批准、公社备案的方法。县直机关可以参照此办法执行。最后在全县公布，从源头杜绝走人情说好话的情况，行不行群众说了算。

这在全县也是第一次。

真话难听不要紧，三观小有冲突不要紧，人心换人心才是评议的本意，哪怕只是站在远处，只要姿态正确也是难能可贵的。这世上，永远没有一种关系是一个人建立的，也永远没有一种掌声是一个巴掌拍得响的。

落日早归山，
倦鸟迟归林。
持意逐本心，
烛火染窗红。

第二章　大碗吃饭

（一）

大礼堂维修之后，王大树又受命组织铺设了县城里第一条柏油马路。沿线的干部群众听说要将公路修到家门口，热情十分高涨。县政府由此成立公路工程办事处，主任是王大树。参加义务劳动的民工有3 000多人，翻筑路基，整修桥梁。那个年代施工设备非常简单，整个工程队除了一台压路机外，其余全部靠手工操作，劳动强度非常大。没有沥青搅拌机，大家就在施工现场架起锅灶烧着柴火熬制沥青，沥青熬好后热得烫人，溅到身上洗也洗不掉，大家围上麻袋片，用切割开的油桶一桶一桶地把沥青装罐，然后倒进提前划分好的格子中，与碎石进行搅拌。沥青温度高，脚踩上去不仅烫得人直跳还粘鞋，气味也难闻。可一想到修的是县城第一条柏油路，还经过自家门口，人们都铆足了劲，吃喝都在工地上，有的一家老小轮番上阵。几个月后，一条质量过硬的柏油路修成了，全县老百姓欣喜万分，进城的群众还专门前来感受这条不怕下雨下雪的路，从头走到尾，一路有说有笑。

后来，刘胜利多次强调，关键在上下同心拧成一条绳，就像咱们修建县城第一条柏油路那样，苦干实干，愣是把晴天一身灰、雨天一身泥的马路铺上了油，这是咱们的幸福之路，敞亮、平坦，美在咱们心里。

秋后，全盟召开了农业学大寨的会议，开展以改土治水为中心的农田基本建设活动。会后，安排了两个参观点，柏油路和东风公社双河大队的农田建设。参观柏油路时，有人趴在地上闻沥青味，说真好闻。

在双河大队，人们主要参观的是畦田，活动组织委员会办公室主任依然是王大树，因为畦田就是当年他领着干的。

然而，畦田，已经是20多年后的畦田，原来建好的灌溉系统和小水闸由于缺乏资金投入和管理不善，严重荒废，农田水利已经成了样子货，涝季蓄水、旱季供水的功能现场的人几乎没人确信。周围的河流和水塘积满淤泥，河道变浅变窄变成死水沟，有的已经完全干涸。王大树怀念以前清澈得可以捧起来就喝的渠水，又深又宽还曾游泳过的河道和河塘。参观的人看着畦田，也时不时看看王大树，发现他的脸已经变成畦田一般的土色。

参观的人坐着卡车走了，王大树被留了下来。刘胜利说，双河大队这个农田水利样板不能倒，解铃还须系铃人，这不仅关系到学大寨的态度问题、群众的生计问题，而且关系到开通县的"面子"问题。

王大树和杵在原地的人额头渐渐被晒得冒出了汗，束手无策的汗、羞愧的汗。王大树说，大家也不必问谁对谁错，问题照单全收。如果说饥荒年咱们饿得两眼发花，可如今这日子好了还是啥也看不清，啥原因？就是光往远了看，对眼前视而不见，灯下面是黑的。电灯、煤油灯都是如此，心尖尖那点小九九也是如此。

大家不约而同地跟着王大树往回走，边拍打着袖子裤腿，边跺着脚，进了会议室，很快旱烟的草木灰味道弥漫开来。

按往常，大队班子召开会议，传达会议精神，明确任务，进行动员，迅速干起来。但此刻的会议室异常安静，有青烟从口而出，形成烟圈，一圈又一圈。有人欲言又止，觉得说了也是苍白的，那些话自己都知道是短浅狭隘的，说出来的一瞬间就会掉在地上摔成碎片。王大树懂得，如果群众能深入地关照自身，把悟到的迅速升华起来，而且能用言语清晰表述出来，那他们怎会不知所措。

实际上，这次参观活动之前，县里已经通知双河大队搞好迎接工作。要求干部都上一线，80%的劳动力和40%的人口都要去修畦田，并且各个生产队都规定了亩数，只能超过不能减少。未奏效的原因很简单，如果大脑是贫瘠而久旱的土地，行动上怎么可以期待它长出像样的庄稼。在王大树的认知里，种不出庄稼，和眼里没有光、前面没有路一样，深刻反映着一种现实，涌到那片干裂土地上的首先不是水，而是人心所向。人心散了是河道干枯的主因。所以，王大树建议修畦田从整风入手，需要整理思想和方法，少在理想和现实的纠扯中耗费时间，要坚定、坚持、坚信，还要坚守。

会议室外面有驴子和羊在叫，声音或高或低，或远或近，或欢快或低沉，会议室里的人只是低着头，一言未发。

整风会议由大队班子和党员代表参加。

见大家兴致依然不高，王大树想起了《华容道》中曹操哭典韦那段戏，想用这个片断打破沉闷的气氛，于是起了头，想必《三国演义》大家都知道吧。曹操想念典韦那段，是真心愧疚，所以看哭了不少人。故事里君君臣臣父父子子，一场一场的血雨腥风，一颗又一颗的忠肝义胆，不管是谁都应该清醒地看到，所谓的圣贤，所谓的智谋，所谓的大义凛然，无非是把别人没有想到的事情都想到，然后学会站在别人的立场上将利益摆布好，要收获真情实意，就要把自己那份算得最少，甚至不算。说到这里，王大树停顿了一下，环顾了一圈，他看到有人似有所悟，于是便接着讲。说到畦田这件事，如果大家都在算自己的小九九，国家和人民的利益就没人去算了。党的宗旨是为人民服务，毫不利己地让人民群众满意就是我们最大的收获，在我们党员干部面前从来就没有自己的利益。开会的人，从低着头渐渐扬起了头。

王大树接着说，整风的目的是总结经验，肯定成绩，找出差距，克服缺点，吸取教训，这样利于爬坡，争取更大的成绩，希望大家直面问题不遮掩，剖析根源力求深刻，红脸出汗洗礼思想，把心态放平、把话匣子打开，我看味道辣点更好。

慢慢有几个人点上了烟，烟雾里突然站起个人扔掉烟头说，毕书记我对你有点意见……之后，彼此起伏。

王大树边听边"画像"。

毕振峰，党支部书记。一、不参加学习，不安排工作，不带头劳动。二、分管机务却不关心机务事情，缺油少零件，耽误了秋翻地。三、分管铁匠炉，却黄了铺。四、对于坏人坏事，不但不愤恨，还心慈手软。去年冬天，曹文斌夜间把李清义的牛偷去杀了，群众要求严厉批评，照价赔偿，他不表态，反而说把人斗狠了、斗坏了咋办。五、针对超出政策规定面积的房基地，在群众强烈反对下，房后超出部分被拆除整改，但房前和房东部分至今没动。六、把自留羊放到大队的羊群里，多年不出放养费，超出政策三只，群众反映要求作价归大队，结果偷梁换柱把两只大的还成两只小的，欠的放养费一分没给。

张川秀，支委，大队长，分管牧业增产增值，牲畜膘情好，储备了过冬的饲料，但是存在以下问题。一、用人偏向，唐井山岁数大，爱喝酒，不精心放牲口，时常不跟群，支委会要求换人，至今没动。二、去年夏天群众反映有人偷马鬃和羊毛，至今没查清。三、牧工擅自拿回家的雨衣、水靴、草包、料袋、水桶等，支委会责成收回，现在还没处理。四、超出政策规定面积的房基地，不但不退回，还种了蔬菜。

李清前，支委，副书记。一、敢于批判资本主义，抵制不良倾向，爱护集体财产，如给知青建宿舍，发现木匠各拿去4个门拉手、一个40瓦灯泡，立即追回。二、管基建还分管三大队，坚持学习制度，协助安排工作。三、当过8年生产队长，从未脱离过劳动，尽管岁数大了，依然尽力而为，主动把群众带起来。四、在支部大会推选民办教师时，他提出干部子女不应优先，应择优录取。五、有时有点怕得罪人，如王振江拉走大队两车石头，翟有才趁着给大队砍柴的机会给自己家捎回一些树枝，应该收回，至今没办。

潘发，支委，副大队长。一、敢于批判和抵制不正之风。侄子多占了房基地，并且不服从集体规划，他严格按规定提出处理意见，并且强制侄子执行。二、能带头大干，去年春天坐水点种时，他带头担水浇地，反对干埋，分管的第四生产队浇了900亩地，获得好收成。三、吃苦耐劳，几次带领民工修公路，保质保量完成了任务。四、近年来对贫协治保工作抓得不太紧，四队违反规定，多分给社员5石谷子，尽管当时不知道，事后大家都知道了是谁的主张。

董大李，支委，贫协主任。一、敢于批判和揭发违反政策行为，不怕得罪人。去年徐超外出搞副业，回来少交了100元，还说是县畜牧局少给了，经过他查实，钱如数收了回来。二、有大干社会主义的雄心壮志，带头劳动，领导生产，去年给畜牧局管养猪场，猪都提前按量出了栏。三、能团结多数人一起工作，里里外外，处处带头，处事不偏不向。四、集体兢兢业业，正当搞副业增加收入，壮大集体经济，如把玉米穰子、谷子糠送到工厂，既给工厂供了原料，又为集体增加了收入。五、有全局观，去年秋收大兵团作战，他带头支持，不怕本队多出人，与别的队搞好关系，互相支援，为全公社圆满完成秋收任务做了贡献。

岳建国，支委，大队会计。一、负责专案组工作时，和有经济问题的人坚决斗争，带领查账人员查出林元山贪占集体钱物637元、韩惠短欠660元。二、自动扒倒应缩回的院墙，让出妨碍街道规划的房基地。整顿生产队班子后，6个大队有4个队换了会计，他亲自帮助，逐一整理账目，让其一清二楚。三、除管好大队行政事务外，还做好征收粮食的政策复查工作，及时纠正有的大队只顾一头、少留多分的错误。四、爱护集体财产，是出了名信得过的好管家，无论是在生产队还是在大队，发现谁拿集体东西，他都强行制止，挽回损失。

王金全，第一生产队长。一、实事求是，敢于纠正错误。坚持干多少算多少，纠正历年来劳动日计算方法的不合理处。二、带头放弃超出政策规定面积的房基地，并与不放弃、故意拖的行为进行斗争。三、过去大队丢东西没人管，明明是盗窃分子却没人敢动。从秋季到冬季，他带领有关支委破了4起盗窃案、3起偷粮案件、一起偷羊案件，人赃俱获。四、带领大家大干社会主义，原来二队班子散漫，他去蹲点，扑下身子干，和社员同工同酬，是大队干部劳动最多的人。搞农田建设，翻了800亩地，打了400亩畦田。让社员家里都养上了猪，修建了整洁的厕所。在坐水点种时，他大胆提出每队买三个水箱，减少了干埋情况的发生，使得这里亩产增收最多。

雷瑞安，第二生产队长。工作任劳任怨，带头苦干，只是年龄大听力有些不好，偶有唠唠叨叨的现象，工作缺少办法。

王照天，第三生产队长。没有远大目标，缺乏大干社会主义的热情，存在懦夫懒汉世界观，不敢与坏人坏事作斗争，未起到党员的模范作用，辜负了群众的期望。

王佐英，第四生产队长。一、遇到困难就低头，一有成绩就自满，偷奸取巧，如有时往玉米楂子里混成粮。二、发现有把集体秋秸绑成扫帚卖的行为不制止。三、不能团结多数人一起工作，新建的生产队班子动力不足；有时带头有时落后，缺乏组织纪律性。

无论是贫瘠的土地上，还是林立的高楼里，只要有人类的足迹，就会有五颜六色的感情在滋长。任何一滴水、任何一缕阳光都会让人类的感情枝繁叶茂。如果它们没有自由地生长，如果它们被夺走了，它们一定是遭遇了饥饿，可能是身体的饥饿，也可能是精神的饥饿。

  才别葱茏夏，
  又逢秋气清。
  斗寒如古柏，
  青翠似苍松。

（二）

第二天，大队召开全体党员大会，主题是自我检查、检查别人，毕振峰主持，王大树列席。

一位老汉率先站起来，不是我们不愿意说，是怕工作组走了，干部们给穿小鞋，那样提意见就像迎风吐口水，吐了自己一脸。咱就是个干活的，不值一提。毕振峰按捺不住，你的意思是我们支委个个都是小肚鸡肠的人呗。

王大树说，不愿意说实际就是怕得罪人，害怕招来埋怨，如果不敢讲真话，那虚话就会满天飞，虚的多，实的少，时间一久，说真话的会离你而去，留下来的都是溜须拍马之人，上天言好事，入地降吉祥，大家都在唱赞歌，缺点就会永远在，问题永远不会解决，谁都不会落好。今天让大家畅所欲言，把自己想说的话说出来，先不管是对还是错，每个人说说自己心里话，有啥说啥，咱们一起研究解决。恰恰是可能自身不正、一身毛病的人不敢发声说事，躲躲闪闪，怕说实话暴露自己的问题。

这时又站起一个人，既然说到这份上，我就不怕了，就说说毕书记管的那个铁匠炉，烧炉子的技工是他家亲戚，烧一天炉子，不管有活没活，工分算得冒高。说不开炉就不开炉，没人敢管，乡亲们的牲口挂不上掌。大队的拖拉机手也是公社给雇来的，不管出勤多少，每月50元工资，这也是不合理的。我们反映这些问题毕书记还恼了。

他的话还没说完，又一个人抢话说，大队和生产队干部有没有应留没留、应发没发的东西，你们自己心里清楚。借着国家的钱、少劳多得、不劳而获的有没有？毕振峰赶紧辩解，我们从来没有分光吃净、少留多分、虚打冒分的事情，不信你们查。

这时，又一道高亢的声音响起，一到冬天都习惯猫冬了，咋领导大伙掀起学大寨高潮？你们说党员、团员发挥带头作用，可是谁知道咱们大队到底有多少党员、多少团员？毕振峰刚要接话，那个党员把声音拨高继续说道，就是大队的班子太软，一把手心中没数，长年不和大家一起劳动，还擅自动用大队的拖拉机开荒，扩大自家的自留地。生产队的班子成员都要在劳动中考验，当干部要让大家服气。

争论得很激烈，反映了一大堆问题，但基本都是实话。王大树知道解决了这些问题，建设畦田才不会成为空话。

但是，第二天毕振峰以媳妇生孩子为由，请了长假，说这之前天塌下来他也不管。在王大树的建议下，公社组织了大队班子和4个生产队班子的重新选举工作，这次公社和大队不提候选人，社员代表推荐。群众选干部有自己的标准，你一言、我一语、他几句，归纳起来就是出身好、办事公道、不谋私利、有能力、愿意为集体服务、能带头劳动、会安排活计、能增加收入、为人正直、敢和坏人坏事做斗争、维护群众利益。

选举结果报公社批复，最后向全体社员公布。平均30%是新当选的，4个生产队队长都是重新选的。岳建国，原大队支部委员、会计，当选大队书记。第一生产队原队长王金全，当选大队主任。毕振峰、张川秀没有进入支委会。

支委会就社员关心的几件事马上开会研究，张榜公布。

以社员出工一天比较——

1. 铁匠炉的大师傅每天13分、二师傅12分，每月评工计分领工资，达不到数量和质量的降工资。各生产队的木匠、车老板子每天10分，其中车老板子喂牲口加1分，外出每天补助6角钱伙食费。拖拉机手每天13分，助手12分，不出车不干活时与社员同样记10分，每年发一套工作服。民办教师每天10分，寒暑假参加劳动的额外计分。赤脚医生与社员同样每天10分。护林员每天8.5分。

2. 办好社员夜校，坚持每周二、五学习。以生产队为单位开办夜校，队长当好辅导员。制订的"三会一课"制度实打实落实好。批判怕迈大步、搞糟了，因循守旧，凡事没有计划、推着干，怕苦怕累，不带头劳动的懦夫懒汉世界观。各级干部参加劳动，把好农田建设质量关，发现问题立即纠正。禁止打扑克、说风凉话等行为，随时随地表扬好人好事，批判坏人坏事。组织生产队之间评比活动，随时迎接县里的检查。

3. 抓紧清理三角债和整治宅基地。欠款清理从大队班子成员开始。有偿还能力的，马上还；没有偿还能力的，用实物作价还账。属于借用、占用、盗用公家物件的立刻归还。超标准和范围的宅基地全部整治，直至达标。以上事项由社员代表组成评议小组监督，直到大家满意为止。

4. 从现在起大干一个月，要批判等、靠、要思想，要想大碗吃饭就自己动手，多劳多得。第一抓水，修畦田、打井、清淤、养冰。第二抓肥，根据畦田搞配套设施，积肥、找肥、起肥、倒肥料、送肥、修厕所、盖猪圈。第三抓土，抓好秋翻，拉黑土填薄地、扎茬子。第四抓籽，推广使用优良品种，改良当地的白玉米、高粱、谷子等品种。

之后不久召开了党员大会，逐个审查4个生产队的8名积极分子的入党志愿书和介绍人的意见，逐个听取本人自述，之后大会表决，一致通过。支部向公社党委打了报告，公社党委会议很快批复同意。

半个月后，再次张榜公布了生产队追缴情况，追回共计43 770元，剩余5 796元通过扣实物作价抵销，如扣回一批小胶车、谷物，合计1 834元，其余的通过缝纫机、手表、牛、驴、羊等作价抵销。大队和生产队干部违规宅基地全部整治完毕。收回自留地98亩。大队组建民兵连排以上干部、妇联委员、共青团员代表参加的治安保卫组，通过群众举报破获一起盗窃集体公物的案子，向群众展示了赃物，有粮食、木材、箱子、橱柜、鞋帽等，人们拍手称快。

护林员代宗是一位老人，为了当好护林员，他不怕得罪人，谁损坏树木，他都敢批评并要求赔偿。为了在高寒地区培植果树，他自费到辽宁学习，成功做成了嫁接试验，就是在山杏树上嫁接大扁杏，成活率很高，从此以后这里的山杏树就结出了能吃的果子。老人一年四季都在山上的苗圃里住，除了护林还干农活，每天骑马巡山，有时候晚上也巡查，所以村里人工栽的杨树、山上野生的灌木都没遭到破坏，想砍树烧柴的人只能捡点枯树枝。

王大树提议给老人每天加2分工分，也就是每天的工分涨到10.5分。支委会一致同意，并号召社员向代宗老人学习。

又一个春天快来了，大榆树又要发芽了。王大树望着天上的云自西向东缓慢移动，一会儿变成兔子，一会儿又变成一片森林……王大树想到了文桂兰，一年没回家了，他希望此刻文桂兰能在自己看不见的地方与自己一同看天上的这片云。

半盏清水半盏冰，

半卷期许半卷尘。

染得新春三分白，

留出旧年一点痕。

（三）

　　王大树到公社参加了县里召开的电话会议，这次传达了盟里农田建设会议的精神。

　　会后，刘胜利在电话里征求王大树的意见，蹲点抓畦田的工作由其他人代替他继续完成。王大树说，此时不能替换，成绩需要巩固，等畦田水通畅了，全县的春播现场会开完再说。这回由不得我和你了。王大树不解。刘胜利说，国家建材部在盟里成立直属玻璃企业——新光玻璃厂，厂长是建材部派来的，盟里推荐你担任副厂长，正在批复中。王大树怔了一下，然后又笑了，你说我这干民政工作的命怎么总是和建材搭在一块儿。王大树，你不是又要跑吧。这回不跑了，跑不动了，50多岁的人了，能继续为党分忧、为国家贡献力量，干啥都是有意义的，说明我这棵老树还有用啊。刘胜利也跟着感慨，你说得对，无论年龄大小，只要心怀党的事业、人民的幸福，我们在哪都能够找到自己的位置和价值，岁月不饶人，我明年就退了。刘书记，趁着您还没退，说话好使，再给我一个月，见着畦田水通了，我就走。好！

　　太阳初升，金色的阳光洒在田野上，给这片土地披上了一层温暖的光辉。远处，群山连绵。近处，绿意盎然，勤劳的人民"呼儿嗨哟"地唱着劳动号子。田间，一台台犁地机轰鸣着，不知疲倦地翻耕着土地。随着犁铧的深入，一块块泥土被大块翻起，社员们紧随其后，手持铁锹和耙子，细心地平整着土地，将大块泥土敲碎，确保每一寸土地都平整。田地的边缘，一道道新修的畦埂将田地分成整齐划一的小块。畦埂上，新翻的泥土散发着淡淡的清香，与田间毛茸茸的青草发出的味道交织在一起，形成了一种独特的田园气息。不时的，有社员停下脚步，抹去额头上的汗水，欣喜地望着这片繁忙而充满希望的土地。在他们的眼里，土地是有灵性的，你对它好，它一定会铆足劲儿报答你。虽然还没见到收成，但看着土地在他们的努力下焕发出新的生机，就仿佛看到了金灿灿的粮食。

这场景，也是王大树期待的。

全县春播现场会再次在双河大队举行，大队提醒社员们可以穿新衣服，越新越好，就当过年。

会场设在一片划定的田野里，一阵响亮的鞭炮声响起，春播现场会正式拉开帷幕。刘胜利首先讲话，鼓励大家要发扬人定胜天的精神，克服困难，努力提升农业生产水平，话不多说，眼见为实。

人们走上凝结着王大树和双河大队全体干部群众智慧和汗水的畦垄。在田野的尽头，一排排整齐的拖拉机队伍整装待发，它们轰鸣着，宣告着春播的开始。参观者三五成群地聚在一起，交流着种植经验，规划着各自的播种计划。

王大树一招手，一台台拖拉机驶向田野，开始了春播的第一犁。农民们紧随其后，手持锄头、铁锹等工具，忙着翻土、播种。他们的动作熟练而有力，仿佛在与大地进行一场亲密的对话。

最主要的环节——畦田注水开始了，王大树负责解说，水流从畦首引入，在重力作用下沿田面坡度以薄水层向前推进，同时渗入土壤。这种灌溉方式适用于小麦、谷子、蔬菜等窄行密植作物。畦田建设的好赖，关键取决于合理划分畦田、有效控制水流、保持水层深度等技术。有人喊，王大树，把这个过程再演示一遍。好，好，王大树让社员重新开闸放水，边演示边讲解畦田注水的操作方法和注意事项，在场的人不停地点着头。王大树接着说，不是有水有渠就行，土壤改良、种子选择、施肥技术等都要配套，综合应用才能提高农作物的产量和质量。话音未落，刘胜利补充道，最关键的是人心齐、畦田起。大树啊，抓土，抓水，抓肥，抓籽的活儿我们都看了，回去依葫芦画瓢就能奏效吗？我看不一定，所以还是把你的撒手锏亮出来吧。

刘书记讲得对，双河大队的畦田是用人心铸起来的，只要人心齐，就冲不毁、淤不住、溃不了。咋铸造人心？一是学习，提高对学习大寨经验、搞好农田建设的重要性和必要性的认识，说白了，就是要提高社员对生活水平提升的认识，搞好农田建设，咱们就能大碗吃饭，而且吃个够。靠天吃饭，那是看老天爷的脸色吃赏饭，不管能不能胜天，这个勇气咱得有。二是发动党员、干部、团员和社员，查摆自己存在的问题，刀尖向里，给自己画画像，才能知耻后敢于爬坡。同时，动员社员反映劳动管理、财务管理、计划管理中存在的问题，干部占用集体的钱粮物情况，还有全队的请客送礼、大吃大喝、损失浪费等情况，问题张榜公布，群众监督一步一步清零，放下包袱才能开动机器。三是树立一批典型。解剖坏典型，建立切实可行又严肃认真的制度。大队制定了《生产队经营管理制度》，三章十八条，其中要求干部全部参加集体劳动，同工同酬，不搞特殊。好的积极分子发展入党。开展了公物回家活动，树立热爱集体财产光荣、化公为私可耻的社会风尚，表彰一批一心为公的好干部、好社员。

说话间，王大树拍着岳建国的肩膀说，岳建国就是兢兢业业的好干部，把集体的财产管理得井井有条，还能废物利用，修好了许多农具，为社员节约了不少钱。他处处起带头作用，起早贪黑，坚守岗位，坚持主动看青，既没打坏社员的牲畜，又保护了庄稼。每天凌晨三四点就起床，招呼社员起来做饭，只为了早点下地。参观的人纷纷向岳建国竖起了大拇指。

王大树接着说，四是抓好机械化。我们的拖拉机挂上液压晃挂装置，咱们面前这40亩地，用不了半天就干完了。社员们说这可真是好东西，走一趟种六条垄，籽落到湿土上，化肥精准地撒到籽跟前，间隔都一样，一两个人就顶二十几套犁杖，真是了不得。

王大树接着介绍道，夏锄工作就是手推耘锄和机锄联合作业了。玉米、高粱的头两遍都可以用手推耘锄，凡是机械播种的，除了间苗，尽可能用机锄，保证铲蹚间苗的质量，核心是灭草保全苗。谷子要早间苗，在两三寸高时耘锄定苗。一定要改变种子影响总产量的现象，促进增产的幅度。要查田补苗，三成苗以下及早翻种，四成苗以上一般不翻，要移苗补种，特别是稳产高产田，力争做到不缺苗。没施肥的或施肥少的要追肥，防止减产。

在最后，王大树强调，作为一项重要的农业基础设施建设项目，畦田建设不仅能带来直接效益，更重要的是它反映了党和国家对农业、农村和农民的关注和支持。畦田建设是一项长期而艰巨的任务，需要我们持之以恒、不懈努力。以人心齐为动力，以科学规划和精心组织为基础，大家心往一处想、劲往一处使，才能确保这个工作顺利推进，农村经济发展了，农村落后面貌就会改变。

刘胜利带头鼓掌。

此时，微风轻拂，一大片一大片嫩绿色的禾苗一波又一波向众人招手示意。

> 田园春色映日明，
> 汗水滴落润禾青。
> 锄犁并肩耕沃土，
> 风吹畦垄谷黍盈。

（四）

　　此时的王大树正坐在小胶车上准备到公社坐班车，他要回县里。岳建国赶着马，送行的人送了好几里，一路上，大家都沉默着，偶尔目光交汇，嘴唇动了动，似有千言万语要倾诉，但此情此景，仿佛说什么都显得那样轻飘飘。这些平日里不擅长表达情感的人们，这个时候更显得朴实，他们不知道，除了陪着王大树多走一段路，还能做点什么。王大树也清楚，他和这些送行的人、和开通县之间的很多情感是不能用言语清晰表达的，榆钱儿入口的香涩、小胶车碾过沟渠传递的快乐、一大片向日葵昂首挺胸、鸡鸭鹅狗的奏鸣曲在袅袅升起的炊烟里彼此起伏，还有乡亲们塞过来的煮玉米，大榆树下不知谁家的妈妈喊着孩子回家吃饭……这些情景正渐行渐远。是的，那些原本在他心里很久远、很模糊的场景，一旦人群散去周围安静下来，又会清晰地浮现出来，包括他自己也会重新站在历史面前，被看不见的力量重塑。

　　到了一个山顶，能看到公社的影子了，送行的人们才一步三回地回去了，岳建国陪着王大树继续向公社方向前行。

　　王大树到盟里对接了调度事宜，任新光玻璃厂副厂长，回来办调动手续时，把近期的工作计划做了简要总结，留给了民政科，并抄送了刘胜利。

1. 拥军优属工作保持经常化、制度化、群众化。年节期间，组织慰问、征求部队意见，改进工作，解决当前的实际问题。开展学赶先进的活动，以实际行动迎接全国优抚代表会议的召开。

2. 贯彻好依靠群众、依靠集体力量，生产自救为主、国家必要救助为辅的政策，切实帮助灾区和农村五保户、贫困户解决好生产生活难题。尽管今年全县兴修水利，加强了农田建设，有望获得好收成，但也不能忽视有些群众生产生活相对困难的实际情况，及时发放冬令、春荒、夏荒的救济款。

3. 帮助社队积极办好敬老院，坚持以养为主和自愿入院的原则；没有办的，创造条件尽快办起，到1979年之前，70%以上的公社都要有敬老院。

4. 做好城镇生产自救工作，调查研究城镇救济标准和现存问题，办好福利事业和生产单位，把产供销纳入地方生产计划。会同银行、商业、粮食、卫生、供销等有关部门，做好扶贫规划试点工作。

5. 管理使用好民政事业费，坚持专款专用和重点使用的原则，严格财经纪律和财务制度，分阶段进行大检查，对于挪用公款、贪污、盗窃的行为要严肃处理。此外，还要做好基层选举和婚姻登记、殡葬改革、来信来访、行政区划这些工作。

6. 为了完成繁重而光荣的任务，必须加强思想、组织、业务建设，整顿作风。要发扬实事求是的优良传统，不说大话、空话、假话，多做实际工作，脚踏实地、埋头苦干、雷厉风行，纠正松松垮垮、拖拖拉拉的作风。深入实际、调查研究、总结经验、树立样板、以点带面、推动全盘。公社的民政助理员配齐且保持稳定，恢复大队和居委会的民政委员会。民政部门要通过业务会、经验交流会、短训班等形式培训基层民政干部。

车在路上飞驰着，热乎乎的暖风扑面而来，一颗颗向日葵不断地从视线中划向后方。遍地的油菜花不紧不慢地衬着太阳，一直覆盖到天际线上。鸡鸭归巢、牛羊归圈、日月无边、绿野无踪，一路风尘仆仆，一路欣欣向荣。

王大树伏在车窗沿上，掠过田野，掠过挺拔的白杨树，掠过乘凉的老人们，王大树一直在寻找，看能与谁相遇。

虽然是一大早就出发，但到了市里还是过了晌午。

厂子在城郊的山脚下，低下来的天空笼罩着厂区，还有些雾气没有散去遮挡着山峰，在分不清视线里大片仙境般的景色究竟是雾还是霾的时候，王大树希望它们尽快凝结成水滴，或者雨，或者雪，或者雨夹雪，只要能改变一下天气就可以，否则他透不过气来。

这时是下午两点多，王大树到达厂区的大门，第一眼的感觉是厂区占地面积很大，各类建筑已经建起，有玻璃样本排在厂房外，来来往往的工程车运输着各类材料，火车直接开进了厂房。

新光玻璃厂，是一家国营玻璃厂，是 70 年代末国内最先进的浮法玻璃生产线之一，筹建期间从盟直属各企业抽调了大量工人，去年全市农转非 220 人，玻璃厂占了 40 多人。工资待遇高，自行车、缝纫机、电视机等重要物件，率先出现在玻璃厂人家里，这就难怪本地姑娘们最想嫁的也是玻璃厂的男人。总之，在这上班的日子会比一般单位的人过得好些。据说，投产之后根据效益工资还要再高些，所以人们削尖了脑袋往里钻。

王大树见到了戴着安全帽的厂长史辉、副厂长谭森和高山坡。大家握手、寒暄，但也可以看出彼此为第一次见面做了相应准备，知道对方的老家和年龄，参加工作的时间，在还有点陌生的关系里增加了一点似曾相识。

史辉穿着整洁的工装，瘦瘦高高，头发剪得干净利落，但略显斑白，眼神深邃，戴着眼镜，额头上有几道浅浅的皱纹，但穿着白色长袖衬衫和黑西裤，有几分学者风范，也有几分官气。谭森的身材虽不算高大，但步履稳健。高山坡的脸上始终挂着温和的笑容，身体结实有力，有意站在两人的后面。

史辉带着大家，给王大树介绍了厂子的基本情况。浮法生产线正在安装，先进程度在国内数一数二。一位工程师讲解了建厂的经过以及浮法制玻璃的工艺。玻璃主要由二氧化硅、纯碱等组成，浮法则是玻璃浆流过锡液制造玻璃的一种方法，利用这种方法制成的玻璃较其他方法制成的玻璃平一些。众人走进生产车间。只见原料库中堆放着大量的石英砂。工程师重点介绍了熔炉，里面的温度高达一千多度，可以把原料融化成浆液，一天二十四小时开着，若冷却后再开会减短其使用年限。所以为了增加熔炉的使用年限，工厂采用三班倒的工作制度。在产品制成处，玻璃被切割成一定规格的产品，玻璃面平整且颜色光亮。若有不符合规格的玻璃产出就会被敲碎。碎玻璃也会被充分利用，在制玻璃过程中添加12%—20%的碎玻璃，制成的玻璃产品硬度会更好……王大树想，无论是玻璃制造还是民政工作，都需要保持高度的透明度。透明度不仅可以提升产品的质量和安全性，还可以增强人民群众的信任感。

　　王大树分管人事和建材，办公室暂时安置在工厂的人事科，所以办公室属于综合办公，厂子投产剪彩后各部门才能各回各家。

　　这一天，人事科外，七八个职工正在和陈风科长理论。

　　一位高嗓门的工人喊道，建厂子的时候把我们这些苦力找来，眼看着要投产了就以知识青年为主，一句话就把我们这些老工人清除了。陈风解释道，厂里正研究，还没开会最后确定。确定不确定我们不管，这么研究本身就是对我们这些老职工的不公平。

　　王大树走进人群，向工人介绍自己，我叫王大树，刚来的副厂长，之前是怎么研究的我了解一下，然后给你们答复，这件事你们就找我，我跑不了。工人们看了几眼王大树，有准话就行，然后默默地走了。走到门口，一个人转身回来，我叫老崔，不是我们爱找事，我们没到年龄、身体好，能坚持干应该继续干，不能一刀切，家里老小都指着我们呢。说完转身离开。

王大树和陈凤望着渐行渐远的工人们的背影，心中五味杂陈。陈凤向王大树说明了事情的原委，当时开会研究这个办法时，大部分领导不同意，认为应区分对待，不能搞一刀切。但是胡副厂长，也就是胡云副厂长，坚持自己的意见，会后又分别沟通筹建组的领导，还让人事科论证这么做的合理性，慢慢这个话题就传开了。这期间，有工人向盟纪委和建委举报胡副厂长安置自己老婆到厂子当保管员，说自从她媳妇当了保管员，他们家的铁门都是厂子的。现在胡副厂长调到建委，暂时不分管相关工作，要配合组织调查，我们也在等待结论。

当有人执意要去做我们不赞成的事，我们是针砭时弊还是袖手旁观？此时的王大树忽然知道了他来此的原因。

家还没有搬来，王大树一直住在厂区宿舍，工厂彻夜通明，似乎黑夜将离我们远去，早上起来那股雾气还在山脚下徘徊，或者说它从来就没有走。于是，大榆树下湛蓝的天空又闯入了王大树的脑海，一大片一大片嫩绿色的麦浪一波又一波向他招手示意。起伏的瞬间，他看见文桂兰像一朵含苞待放的小花快乐地笑开了脸……一个月文桂兰把家搬到城里，王大树心头的霾才疏散了一些。

跟往常没什么不同的一个早上，工人们陆续进厂，只见许多工人离开厂房，往后院的树林跑去。就要上班了，他们这是要到哪儿去？老崔头吊死了。王大树停下自行车随着工人跑过去。已经有派出所的民警检查现场和尸体，老崔头的媳妇瘫坐在一旁呼天抢地地大哭着。王大树和众人将她扶起来,一边安慰一边了解情况。媳妇说,8月26日住的医院,见好些了,前天出院,昨天还帮着孩子整作业,今早3点多钟,我醒了没发现老崔,以为是上厕所去了,可是等了好久也没回来。今天上班,有工人跑到我家说上了吊。

  流年无声事无尘,
  风烟无迹水无痕。
  繁花不解池亭地,
  只知怒放对江吟。

第五部

从县里到厂里

第一章　玻璃反光

（一）

老崔的死，像一阵疾风，陡然增加了这个秋天的寒意。玻璃厂大门两侧，半个月前还郁郁葱葱的两排白杨树已经开始掉叶子。它们本意是在宣告四季的轮回，静候下一段生长，或者什么都不等不宣告，掉了就是掉了，来年还长不长、茂不茂盛是来年的事。可是此刻，玻璃厂的人们带着伤感看着院子里的落叶，有人怀念老崔生前的忠厚，有人感叹命运的无常。是啊，人们总是在身边熟悉的人突然离去的时候，才想起要提醒一下自己，人的生命多么像大自然中的一片叶子。

公安人员随后向厂里和有关人员通报了现场情况，王大树代表厂领导班子，人事科、保卫科、设备科负责人，老崔的媳妇、大儿子、侄女、侄子一同参加。

会议室，公安人员一边翻着材料一边说，从现场勘查结果看，衣着整齐，全身皮肉无伤，骨未折，绳索拴在树上，脚边有凳子，臀部以下有渗血痕迹，定性为自缢，不是他杀。是不是因病自杀，要结合死者生前情况进行比对，这需要家属和厂里配合继续调查。

老崔的大儿子说，大夫说我爸的病情不严重，但他自己认为很难治。前天上午，他处理过自己的一些账，比如欠谁多少钱，都还了，有几笔钱还是委托我送过去的，当时我也没多想，欠债还钱嘛。老崔的媳妇一直抹着眼泪没说话。

王大树接收了公安人员的书面鉴定意见，安排陈风配合公安机关继续调查取证，告慰死者，安抚老崔的家人。

散会之后，车间里议论纷纷，认为老崔媳妇并非真哭，因为平时也没有看出什么真感情。老崔一个月挣100多元，家里由媳妇管家，但是家里不明不白欠了几千元外债，卖了两口大猪还是顶不上账。大儿子每个月挣30多元，在师范学院当老师，先和一个女青年订了婚，未婚生了孩子后又黄了，两个人都不要孩子，户只能落在老崔的户口上，女方来看孩子，他大儿子往外撵，人家告到法院，到现在还没处理完。最近这个儿子又找了一个女的，不是什么正经人，两人每天都不回家，成天鬼混。老崔的姑娘也在咱们厂，挣得不少，但也是白吃白喝不支家，和胡云的儿子搞得火热，谁都能看明白胡云的儿子是个花花公子，不是真心的，老崔不同意，但他女儿执拗得很，早晚得闹出点事。

大家议论来议论去，无非是想说老崔的死和家庭事务有一定关系，从老伴到孩子都不省心，最近厂里又对老工人一刀切，要求回家待退休，雪上加霜，老崔真是憋屈死了。

每个人都觉得自己在这个世界上最重要，是独特的生命体，应该额外具备一份享受时光的权利。烦恼、不幸、瘟疫，像火山、地震和海啸一样，永远与自己无关。不会被任何人冷落，遇不到绊脚石，所有的致病菌都会绕道而行，不会遭遇疼痛和一落千丈的袭击，听不到谩骂，从不会被诋毁，所有人、所有事、所有健康平安快乐都像你爱这个世界一样爱着你。那该多好。

实际上，人类在同行的时候，有时候会手牵手，有时候会拳打脚踢。

这事过了不久的某天晚上，王大树的家门被敲响。文桂兰开门，看到来人后她愣了一下，又不得不客气一番。王大树抬头一看，还是文桂兰单位那个女干部，执意要从糖业烟酒公司调到玻璃厂。此前，王大树说过，搞食品专业的干部和玻璃厂的业务不对路。女干部说，玻璃厂老职工要居家待退，肯定会腾出位置，能开工资就行。这次说正好路过，说着拉开黑色挎包就往外掏东西，两瓶竹叶青、北京面包和大虾酥糖、两瓶黄桃罐头。王大树和文桂兰边拦着她的手边劝她收回去，见实在扭不过，王大树一脸严肃地说，该办的事情不送礼也要办，不该办的送礼也不能办。文桂兰也接着话茬继续劝道，你要是硬留下来，我们就要送到厂子纪委了。女干部为难地说，我不办事，就感觉你们两口子对我挺好，礼尚往来，也没人看见，收下吧。王大树严肃地说道，我们都是共产党员，知道党有铁的纪律，不能明知故犯，你这不是礼尚往来，是让我们向组织做检讨。眼见气氛紧张，文桂兰用眼神示意王大树，要冷静处理，接着她拉起女干部的手，天晚了，把东西装好我送你回去。

文桂兰送出去很远，陪着她走了一路，最后又把自行车借给了她。

一桩又一桩的事接连不断地摆在王大树的案头。转头看去，发现写字台上还堆着20来份文件没看，其中不少跟企业无关，如农村社队财务管理、防止地方病、农牧业收益分配、林业管理，王大树决意先抽出一下午时间把这些文件处理完。

正在这时，陈风来说请王副厂长参加科室负责人以上参加的会议，研究发放去年奖金的问题。王大树对这个事丝毫不知，开会时就问近旁的谭森，他说去年上级给厂里的基建任务是900万，厂里完成1 250万元，建材部拨来一笔奖金，795人，平均每人45元。劳动科提出不能大锅饭分配，建议分一二三等发，一等70元，二等60元，三等40元。平均就不需要讨论，不平均才需要讨论。

与会人员基本同意劳动科的意见，但也提出了修改意见。比如，旷工5天以上的、投机倒把的不能参加评奖。迟到早退的最高定为三等。休产假的，属于计划生育内的可以参加。按过去规定，学员、学徒工没有奖金等。请病假3个月以内的可以参加，但要扣除耽误的时间，超过半年的不能参加。有违法行为被处理过的不能参加。建议这个工作厂领导会同劳动、人事、工会、妇联研究确定，不同意成立专门评奖委员会。

会议研究之后，公布了结果。一等70元，二等60元，三等35元，一共下发37 970元，扣回一些不应该发的，如旷工、受处分、病假、事假等，实际控制在36 000元。

动力、设备、浮法车间的工人首先有了反应。看着老职工拿得多，占多数的学员、学徒工不干了，认为老职工平时工资就高，奖金是工资以外的辛苦费，比不过老，但是学员、学徒工出的力可不少，职工对立了起来。一石激起千层浪，类似问题其他车间也有。突发的情况，厂领导不得不召集相关科室负责人再次研究这个问题。

会场里很安静，没有了上次的喜形于色。史辉首先发言，奖金可以发，这是明确的，按建材部文件规定，完成了计划，节约了资金，没有违反财经纪律，通过内部动员，大家认可就可以发放奖金，可以参照职工一个月的平均工资45元执行。干活拿工资我们在乎，发奖金我们还是第一次，难免出分歧，今天召集大家谈谈怎么办最好，大家集思广益嘛。谭森说，我说一个方案大家看行不行，把一等改为60元，二等改为50元，三等35元不变，差距小了，矛盾相应也小了，而且能够保证不突破总体控制数。史辉说，昨天在建委开会，也建议咱们压缩一二等的额度。

见其他人没提意见，史辉便让王大树发表自己的意见。大树，你在基层待的年头长，听过见过的多如牛毛，出出主意嘛。王大树想起那年盟行署组织工作组下乡救灾，行署下达任务，至于怎么完成单位自己想法子，但必须保证要合理合法、群众满意。想到这里的王大树，没有在犹豫，开口道，谭厂长说的比例我同意，采取比例分配可以回避平均主义对个人差异的忽视。既然个体是有差异的，那么各个车间和科室也是有差异的，所以建议把指标下放到各个车间,由车间结合自己实际情况去评。理由很明确嘛,车间和科室对职工的劳动纪律、工作态度等方面有管理权,那也就有权决定收益的分配,以激励职工的劳动积极性,咱们只要按平均基数把握总体控制数就行。会场有人点头。王大树接着说,职工集中反映的问题,比如学员、学徒工要求参加评奖的问题,我觉得在保障国家和集体利益的前提下可以参评,既要充分考虑到老职工对车间稳定运行的重要作用,也要激励年轻职工,他们是厂子的未来。说起老职工,我有几句心里话,老职工早生了几年,成就虽然成了过去,但年龄大不应该是居家待退的硬条件,更不能用年龄考量知识、能力、表现和工作态度,决定职工去留,这样容易诱发矛盾。年轻人也会老,他们此刻面对老职工的遭遇,会过早的惶恐、不安、消沉。还有一个建议,厂领导班子成员拿平均数,我去年没来,属于不发放的对象。

王大树说完后,会场又是一片寂静。之后有人无意说起了老崔的家里事,老崔的媳妇在家没工作,管亲戚朋友借钱开了咸菜厂,结果没挣到钱又还不上钱。两口子负债累累,足有十几号人追着要钱,吵吵着要打官司。老崔的媳妇还喝过汽油寻死。两口子正合计着继续借钱,先还上那些追得紧的人,以债还债吧。结果……老崔的事成为会场的一个插曲,没人接起这个话题,偶有烟雾和叹气声附和着。

史辉摆弄着笔,之后并没有总结,直接说同意大树同志意见的举手。谭森第一个举手。

公示结束,发放奖金,出现的差错是浮法车间结余了70元,动力车间指标不够差了 50 元，供销科的采购员常年跑外应按满勤算，从三等调整到一等。这几件事儿经过结转增补很快就处理完了。

最后，厂里还是决定先替老崔家里还上外债，老崔的家人分期每月按时还给厂里，直到还完。老职工居家待退的话题也随之烟消云散。

如果一个人无端扯掉了御寒的外衣，失去遮挡，失去安全，失去温暖，即便艳阳高照又有什么用呢。

> 一朝持民簿，
> 半生历浮萍。
> 星光点点明，
> 无意理珠箔。

（二）

党的十一届三中全会后，新光玻璃厂隶属关系发生了变化，调整为自治区建材局直属企业，副厅级架构，共有 1 045 名职工。其中，领导班子一正五副，环节干部 96 名，剩下的是工人。共产党员 121 名，共青团员 489 名，67 名工程师。尽管胡云已被处理，他媳妇也退回原单位，但是企业的效益充满吸引力，拐弯抹角托人找关系想进厂的人并没有减少。

从洛阳玻璃厂学习考察回来之后，王大树建议根据精简原则，并结合实际情况，取消分管技术、生产、基建、行政副厂长，恢复党委领导下的厂长负责制，两个副厂长就够，一方面协助厂长做好日常工作，一方面以厂长为中心发挥全面协调的作用，你的工作中有我，我的工作中有你，互相补位，避免分兵把口，各搞一套，滋长官僚主义和分散主义。关于厂子各科室、车间干部和工人定额的事，建议尽量缩小编制，人员精干，以事设人，不开后门，决不让无用之人拖累企业。空缺的几个岗位人选如下，不宜久拖，让陈风尽快提交厂党委会研究。

商调辽宁彰武玻璃厂两名技术人员，对方已经同意，上会通过后报建委走人事手续。

商调我区乌达玻璃厂两名技术工人，已在人事科办理手续，继续催办，尽快到岗。

开通县农机局的塔娜是蒙汉兼通的打字员，经盟工会推荐并代办商调手续，我厂缺这样的打字员，应予接纳安置。

盟人事处分配来的中专生王化文，是辽宁冶金建筑学校学通风供热除尘专业的优秀毕业生，经人事与浮法车间、技术科沟通，这是个抢手的人才，求之不得，建议立即签收。

同时还要做好军队复转军人的安置工作。新转业的赵书堂原是开通县人武部作训科科长，拟任厂办公室副主任。于得水，转业后干了半年管理员，干得不错，拟任原料车间党支部副书记。刚转业的助理工程师郝俊生，60年代就开车，管车也有经验，拟任厂汽车队队长。

张汉玉，原是盟无线电厂的食堂管理员，后调到盟党校继续管理伙食，现商调我厂当食堂管理员，建议接收。

还有一个个案，于长友，1973年被判刑3年，现已释放，没生活出路，盟劳动局要求我厂给予安置，劳动局单独给指标，办理正式工作手续。据厂里的人说，此人是人才，有一定的工作能力，被判刑的原因是非主观因素造成的，建议接纳安置。

尚缺的政治处主任、保卫科长，成熟一个配一个。

这天，王大树气呼呼地来到人事科，生气地对陈风说，上级单位和领导盯着位置往厂里塞人，说什么某某人可以不重用，但必须得用，糖业烟酒公司的干部也要来做玻璃，成何体统？既然没什么用就不用。作为分管人事的厂领导，我这第一关他们得过，有问题我负责。说完之后，王大树把手里的材料重重甩在陈风的办公桌上。陈风犹豫了一会儿，见王大树没有改口，就坚定地回答"是"。

除了外面的人变着法儿往厂子里拱，厂子里的人也有不安分的。厂原妇联干部李淑芳，因为机构变更成为工会女工委员，认为没有了科级实职，就以在公社当过化验员为理由，提出愿意到厂医务室当护士。护士同样不是实职，为何这么积极？医务室现在也不缺人。原来她听说上面有通知，要给教育和医务人员晋级涨工资。之后，就有人不断找领导反映问题，大多数是非生产人员。

安全检验科认为，只配一长一员太少了，洛阳玻璃厂配了8名检验员，还不算管劳保用品的人。计划财会科认为，他们没有搞过一竿子插到底的核算，没有管过各车间的核算员，没经验，最好专人专管。气体保护车间认为，配备的技术员太弱，还老想换岗位，不安心工作，将来出了问题应该由厂领导负责。设备科认为，很多设备下一步就会转移给供销科，应该将设备科和供销科合并。供销科两个采购员想去生产科和原料车间。生产科要求配电工、木工、瓦工、水暖工。幼儿园的教师没人愿意干。陈风认为，这些问题的根源是非生产人员薪金待遇不如生产一线的人，所以，就没啥积极性。李淑芳也是非生产人员，却能水涨船高，大家心里不平衡啊。

果不其然，上级来文，调整教育和医务人员工资。在厂党委研究的过程中，陈风传达了有关文件，并提出晋级的名单和理由，两个大夫和护士各晋一级。李淑芳因为刚来不久，没达到晋级的工作年限，不属于晋级范围。党委会同意，并将结果上报盟建委调整工资办公室。盟建委的领导给王大树打来电话试探口风，问是不是漏报了？她这些年被借调到不少单位，哪个单位可能攒下的年限都不够，是否应通盘考虑一下她的实际情况，四舍五入解决一下就行，她哥哥是盟食品公司的经理，今后互相还能用得上。电话还没挂断，医务室的一个大夫来找王大树，说李淑芳不给病人挂号，弄得医务室工作转不下去。王大树心想，这是准备好了，上下一起活动非要把级晋了不可啊。王大树对着电话那头儿的人郑重地表示，按政策没有她，怎么考虑？即使有来头也不能报，我们厂子绝不办违背政策的事情，如果建委认为可以晋级，你们就直接办理，公布出去，如果引出什么问题，你们自己去解决，说完就扣下电话。见大夫还在，便安顿他按原来的看病程序进行，是谁挂号就谁来挂，可以直接告诉她，不主动工作随时退回到工会。大夫坚定地答道，明白，按领导的指示办。说完转身大步流星地走了。

关于近期发展党员的工作情况，政治处的同志专门向史辉和王大树做了汇报。经过长期培养，各支部推荐的积极分子中具备入党条件的有4人，其中有副厂长高山坡。谭森和高山坡因工作上的一些观点不同，曾经吵过架。在支部推荐过程中，谭森不同意高山坡入党，说他情绪急躁爱发火，长期没有入党应该存在某些问题，要深入了解。

这个情况史辉是了解的，毕竟吵架的事是在他眼皮子底下发生的，已经由来已久，屡见不鲜。高山坡始终认为，企业首要的资产是工人，只有人们都把厂子当成自己的家，把个人的命运与厂子的命运紧密联系在一起，才能安下心来搞生产。所谓的管理，就是要注重工人的需求，厂领导和工人们平起平坐，有问题商量着解决，还要有针对性地给员工提供学习、娱乐的机会和条件，比如给职工送生日贺卡，哪位职工生儿育女了，厂里可以派车接送等。但谭森不认可，觉得这是笑话，厂子就是厂子，不是福利院，高山坡是书看多了，脑子里都是些想当然的好事。厂子是用制度建起来的，只有实行严格的管理才能保证实现生产目标。各项活动可以开展，必须有钱创造了条件才能开展，否则就是画饼充饥。认为不但要实行岗位责任制，还要实行计件工资制，这样才能刺激工人努力工作完成任务，工厂才有未来。

厂子风平浪静就没事，只要有问题，就会引起两个人观点上的争论。史辉分别和两个人交换过意见，但很多事不可能一蹴而就。果不其然，在入党这件事上，参与评议的人同意4个人入党，谭森同意其他3人入党，不同意高山坡入党，并重申了他的缺点。

支部通过后报厂党委会研究，高山坡不是党委委员，只是班子成员，没有参会，而且他是当事人应该回避。谭森说，每个人基于自己的信仰、价值观和人生规划，可能会做出不同的决定，高山坡多年未入党可能意味着他在这些方面有自己的考虑和权衡，认为自己在某些方面尚未达到党组织的要求，例如，他过去经历中遇到的一些挑战或困惑，导致他对入党持观望态度，或者他可能在某些领域有自己的专长和追求，认为入党并不是他当前最优先考虑的事项。

见没人应答，谭森缓和了一下口气继续补充，当然，如果他曾经申请过，但是入党需要经过一系列的审核和考察程序，包括提交入党申请书、接受党组织的培养教育和考察、参加党课学习、进行思想汇报等。他多年未入党，也可能是因为他没有积极参与这些程序，或者在审核过程中遇到了某些问题。入党是一个严肃而庄重的决定，需要充分思考和准备。我对高山坡的入党意愿表示关切，但也有疑问，我愿意通过适当的沟通和了解来增进彼此的理解和信任，我也不想把人家一棒子打死。

其他人没发表具体意见，就说了句"同意高山坡入党"。

史辉示意王大树说一说。

此时的王大树脑海里闪现出杨世福，但不是他多年未入党而被误解的波折，而是一个情景。情景里，杨世福独自骑车去到某个不认识的地方，小路两边只有大片刚长起来的向日葵。那个下午很安静，他停下来开始唱歌，一直唱到自己会的最后一首歌。可能他那时候没想过，为什么要选择一个安静的下午去一个陌生安静的地方，和自己独处。只记得返回时，直接去了安振英家。

这个情景忽闪之后，王大树拿手掩唇，轻咳了一声，我自己的意见是入党不是一个时间问题，更重要的是个人的思想品质、政治觉悟、道德品行以及实际行动是否符合党的要求和标准，长期没入党也不是衡量一个人是否有问题的标准。其二，党的组织原则是民主集中制，这意味着在入党问题上，高山坡同志有个人意愿，同时组织经过了严格考察和审查。其三，群众认可，说明高山坡同志在群众中树立了威信，得到大家的拥护和支持。入党并不是一种荣誉或地位的象征，而是一种责任和使命的担当。

当然，对于一个人的评价可以有不同声音，做到口径一致也是不太现实的，所以，大多数人的意见就是基本的意见，个别人的意见可以保留。就好像一个碗，粘了点脏东西，能洗就洗，洗干净照常可以用嘛，咱们家里吃饭也不是吃完饭就连碗也扔掉了对吧。谭森同志当面锣背后鼓，有意见拿到桌面上讲，敢于面对面地交换意见而不是放冷枪，这也是共产党人襟怀坦白、光明磊落的表现，也是党内民主生活的要求。我要向谭森同志学习，改掉我自己存在的一些为难情绪。

史辉点了点头说，发展党员应按党章规定衡量是否够条件，这是硬杠杠。中国科学院副院长华罗庚70岁才入党，宋庆龄也是上个月入的党。有的人调度一次就重新经受一段时间的考验，一拖就是好几年。就像我们厂，先是党小组，后来是临时支部，正式有党委也不过三四年。所以，一些特殊情况是客观形成的。大家都本着负责的态度把问题摆出来，直言不讳，我觉得这个气氛很好，更有利于我们纯洁组织，就像我们企业生产的玻璃一样，提高标准、质量第一。我也同意4名同志加入党组织。

散会后，王大树本想再找谭森聊聊，但谭森快速收拾了材料离开会议室。

笛音传讯空谷荡，

袖舞藏矜满堂知。

墨洒案前陈繁卷，

荆棘丛处笃行痴。

（三）

果然，医务室打报告退回李淑芳到工会，王大树当着那个大夫的面签字同意。退回的，还有厂子里配给王大树的吉普车，王大树说过去骑马骑惯了，坐上小汽车就晕乎乎的，自己买了一辆永久牌自行车，透气透风又能找到骑马的感觉。

早上，浩浩荡荡的人骑着车从四面八方涌进厂子大门，其中就有王大树。骑车同行，在王大树看来就如同在大榆树下与群众漫谈，一路的闲聊恰恰比开会征求职工的感受和想法更真实。没多久，家门口等着一起上班的干部职工越来越多。王大树心中始终有一个梗，如果领导主动与职工交流，发现和解决他们问题和困难，老崔那个事就不会发生。

但接下来的事，没想到会发生在陈风身上。

当一个妇女带着孩子跪在王大树面前，哭着说陈风去世了的时候，王大树打了一个冷战。

来人是陈风的媳妇和孩子。王大树边把人扶起来边询问啥时候的事，平时好好的，咋就人没了？下午从厂里回家的路上，粮食局的卡车撞倒了豆腐房的烟筒正好砸在他脑袋上，开车的司机说，本来想送医院，可是一看人砸倒后一口气也没多喘，走时没遭罪，只是睁着眼。我到的时候人还温着。

陈风是部队转业的正营职干部，"文革"时身体受到摧残，全身骨质增生，最近向厂里提出想从人事科调到劳动科，因为身体原因。正在此时，原料科科长郑本发因父母年迈、媳妇病重，也提出调整工作。这些情况厂里是应当照顾的，有人就提出两个人岗位对换一下，或者把两个人安排成虚职，这就引发了一些职工的议论。尤其是陈风，在岗位上任劳任怨、尽职尽责，有口皆碑，只是文化程度不高，不会阿谀奉承，在人事工作上秉公办事、不徇私情，妨碍了少数人不正常选人用人的手脚，当自己调整工作时有些人就开始使绊子、说风凉话。

王大树曾经向史辉汇报，应该专门研究两个人的诉求。史辉说，议论归议论，党委没有研究就不会做出决定，你和他们谈谈话，看看厂里能帮助他们点啥。王大树说，我之前谈过了，郑本发想去福利科，不当科长，当个副科长也行。陈风说自己劳动科、原料科都行。王大树说，那就劳动科吧，原料库我们另选人。

史辉同意两个人的想法，说上会定一下。但是陈风没等到开会宣布，就走了。

这件事让王大树心情很沉重，来玻璃厂时间不长，却有两个职工意外身亡，其中固然有一些巧合因素，但在王大树看来，这两个意外恰好暴露出厂子在管理上的一些问题。至于究竟是什么问题，王大树此刻还说不清。只是直觉告诉他，如果工作再全面一些、精准一些，对职工的关爱再多一些，应该不会出现下一个老崔。如果上会研究的效率再高一些，陈风临走前的遗憾就会少一些。可是现在，老崔的生命已经被一根绳子带走，陈风也带着迟迟未能调动的遗憾永远闭上了眼睛。王大树深深地意识到，关注并切身地体谅、进而解决人的精神需求，比解决饿肚子的问题要难得多。

按照劳动保护法有关规定，一次给陈风家属发放抚恤金，金额为本人生前12个月工资，丧葬费为厂职工两个月的平均工资。他还有一个残疾女儿，盟粮食局答应抚养到28岁，如果到那时仍不能工作和劳动自立，由玻璃厂负责照顾。王大树慰问的时候说，陈风走了，我王大树和厂子里的老老少少都是你们的家人，厂子永远都是你们的家，有困难不会不管。

陈风的媳妇一下子跪了下来。

如果每位职工都是一个单元的话，那么需要制订多元化的关爱举措，职工感受到了来自工厂的关怀和支持，才能增强归属感和幸福感。工厂里有机器，但工人不是机器。王大树从陈风家出来后就去了高山坡办公室，一番话，让高山坡仿佛感觉来到了一个全新视角，醍醐灌顶，在谭森看来是鸡毛蒜皮油盐酱醋的事情，在王大树的嘴里成了力量的源泉。王大树说，工会就是职工的家，你说的生日卡、运动会、文艺晚会可以让职工在忙碌的工作之余放松身心、释放压力，跟生产玻璃一样也是头等的正事儿。

高山坡说，老王你这么一认真，我还真有点不适应，我们工会这点玻璃心一到老谭那儿就被打得稀里哗啦，说我们小家子气、小情调耽误大事业，看来以后我要据理力争，建设好咱们职工的家。王大树说，你热闹起来，老谭自然会一唱一和了，他是没亲眼看到、亲身体验，想要开导他，不仅要有酒，还得有故事。高山坡说我懂了，他上紧他的发条，我搞好我的生活。王大树笑了。

那天晚上，高山坡回家做饭突然多出很多耐心，轻拿轻放，一点一点洗着菜，进入史无前例的不挑食模式，无论什么食物入口，都有心满意足之感。高山坡的老伴有点不解，问这是啥事又让你活得有意义了？高山坡说，个中缘由三言两语说不清楚，且等下回分解。说着，一仰脖，酒杯见底了。

厂工会在关心职工生活方面采取了多种措施和行动，通过各级干部和工人结成互助小组、开展文体活动、推动技能提升和关注劳动保护等方式，工会的门口还挂了一块牌子——"工人之家"。

第一届"名师带高徒"劳动竞赛如期举行。主办方是厂工会。工人的技术水平和职业素养得到展示和提升，涌现出了一批技术骨干和优秀人才。同时，安全生产和劳动保护等问题也暴露出来，活动后谭森提议组织成立安全生产和劳动保护监督组织，加大安全生产培训力度，并完善相关制度。他亲自检查生产现场的安全隐患和违章操作行为，并邀请高山坡坐镇指导。

谭森的生日贺卡是高山坡亲自送过去的，结果谭森非逼着高山坡抽了支烟，说这是喜烟，从不吸烟的高山坡到家时候还在咳嗽，老伴以为是做饭的油烟呛的，赶紧把窗户都打开。那夜的高山坡一边咳一边喝着白酒，说玻璃厂就像这酒，有浓有淡，蓄势以待啊。

玻璃厂作为企业工会为市里的其他企业工会提供了有益的借鉴和启示，参观的团队和记者络绎不绝。

这几天，报纸、广播连续报道了厂子的消息，让王大树从陈风之事的阴霾中渐渐走了出来。国家层面也有一则振奋人心的消息，人大常委会同意国务院提出的机构改革报告，机构改革后，国务院所属部委、直属机构和办公机构由 100 个裁并调整为 61 个。其中，部委由 52 个裁并为 42 个；直属机构由 42 个裁并为 15

个；办事机构由 5 个裁并为 3 个，新增国家经济体制改革委员会。国务院各部门机关人员编制由 5 万多名核减为 3 万多名，精减 25%。党中央 30 个直属机构的内设局级机构减少了 11%，处级机构减少了 10%，总编制减少 17.3%，各部门领导职数减少 15.7%。玻璃厂这几年人事上悬而未决的问题终于有了解决的由头，实行了党委领导下的厂长负责制。总编制只减不增，部分科室合并，多出来的干部充实到生产车间。

另一则消息，1982 年 3 月 1 日，全国第一个"全民文明礼貌月"开始了。三天后，全省各地开展的"全民文明礼貌月"活动达到高潮，从城市到农村，从部队到学校，上下都动员起来，讲清洁、讲秩序、讲礼貌越来越深入人心，盟里领导和一万多名干部群众走上街头，清理环境卫生，维护公共秩序，宣传文明礼貌，使许多卫生方面的老大难单位和死角发生了变化。此刻的玻璃厂也是彩旗招展，到处张贴着文明礼貌用语。

此时刘胜利打来了电话，没啥事儿，退休生活很轻松，挨个打一遍电话，问问你们好不好。王大树说，我已经是 50 多岁的人了，身体也不好。论年轻，我老了；论知识，我缺乏；论专业，我不懂；论革命精神嘛，我倒是很多，但又总惹别人生气，总体上说是富而不强啊。我申请组织上给我挂上号，只要有合适人选，我随时退下来当参谋。刘胜利笑了，大树啊，咱们系统有不少比你年龄大的，身体更不如你，动员退到二线都不退，还跟组织闹别扭，你倒是主动准备好了。别人的二线我不管，你的二线还没来，而且你也不是二线上的人，让你不干点实事，憋不了两天就得跑回一线来。电话这头的王大树听着刘胜利的话也跟着摇头笑。

刘胜利又一本正经地敲打王大树，行动是最好的证明，你可不能见我和赵书记告老还乡了就蠢蠢欲动，只要行动了，我们就要下定决心向前走，在位1分钟工作60秒。你王大树的骨气就是直面问题，敢于触碰问题，勇于挑战问题。这些年来，你走过一个单位又一个单位，跨过一个又一个障碍，问题解决得都挺好，思想越来越成熟，方法也越来越得心应手，等你真退下来了，我和赵书记再去找你玩，这之前你必须继续干出点名堂，否则，等你退休了我们天天组织开会批判你。我们老战友们一路走来，经历了无数艰险和磨难，但任何困难都没有压垮我们，任何敌人都没能打倒我们，靠的是啥，靠的就是对党的无限忠诚，靠的就是与广大人民群众血肉相连，啥时候都别忘了，人民的利益高于一切，比天也高。王大树拿着电话不停地点着头。

"行动是最好的证明"就这样一遍又一遍地回荡在王大树的耳边。每当他在车水马龙间穿梭时，忙碌时，焦躁时，不知如何是好时，这句话就会跳出来，变成前行的路标。

王大树在日记本上写道，这个世界的物质资源和财富总会有个尽头，但信仰的力量却永无止境，并可以从任何遥远的地方传递出正义的能量。在渐行渐亮的光明里，在渐行渐忙的道路上，在渐行渐远的时光里，一个人，一个城市，一座山，一片海，一棵树，一朵花，甚至一首歌、一句话……都可以在窘境之时拨云见日。

> 风抵河东一树开，
> 半缕清丝半缕白。
> 犹记堂前听雪融，
> 随寄新枝待剪裁。

（四）

　　王庆祥此时转业了，而且是主动提出的，目标是新光玻璃厂日益红火的工会。

　　文桂兰悄悄叮嘱儿子，你爸爸是个较真的人，他认为穿上军装骨子里就一辈子是军人，军人就是流血牺牲有你，不能看了别人发财就眼红，总要有人来保家卫国。如果不是组织安排你转业，不许主动提转业。

　　王庆祥回来了，不算是精简，是演出队解散，他顺势而为，申请了转业。王庆祥入伍后，先是通讯兵，后来当上连队的通讯班长。1974年，按照中央统一部署，一些战略性防空设施开始启动，4年后才结束。其间，部队专业和业余文艺演出团体数量增多，师部把会唱歌、跳舞、弹奏乐器甚至能翻跟头的战士都调了过去，组建了师部演出队，王庆祥就是其中之一，他在念高中时就是学校文艺队的小提琴手，转业前已经是演出队乐队组组长，副连级。

文桂兰知道王大树对自己家的人尤其不客气，可还是抱着一试的态度提了这件事。果不其然，王大树反问文桂兰，这么多人都想进玻璃厂，其他人都办不成，唯独咱们儿子办成了，那肯定是我的缘故。文桂兰有点生气，人家孩子在部队干得本来就很出色，玻璃厂工会也有文化干部，庆祥也是人尽其才。人才也好，劈柴也好，大家都看着呢，进了玻璃厂就会引人注意，我王大树的原则都是做给别人看的，轮到自己就网开一面？我明白你的意思，但是这对庆祥是一次机会，进了玻璃厂，生活稳定了，三十好几了也该赶紧成个家了。桂兰啊，坚持原则并不意味着拒绝了庆祥所有的机会，而是让他在选择时，不要违背我们共同的原则，突破了这个底线，我和他在玻璃厂都是孤单的。文桂兰想着这几句话，没再接话。

办公室，有人敲门，进来的人是谭森，王大树赶紧起身让座。谭森风趣地说，我就是来看看大树厂长，顺便汇报汇报工作。王大树打趣道，不是夜猫子进宅吧？两人相视哈哈大笑起来。

大树兄啊，实行党委领导下的厂长负责制以来，副职就咱们两个了，高山坡任了工会主席，不爱操咱们这份心。王大树笑道，高山坡是刀子嘴豆腐心，你是豆腐心刀子嘴，你俩其实是一条心，就是把厂子办好，不是一家人不进一家门，进了门磕磕绊绊难免的。谭森回应道，党委就是咱们的大脑，厂长就是双手，大脑想清楚了，双手才能灵活操作。这就好比咱们厂里的生产线，党委是总设计师，厂长就是生产线的负责人，咱们得紧密合作才能生产出优质的产品。王大树点头同意。

话题一转，王大树说，谭老弟今天来找我就是为了探讨这个？也不全是，我还探讨个人。王大树笑呵呵道，我就知道你是夜猫子，肯定有事。说，是谁？王庆祥。王大树立马火了，这小子跟我玩弯弯绕呢，跑到我的防线后面去了。谭森急了，这跟你没关系吧，高山坡推荐的人，工会正需要这样的文艺骨干，我征求过史厂长的意见，也就是说如果开会我俩都同意，你只管进人就行。王大树说，这个人进不了。啥理由？我在他就不能来。你这是认死理儿，别说你在庆祥能来，现在你退休了庆祥都能接班。王大树说所有的革命工作者都是人民的勤务员，是受人民拥护而选送到领导岗位上。城市吃商品粮的军人转业退伍一律安置，农村的不管有能力或有技术专长，都不安置，这样下去，职工子女永远是职工，农民的后代永远是农民，不符合择优录用的原则。谭森挠着头说完，话题让你扯远了，不过王大树你真是顽固不化，我是说不过你，转身就要走。老谭啊老谭，咱们厂最较真的就是你，最讲制度规矩的也是你，现在你也学会替别人打掩护、搞变通了。

谭森一时急得涨红了脸，一扬手，转身走了。王大树想想不对劲儿，谭森和高山坡碰到一块就呛呛，这回在王庆祥身上倒成了"统一战线"。

王大树气冲冲回到家，进门就把王庆祥喊来，让王庆祥到基层工作去，开通县乌兰牧骑是不错的选择，王庆祥一时目瞪口呆。你可别小瞧了乌兰牧骑，队员都是多面手，面向基层，服务农牧民，闻名全国。60年代的时候，去过全国各地演出，受到周恩来总理亲切接见，还请队员们吃饭，这是多高的待遇和荣誉。文桂兰在一边打岔说，要不庆祥你来我们糖业烟酒公司？王大树一脸严肃道，跟你们那个女干部要来我们厂一样，都是胡闹，让个文艺兵裹上糖泡上酒，甜不甜，咸不咸，成何体统。文桂兰也生了气，怪不得谭森说你顽固不化。咦，你咋知道？文桂兰权当没听见，转身走开了。王大树马上明白了，这个"统一战线"的发起人应该就是文桂兰。

　　王庆祥最终没留在市里，去了开通县乌兰牧骑。没有怨言和闹别扭，他骨子里有王大树的基因。虽然没有那么多社会经验可以有效指导自己的生活，但是内心强大、勇往直前的劲头多少受到了王大树的影响。跟王大树相比，至少他的前半生还算是一路坦途。王庆祥在去开通县的路上想，那些还未经实践检验的认识和期待，就送给今天和未来的自己吧。

　　王庆祥加入乌兰牧骑的乐队，起初拉的是小提琴，实际牧民们更爱听四胡和好来宝。王庆祥下决心改换演奏乐器。小提琴与四胡的演奏技巧、音域和音色虽然都有很大的不同，但它们都属于弓弦乐器，两弦间的音程都是纯五度关系。小提琴的弓法、指法很丰富，技术技巧也很多，而且要求高，是弦乐器当中最难掌握的一种。四胡演奏相对简单些，属于色彩性乐器，独特的音色在小乐队中占据很高的位置，特别是高音四胡在乐队里有着浓郁的色彩。从拉小提琴改拉四胡应该是不会太难，拉四胡的人要想拉小提琴那就得从头学起。果然，王庆祥凭着拉小提琴的深厚功底，揣摩四胡数日便轻松登场。

无论距离多远，只要有一个农牧民想看，队员们就会去演出。有时住到农牧民家里，遇到什么活就帮着干什么活，接羔、挤奶、打草……牧民们喜欢啥队员们就轮番上阵演出啥，渐渐地王庆祥成了吹、拉、弹、唱、舞的多面手。舞蹈是乌兰牧骑演出中不可或缺的一部分，王庆祥在实践中掌握了多种舞蹈技巧，直到他退休进了老年体协舞蹈队，依然是领舞和教练，那种舞蹈的感觉不仅是舞台上的视觉享受，而且是通过舞蹈内涵表达了真切情感，这一点拿捏，是许多舞者一辈子都难追求到的。

一年后，王庆祥和县委宣传部的干事张华春相恋结婚，在王大树的家里办了简单的仪式，敬礼，倒茶，大家吃糖嗑瓜子，聊聊过往，畅想未来，欢声笑语。王向阳两口子特意从村里赶来，他们有3个孩子，最小的也订了婚。今年每人打粮食1 300多斤，其中一多半是小麦，吃上了细粮，住得宽绰，穿得整齐。王向阳从背包里拿出一个包，展开是一对枕巾，送给了张华春。

扒拉着瓜子，王向阳打开了话匣子。现在农村人也活得舒心，有闲工夫，我本不是爱串门儿的人，要不是哪个大娘婶子来找我闲聊嗑瓜子，我会一直把活儿从早干到晚，过年也不例外。但是现在人老了，孩子们料理家，我也得空儿跟着女人们串门聊天。无论从哪一家开始，一家连着一家地吃瓜子，从种地聊到养娃，从的确良衬衫聊到绝育手术有多疼。聊完了，换一家。从第一家开始，到最后一家，我们的队伍越来越庞大，直到夕阳西下,猪们,羊们,娃们,都开始喊饿,我们才扔掉瓜子皮,拍拍灰尘,回家,舀水,烧火,做饭,点燃女人们给这个世界的烟火,让炊烟缭绕在乡村的上空。

讲到嗑瓜子这个情景时,王大树有意瞄了瞄文桂兰,此时的文桂兰做小时候的鬼脸,如花朵一般,带着微甜的香气和温柔的花瓣。

60岁的王向阳像一束光,她的故事带着乡村的生机,成全了红灯笼和喜字做不到的吉利。王大树一直都觉得她的思想、她的生活态度,本身就是一种精神,在兵荒马乱的年代、在物质匮乏的年月,舒展着家人和周围人的额头。

看着王向阳,王大树做出一个决定,退休后回开通安家养老。王庆祥也对父亲的决定深感意外,但是两家人其乐融融生活在小县城的场景,让他身心跟随王大树的决定一起落了地,没有冲击出什么波澜。

  长空熙熙寻芳草,
  落日攘攘觅墙柳。
  不见堂前燕归巢,
  唯有弦月叙风烟。

第二章　殊途同归

（一）

　　1984年5月是王大树到龄退休的日子，王大树在向史辉做思想汇报时提出了退休的想法。史辉挽留着，再有两个月就正式投产了，留下来继续担任企业发展顾问吧。王大树说，许多领导和同事非常有能力和潜力，我这老脑筋会影响他们的手脚，虽然不再直接参与工作，但会一直关心和支持企业的发展，需要我的时候随叫随到，功成不必在我，功成必定有我嘛。

　　新光玻璃厂的大门在晨光中开启，工人们穿着整洁的工作服，从大门鱼贯而入，王大树照常骑车和大家一路上班，似乎没有人知道这是王大树在厂里工作的最后一天。

　　尽管距离正式点火投产还有两个月的时间，但实际已经进行了测试点火，这一步骤在工业生产中是相当常见的。测试生产可以帮助工程师和技术人员发现并解决潜在的问题，可以评估设备在实际运行中的性能、安全性和可靠性，保证正式投产有备无患。

　　随着机器的轰鸣声响起，生产线启动。从硅砂变成产品走下生产线，每一片玻璃都被赋予了坚韧与透明。工人们对玻璃进行各种切割、磨边和钻孔等精细操作，然后小心翼翼地运送到包装区域。王大树在厂房待了一整天，夕阳西下时，厂房的灯光渐渐亮起，三班倒的工人开始换岗，王大树边才打着招呼边离开车间。

这天晚上王大树没回家，睡在办公室的沙发上。清晨的阳光透过稀疏的云层，洒在窗前。王大树眯着眼看了一眼手表，六点半多一点，伴着熙熙攘攘的声音，他眼睛往楼下瞟了一眼，好多人，他们穿戴整齐。王大树赶紧擦了把脸，蹬蹬蹬下楼，一出门，眼前一条醒目的横幅：祝王厂长退休生活幸福安康。王大树愣在那儿，他没有想到。

王厂长……松散的人群一下子都围了过来，最前排的是史辉、谭森，还有高山坡。你们咋知道我在厂子里？史辉握着王大树的手说，到处都是我们的眼线，昨天你从白天转悠到半夜，一举一动都在我们的掌控中，你舍不得我们，我们也舍不得你啊。送行的人纷纷上前与王大树握手道别，有的还抱住了他，说好想还和您一起骑车上班，说着说着就哭了。一位年轻的工人走上前来，将一个精致的礼盒递到王大树手中，是第一次点火测试制造出来的钢化玻璃片，您留着做个纪念吧，老师傅们、年轻人们都想着您。王大树接过盒子，眼里闪烁着泪花，好好好，我一定珍藏好，我虽然不和大家一起工作了，但我的心永远与厂子、与你们在一起。史辉朝不远处摆了摆手，那辆王大树没有坐过的小汽车缓缓驶来。今天坐车回家吧，自行车我让人给你送回去。

王大树坐进车里，他摇下车窗，人们似乎第一次发现他头发已经略显花白。轿车驶离了厂区，送行的人知道，这位厂长新的篇章即将开始，因为他是闲不住的人。

乘坐小汽车回家的路，是王大树再熟悉不过的下班路。只是坐在车里看和骑着车子看的感受是不一样的，车外面的人群、厂房、大门和两排白杨树仿佛一夜之间都变高了。他挥手告别人群的时候，突然觉得他在同时告别着身后一幕一幕往事。那些原本已经渐行渐远的往事，突然跳到眼前，他甚至模糊地看到，人群里还有常胜、李国华、张宝音，也有刘胜利和赵大力……还有几十年前出现在他父母墓地旁边的年轻八路军，那是改变他人生际遇的一个年轻人。他习惯了不停地解决问题，这种突然之间"所有问题都解决完了"的局面，这种时光突然不真实地倒流回来，宣告职业生涯走到终点的感觉，像是生活被拦腰斩断一样，让王大树从内心深处觉得有点不适应。此刻他倒是很想仔细盘点一下几十年的工作心路历程，尤其是那些因时因势与他同甘苦共患难的人，他从内心感激他们。似乎在每个人身上，他都能想到一点遗憾，如果还能与这些人共事，他一定能做得更好。

王大树其实是离休。人事处的人跟王大树说，您是新中国成立前参加革命的老干部，到了离职休养年龄，实行离职休养。离休后政治待遇不变，生活待遇略还从优，咱们厂就您一个。王大树感慨，自己是农民的儿子，在旧社会深知劳动的不易和生活的艰辛，在党的培养下，才有机会参加工作，为国家和人民做出贡献，国家给发工资并给予各种生活保障。无论是离休还是退休，都是组织对他的照顾和关怀，够好了，够好了。

两个月后，新光玻璃厂投料试产一次成功。新闻报道说，这个玻璃厂是国家投资建设的重点项目，是我国自行设计安装，全部使用国产设备。它的自动化程度较高，产品质量好，年产平板玻璃110万标箱。开始建设时，筹建工作难度很大，施工进度缓慢。党的十一届三中全会后，各项工作拨乱反正，新光玻璃厂的建设才真正走上轨道，人力、物力、财力都有了保证。为加快玻璃厂的建设进度，国家建材部和自治区组成了包括设计、施工、物资、金融等部门在内的新光玻璃厂建设指挥部，充实领导力量，各方协调一致，加快了建设速度，才有了今天浮法生产线一次点火成功。

王大树退了厂里分给他的公寓，在开通县的城边上盖起了三间砖石木结构的土圆顶眷房，属于第九居民委员会十五组管辖。房子由两间居室、一条T字形走廊组成，工时两个半月。房子毗邻光秃秃的山坡，位置没有优势，所以每间房的工费是300元，其他各种材料是王大树亲自采购的，能省则省。王大树向工人们反复强调，一定要按设计图纸和说明书施工，不能任意改变，工人们说还没真盖过这类结构的房子。院子里的水井是王庆祥招呼几个朋友一起挖的。房子如期盖完交付，大家一看有点明白了，两间房子中间是一个走廊，其中一间是卧室，另一间是宽敞明亮的客厅，与其说是客厅，不如说是办公室。进门就看到一张宽大的实木书桌，桌面上整齐地摆放着笔记本、墨水、报纸和钢笔。书桌的后面是一排高高的书架，上面摆放着各种各样的书籍，从马列经典到历史著作,再到党政干部读物,一套一套的很有气势。墙壁上挂着一块白板,上面记录着王大树每天的学习计划和待办事项。窗台上摆放着几盆绿植。实际上,王大树将家布置成了办公室,他穿上中山装直挺挺地坐在那儿,作息和平时上班一样,只是再没有人来找他汇报工作,也没有棘手的问题可以让他兴奋。

　　文桂兰和王庆祥一家,通常在走廊的另一间卧室聊聊天。如果去了对面的"办公室",往椅子上一坐,看着穿戴整齐又一脸严肃的王大树,会情不自禁地聊起工作和学习。很明显,这种环境让王大树感到轻松愉悦,他时常或远或近地打量着他设计出来的氛围,感觉他并没有退休。这个做法,别人不理解,但文桂兰理解,她知道在王大树的外围,一直有一个巨大的能量环,由正直、勇气以及周遭的环境、机遇等共同组成,这个特意布置出来的办公室便是王大树需要的环境。其实,人生何不如此,当理想和现实、星空和大地、苦和乐、是和非,因为各种巧合机缘纵横交错在一起时,我们才会注意到,其实,这个世界上所有的人都可以成为盘根错节的一家人。在公式里,在诗句里,在化学反应里,甚至在体能测试里,在音符里,在山水画里,也包括各种各样的家里,都能看到我们故事的影子。想来想去,就由着他吧。

　　家里人是不常去王大树"办公室"的,但他们常看到王大树背着手生气地走出"办公室",嘴里自言自语,最反感的就是这类文章,接二连三的引证,什么某某话出自哪里,还标记了什么书第几页,谁见过这些书?写文章你就好好写嘛,开门见山、通俗易懂才算水平高有本事,照本宣科,引证凑数,自己是否明白都是两说,别人能懂?

文桂兰不常在家,她还有两年才到退休年龄,这一年她调到了开通县土产公司任党委书记。

女人虽如水,却是滴滴都落在男人的手里。男人弹指一挥间,就决定了女人将沸腾如火,还是滴水成冰。而岁月属实是亏待女人的,容貌不经风霜,却也非要把爱情当成生命。文桂兰始终把王大树看成坚毅茂盛的擎天大树,自己是树下的一株小草,万物皆有感情,大树之灵会庇佑她一颗善良柔软的心。

> 垂首伫城前,
> 擎臂洒风烟。
> 斩蔽千年事,
> 青毫叙新编。

(二)

第二年春天之前,王大树的离休证下来了。按照发证机关的提示说明,王大树先到县人事局开了证明,又到财政局盖了公章,又去商业局领了供应证,上面写着每月3斤肉、2斤糖、2条烟;最后一站是粮站,办了粮本,按供应标准买粮食。本月的工资正好发了下来,除111.5元之外,还有4.5元的洗理费。王大树拿着离休证和粮本，对着文桂兰说，我已经不再给国家工作了，国家还给我这么好的待遇，总觉得不踏实。

为了生活踏实，家家户户的菜园子泛绿的时候，王大树的菜园子却栽了一溜溜的杨树，大概都是2—3厘米的直径，三四十厘米的高度，栽完后地面上留出20多厘米，王大树满心期待着它们长高。其实虽然杨树可以长得很高很直，但虫害很重，有窟窿的木料几乎不能使用，况且打家具时常变形，当地人把这种木材用作房梁的原材料。由于土质肥沃和水分充足的原因，王大树的杨树几乎变成速生林，到了秋天长到了一米多高。

王大树把几千棵树苗起出来，打成捆，招呼上几个热心的邻居，用一辆小胶车拉着，顺着房子西侧的山坡往山上种，刨坑、下苗、培土、浇水，行距4—6米，株距2—3米，坑深一米，几个老汉边聊边干，也算有个踏实事干，累了歇会儿，赶上周六日也休息休息，不慌不忙。不知不觉二三十天过去了，除了山顶的石头太多，山坡下已经种了一圈。这时气温逐渐降低，大家说天不怕，树木生长进入休眠期，成活率也相对较高，看明年吧。

王大树9月的工资到了，129.5元，另有边疆补贴每月15元、冬季取暖费18元，合计162.5元。到居委会交了当月1.15元的党费，拿出32元报名参加了内蒙古广播电视大学汉语言文学专业，结果成了年龄最大的学员，这无疑是一个新闻。面对记者的采访，王大树说，十年树木，百年树人，学习是一辈子的事，不仅体现了个人对知识的渴望和对自我提升的追求，也意味着他愿意克服年龄的障碍，去追求更高的知识水平和更广阔的人生视野，对于个人而言，学到手就是宝贵的人生财富。希望离退休人员，特别是年轻一代，珍惜学习的机会，学习知识不分老幼嘛。一个愿意不断学习和提升自己的社会，必然是一个充满活力、不断创新的社会。王大树的这番话也在报纸上发了出来，题目是《电视大学最年长的学员》。

杨世福和安振英两口子来了，还带着两个孩子。杨世福跟王大树紧紧握着手，文桂兰和安振英则久久地拥抱在一起，相互抹着眼泪。杨世福说，要不是看报纸都不知道你俩回来了，到了居委会一打听，人家就把我们送了过来。

两口子都在长征乡政府工作，也就是原来的长征公社。杨世福是多年的乡党委书记，本来有机会回县里，但是坚守着承诺也就没动，眼看着今年就到了退休的年纪。

王大树说，咱们一起插队落户的情景还历历在目。记得插队落户的头一年公社水冲，第二年干旱，其他日子倒也平常，除去吃粮所剩无几啊。后来开展合作化集体治理，开展畦田机井配套工作，才有了改善。杨世福说，从那以后日子越来越好，几乎年年增产，尽管今年夏季有点旱，但因为机井灌溉，加上土地实行承包责任制，农牧民的积极性高，收成还是比往年好些，打的粮食少的人一千四五百斤，多的人有两千几百斤，平均也得一千六七百斤吧，去了80斤的农业税，全都归自己，家家有足够的余粮。安振英接过来说，乡政府旁边开设了集市，肉、菜、水果、土产日杂、驴马骡牛鸡鸭鹅狗啥啥都有，大小店铺一个接一个。

咱们插队落户那时候的土房也都变成了砖瓦房，家家三五间，院连院，不少人家还买了电视机，能看好几个台咧，大变特变了。杨世福接过话题，抽空回去转转吧，看看常胜同志。我们给他的墓修建了小院子，周围原来的沙坨子都种上了果树，等我退休了，就承包上那片果园，陪着常胜品尝今天的好日子。王大树点点头，又紧紧握住了杨世福的手。

把杨世福两口子送来的是居委会党支部书记刘淑花。

王大树上报纸后，她赶紧找出王大树办理的组织关系、户籍手续，再三确认她忽略的信息之后，就向街道办事处汇报了此事。街道办事处推荐王大树参加党员培训班。学习结束，王大树被邀请到居委会协助主任工作。

刘淑花说，听说您是老革命，还是民政工作的专家，办事处的领导让我多上门学习请教。请教我是不敢当的，有能帮忙的地方我责无旁贷。刘淑花拿出一份写着《城区管理办法的意见》的文件递给王大树，这个意见有城区管理、房产管理、卫生管理三项十八条四款。其他条款都好说，就是房产管理这块儿，凡是超过规定的房基地一律让出，否则按多占用土地面积收钱，每平方米每年1元。居民们议论纷纷，认为应当划分城内、近郊、边远，区别对待，不能一刀切收费，合理不合情。过去没有规定，确实存在横行霸道的现象，有的扩大的宅基地乱了街巷，影响了交通和市区市貌，应当处理。但是，有的机关单位在郊区建的家属住宅，原本都是荒坡荒地，种菜种树也没啥不好，没妨碍交通和城容城貌，把地让出来也没啥用，不应一刀切。

王大树一听到群众有问题需要解决，马上来了精神。他一直在找这样的机会，现在看来，没有什么机会比帮助居委会解决问题更适合他的了。

果然，没几天，办事处组织干部到各个居委会测量居民的房基地，说多出来的要收费，要不就拆掉，街头巷尾的人们边看着热闹边议论着，总而言之是希望按实际情况办事。王大树想起厂子里差点回家待退的老工人们，"凡事不能一刀切"，完了拉着测量的干部去了山坡，指着几百亩的树苗说，如果按照现在这个办法，树木都要砍掉，绿化了的山坡就要还原成荒坡，不要绿水青山要荒山，还要把很多人家的房子都要切掉一块，这个一刀切可是有点荒唐啊。毛主席提出要实事求是，所以，市容市貌治理既要承认历史，又要照顾现实，也要预料到未来的需求，确定科学的工作目标，大家不会不配合。我建议大街小巷通行无阻、整洁、排污无障碍就是目的。当然，死巷一定要通行，但边远地区不会影响整体的区域，就维持现状不要动。要避免为了追求整齐划一，反复重新测量、年年收费，甚至拆除居民的房子，引得大家人心惶惶。

后来，办事处管理所所长专门来见王大树，说建议得到了办事处领导的重视，重新修改了管理办法。并转告王大树，经办事处党委研究，请他担任第九居民委员会党支部书记。刘淑花呢？她是青年女党员，父亲马上退休了，要去接班。王大树认真想了想，我岁数大了，刚从工作岗位上退下来，你们选年轻人挑大梁，这也是对年轻干部的培养，我可以协助支部、居委会做些具体的工作。

这时居委会主任赵二琴来了,她也要求王大树走马上任,给予她支持,说她虽然还不是一名共产党员,但有一颗积极向党组织靠拢的心,希望在王大树书记的培养下,用行动向党看齐。

看着两人诚挚的眼神,王大树终是点头答应,我好好干。

人的一生,背景和角色太多,经由人之手创造出的世界又太丰富。意义,一直是可再生可颠覆可扭转没有穷尽的东西。既然历史是人创造的,那每个人就始终有义务负重前行,意义可大可小,但只要有意义就好。

> 微风细雨湿路小,
> 青山传黛忽现尧。
> 推门收尽天底色,
> 满院仓盛退残焦。

(三)

刘胜利病危了,王大树得知消息后急匆匆赶去了医院。

隔着病房的玻璃窗,王大树就看到刘胜利的嘴型在呼喊他的名字。虽然肺气肿带来的呼吸已经显出人力不可控的衰竭和急促,但王大树从刘胜利的眼神里,玄幻地看到了属于他们之间的,此前30年、40年分散在各处的时光。

来看望刘胜利的人故作轻松,肯定着、佩服着刘胜利能把各种久远的记忆悉数道来。

见到王大树，刘胜利突然转移了话题，我刚到五区的时候，区政府、农会刚刚恢复，组织工作队抓了几个土匪，在群众赶集的市场枪毙了几个，号召各行各业安分守己，发展生产，改善生活，支援前线。后来村委会恢复了，但是没固定的地方办公，人们就揣着公章到处打游击，办文的时候，都是临时找能写会算的人帮忙，这不符合常设组织开展工作的要求，各村召开群众大会推荐讨论，你，王文书诞生了，说着就握住了王大树的手。两个人笑在了一起。

听着刘胜利的讲述，王大树仿佛回到了那时，人们背后都叫你刘一枪，说你遇到看不惯的坏人坏事就掏枪。记得那时候为支援东北前线筹建物资，除了安排木匠打担架、妇女们做鞋，还要按土地亩数预借部分公粮。各村都落实得不错，唯独永发村的苏六赖子不交，还敢跟村长叫板，说青黄不接的时候没有粮，交不起，要求把自己的那份分到别人头上。村长刚上任，虽然知道苏六赖子是村痞，欺男霸女，但也不敢惹他，而且他的叔叔在伪满洲国统治时当过开通县城关镇镇长，仗着他叔叔的官威搜刮囤积了不少粮食，就等着世道有变数了。我那时候在村里当文书管记账，听说这个事就气不打一处来，亲自上门督办，结果苏六赖子抡起扁担就要打我，村主任拦着他。苏六赖子说，我就没粮食，看你能把我怎么着。我说，过去你们家有人当官，你耍无赖，现在是民主政府，你恶习不改，会有人收拾你。我去政府找区长。

刘胜利喘着粗气接过了话，那我肯定收拾他。我当时说，苏六赖子的粮食一升都不能少，一定给老百姓出了这口气。锁上抽屉拎上枪就跟你到了永发村苏六赖子家，找了个铁钎子把院子里的地窖捅了个大窟窿，派人扛出来5 000斤粮食。苏六赖子傻了眼，扑通一下跪下求饶。我拔出枪，问围观的群众咋办？有人带头喊，枪毙，然后就喊成一片。苏六赖子见势不妙，拔腿就跑，要不是他跑得快，早吃了老子一枪子了。两个人又笑。后来大家把他抓住，扭送到了区里。那次没收了他们家的浮财，分给了村里的贫雇农。也就是那次，你王大树入了我刘胜利的心哪。行动是最好的证明，区政府缺你这么个有文化敢斗争的人。

王大树还在津津有味地回忆着和刘胜利一同参加开通县第一次模范干部大会的情景，这时，病房里响起了一阵酣睡声。从窗帘缝隙照进来的阳光分明是热烈的，可是因为刘胜利突然地沉睡，让王大树觉得那些躺在墙面、地砖、书桌、洗脸盆，还有火炉、走烟的铁皮筒和人们脸上的阳光，都变成了轻重不一的铁青色。刘胜利的媳妇说，他这阵子就是这样，清醒一阵，糊涂一阵，说睡就睡，大夫说他们已经尽力了。

那一晚，王大树失眠了，脑海里满是病房里的铁青色，他一闭上眼睛就看到铁青色的刘胜利骑着马从县城过，留下一串飞扬的尘土。尘土散去，路边就会有不同年龄、不同穿戴、不同神色的刘胜利，或笑或怒，或站或坐，或远或近。

再后来的多次失眠，发生在刘胜利去世之后，有一阵了，即便是大白天，王大树只要一想起刘胜利，就会看见一种沉重的铁青色。他和刘胜利虽然是工作关系，但一定意义上讲，几十年来，刘胜利是他一路走来的引路人和见证者。他回忆自己的工作历程，在那些重要事件和重要时间节点上刘胜利几乎都参与其中，即便中间有些阶段不在他身边，但在王大树心里，刘胜利始终是一块定心石。如果组织和团队的力量是无形的，那么刘胜利一直是团队力量的有形代表，有他在的地方，就有无条件的信任和支持。

赵大力还不知道刘胜利的事。1985年春节前，王大树接到新光玻璃厂人事处打来的电话，邀请王大树作为离退休人员代表列席年度职工大会。王大树提前半天到了市里，先去看望了赵大力。

赵大力结实得很，是盟里首届老年体协的主任，参加3000米长跑，得了第二名，正兴致勃勃地捧着奖品往座位处走，见座位上有人，便迟疑了一下，认出是王大树后又兴奋起来地跑了过来，拍着王大树，听说大树也是退休老汉了，你能待住？不要待，要运动，自治区、盟里都成立了老年体协，下一步各旗县也要成立，大树你一定要参加啊。我到了体协之后，把原来规定的男60周岁、女55周岁入会，改为男55周岁、女50周岁了，这是根据离退休人员的实际情况改的，结果会员大增，热闹了起来。王大树说，你是到哪哪就热闹。赵大力哈哈一笑，增进老年人身心健康、延年益寿，不给国家增添负担，也是做贡献嘛。

见王大树表情有点严肃，赵大力问道是不是有事要说。刘胜利去世了，就在上个月。赵大力沉默了一会儿，啥病。肺气肿，抬个胳膊都要吸氧气，睡着的时候走的，没遭罪。赵大力握着王大树的手说，你去了县里，那儿的生活条件不如市里，多注意保养自己，县里看不了的毛病就回来，不要硬挺，正好老年体协缺个副主任，虚位以待，有没有兴趣。王大树打趣地说，我当不了副的。气氛一下轻松了起来。

新光玻璃厂的职工代表大会如期召开。

史辉拿着稿子，激动得声音有点颤抖，只听他念道：从去年投产到今年2月末以来，共生产玻璃173 702标准箱，实现了开门红。今年2月份一个月就生产了32 506标准箱，切装成品率达到98.33%，工业总产值达到2 375 500元，与全国同行业相比，赶上了中上等水平。话音未落，会场上爆发出热烈的掌声，有的职工边鼓掌边站起来。王大树的眼睛有些湿润，他被这个数字鼓舞和震动了，内心生出强烈的获得感，不知不觉也跟着站了起来。

会议通报了全年先进工作者和先进生产者名单，一波波的职工走上台兴高采烈地领上奖状和奖金，最后还为王大树颁发了离休荣誉证，赠送了一台三波段的春蕾牌收录音机。史辉让王大树给大家讲几句。

王大树反反复复看着台下的面孔，史辉、谭森和他点着头，王大树讲了这样一段话。

我们每个人，在每一件事情上，都在寻求一种叫作成就的答案，因为成就会带来安全感。今天的时机、动机、价值乃至实现的路径告诉我们，新光玻璃就取得了举世瞩目的成就，不仅在内蒙古，在全国都折返着我们新光玻璃人的智慧和力量。

王大树停下来，环顾会场，然后继续说。

接下来，我们要不要培养一种习惯，一种不重复做一件事的习惯，在这个琳琅满目的世界里，寻找一朵叫作创新的奇葩，把她植入新光玻璃厂的沃土，为了她，不要停止探索和发现的脚步，那样，我们就会一次又一次地为我们的新成就，鼓掌，再鼓掌！新光玻璃会更亮，我们的生命之光也更亮。

掌声骤然响起，史辉、谭森和高山坡走上台，几个人激动地把王大树抱了起来。掌声更热烈了。

自从赵大力忠告有了毛病不要硬挺之后，王大树就时不时的这疼那疼，有个周末，突然肚子痛，如果是以前，断然不会当回事。但是这次他去医院做了一个透视。王大树忐忑地盯着医生的脸，她每问一个问题，忐忑就升级一次。医生结束检查平静地吐出两个字"没事"。但是王大树明白，时间的沧海永远会一浪高过一浪，沙滩上永远没有最新鲜的脚印，天地之间能与我往来一生的，只有我的身体，趁着没事赶紧干事。

> 夜来梦回鼓角营，
> 举戈横扫千军行。
> 鸣金时分骄阳出，
> 帐下疾讯旌旗宁。

（四）

王大树回到开通县，进门就看到一个红彤彤的请帖，里面写道：

尊敬的王大树爷爷您好！我校想邀请您于3月1日下午两点来学校参加"听爷爷奶奶讲那过去的事情"开学季爱国主义教育活动，让我们少年儿童了解爷爷奶奶小时候的辛苦生活，懂得珍惜现在，感恩祖国母亲给我们的幸福生活，好好学习，做一个有本领的人。恳请您能在百忙之中抽出时间为盼。

开通县解放路小学

不久，文桂兰也离休了，照顾起了孙子，王庆祥两口子也时常来蹭饭。每当一家人围坐在饭桌前，时光就像轻轻按下了慢放键，灯光洒下温暖的光晕，王大树就会慢慢讲起以往的、当下的各种故事，即便大家已经听了不知多少遍，但还是配合着惊奇和感叹，家里人知道，王大树不仅需要在接连不断的回忆里确认自己曾经有过的价值，也需要借这样的机会，向大家明示，他并不老，他依然有不减当年的热情、体力和智慧，可以做很多对人民群众有意义、有价值的事情。

解放路小学的大礼堂，几百个系着红领巾的孩子目光炯炯地注视着王大树。王大树感觉这种气势和新光玻璃厂的工人们不一样，工人们闪着劳动创造价值的热情和智慧之光，而孩子们的眼神则更像是"时刻准备着"。

王大树说，我在旧社会受的教育很有限，和今天孩子们你们的成长环境是没法比的。今天的话题是听爷爷奶奶讲过去的事情，那么，从哪里开始呢？

王爷爷，您小时候也有零食吃吗？

一个猝不及防的提问，打断了王大树的思路，但也把王大树带回了那个年代，王大树的话匣子一下子打开了。那时候是30年代，我们家是榜青户，给地主榜青，也给地方官榜青，多挣一家是一家嘛。咱们县有个伪满的骑兵营长姓李，人称李大牙，坏得狠，每天挎着枪欺负人，谁慢了或者中间休息时间长了点就骂人家磨洋工，谁要顶撞两句，举手就打，反抗的就叫手下用绳子捆起来，吊到院子中间的拴马杆上，打得求饶了才放开。他雇人熟皮子，这是一种古老的工艺，把刚剥下的牛羊皮子鞣制成皮料，做皮夹克啥的。明明熟的不错，因为不想给钱，就鸡蛋里挑骨头，硬要赖说掉毛，皮子熟得不好。皮匠说，熟完还要晾干，晾干就不掉了。他说牛马身上下雨出汗比这还湿呢，怎么不掉毛？说着就要打人，皮匠说算了算了，不要钱了行不行。

记得那时我五六岁，妈妈领着我和姐姐去采豆角，回来经过一片高粱地，妈妈给我们俩撅了两节乌米，就是真菌寄生于高粱病穗上的孢子堆，那时候也没有什么零食，这东西有点甜味，小孩子都喜欢吃。结果被李大牙看见，连打带骂不让走，非说祸害了庄稼，非罚不可，把我们都吓哭了。路过的一个大叔掰开乌米给他看，说这不是粮食，长成了也没啥用。他歪着脖子瞪着眼叫道，不结粮食，那也是秫秸，能给牲口吃，必须赔钱。大叔越听越生气，拿起路边的树杈就抽他。李大牙边跑边招呼人，要捆大叔。结果那些帮手都是大叔的好朋友，谁也没动手，还替大叔求情。李大牙觉得被庄户人打了，面子上过不去，便说看在大家的面子上，高抬贵手，但是限 3 天之内把家搬走，大叔惹不起，从此离开了村子。就因为几个秸秆，大叔一家的命运改变了，至今我都不知道他们去了哪里。

王爷爷，那时候你有小朋友一起玩吗？

有啊，我们村里有个小女孩叫文桂兰，年龄和我差不多，我父亲榜青干活的时候，我俩就能见面玩了。有时候正玩得高兴，突然听到枪炮响，就赶紧往屋里跑，避开门窗，猫到桌子下面，避免被流弹击伤，一躲就是小半天，听到枪炮声渐渐远了，或者外面大人招呼，才敢开门出去。1931 年秋天，我们听说日本人炮轰了国民党军队的北大营，占领了奉天，全家人更加慌了，把打下的粮食和值钱的东西都埋进了地窖。到了冬天，难民从东北过来，转过一年，大批的军队败下阵来，有骑兵有步兵，我们几个小孩子就纳闷，为啥这么好的装备，有枪有炮，为啥不抵抗呢？关内的军队为啥不支援呢？结果不久，日本人一枪没放占领了开通县，农民离不开土地，只能原地挺着，听天由命。

王爷爷，日本人伤害过您的家人吗？

听到这个问题，王大树深深呼出一口气。历史一直在产生经验和教训，以史为镜，沉淀、思考，总能在某一处看到当下面临的众多处境，以及每一个选择将面临的结局。历史理应有一种职责，为今天和未来提供经验；今天和未来也理应拿出时间，站在历史的教训面前，深切地唤醒我们走偏的目标。

日本侵略者给我们带来了战争和杀戮，伴随着战乱还产生了胡匪和瘟疫。我记得七婶带着孩子到我家串门，那个孩子伤寒病刚好。我父亲说别挨着他，他用过的碗要单洗单放，防止传染。结果我们没听话，还跟他躺在一个炕上睡觉。他们走后，我又去了十叔家，结果我和十叔全都病倒了，农村没医没药，大人用热水烫些萝卜叶给我擦身，喝了不少绿豆汤，我挺过来了，但是十叔一病不起，第三天深夜就病故了，时年38岁。父亲从此一不顺心就怪罪我，说我是个祸头。

王爷爷，那个时候，您能像我们一样上学读书吗？

1935年，父亲把我送到县里读小学。我们班有17个学生，最大的十八九岁，最小的八九岁。从《百家姓》《三字经》《千字文》到《大学》《中庸》《论语》《孟子》，念什么的都有，有的加念《小学》《名贤集》《庄农日用杂字》《大学》。老师虽然有些学问，但是口音很重，把则念成贼，赫念成黑，岳念成要，洛念成涝。战争加上胡匪的扰乱，时常停课，但好歹是坚持下来了，1943年我初中毕业。

王爷爷，您的那个小伙伴文桂兰也和您一起读书吗？

是啊，我们是好朋友，所有才一起上的学。

她现在还好吗？

她是个勇敢的小女孩，虽是地主家的千金，但是追求先进，参加了革命，我们志同道合就成了家，她就是我的老伴儿。

掌声。

王爷爷，她为什么参加革命？

有的地主也是有良知的，我们的国家太惨了，人民活不下去，只有革命才是中国和中国人民的唯一希望。因为当时的中国，家里没钱是不可能读书的。但革命要成功，没知识没文化是不行的。他们虽是地主但却是其中的觉悟者，是用马克思主义武装起来的觉醒者，他们心中只有人民的利益，没有一丁点自己的利益。老百姓是他们心中的天。

掌声。

说到激动处的王大树站了起来，在我眼里，甩动臂膀挥洒汗水的工人、农民和孜孜不倦探索科学奥秘、洋洋洒洒书写着作文的学生，你们一起，正在合力撬动一个不断进步的时代。我跟工厂里的工人讲过，要培养一种不重复做一件事的习惯，今天也想告诉你们，你们学知识学文化，是为了将来的蓄势以待，但是，也不要习惯于蓄知识技能的势，更要蓄青年人朝气蓬勃之势，特别是长大之后，还要蓄大胆革新之势。孩子们激动地拍着手。

那天晚上回到家，王大树沉默地吃着饭，没有继续重复讲以前的故事。文桂兰问今天是不是没讲好，不高兴了？王大树抬起头，噙着眼泪说，给孩子讲完课走出教室的时候，我好像突然听到了我母亲喊我回家吃饭……

如果可以 在回家的路上
钻到时间的缝隙里
找到一束刚柔并济的光
就像小时候走过泥泞的乡路时
明知坎坷 但一步一个脚印

如果可以 在入睡之后
走到时间的外面
找到语文课上
那个一边种地一边吟诗的语文老师
像他一样
学会把锄头立在教室门口 拍拍土
就能讲出一个铿锵有力的句子

第六部

从厂里到院里

第一章　一日三餐

（一）

1986年春季，王大树被居委会党员推选为第九居民委员会党支部书记，正式走马上任。

此时的西山坡，一片片的白杨长出了嫩枝。在以前，这片地方十分荒凉，一块块小石头清晰可见。孩子们喜欢拎着水桶到山坡上灌老鼠，灌多了老鼠便会窜出来，孩子们一窝蜂地追过去，因为山坡光溜溜的老鼠往哪里跑呢。只是两座不高不低的坟头，孩子们晚上怕有鬼火，从来不去的。如今不同了，抬头看到一弯月牙挂在枝头，清亮、干净，像是来自什么古老的地方，被暮色覆盖的山峦在晴朗夜空的映照下，美丽而神秘。山脚下风大，山上风反而小了。

王大树正在林中修剪枝丫，边剪边自言自语，有些树枝杈多又不正，根底成了丛，欺负主干，不修剪能行？报纸上说，两三年内的树不要剪枝，我看也不一定对。树不修不直溜，无论比喻人还是形容树，都有道理。海上无风三尺浪，居安思危，未雨绸缪咧。

一抬头，呦，仙女下凡，二琴主任啥时候飘来的。我是看您那股子认真劲儿没敢打扰，想着等您忙完了再说。这山坡，办事处前后组织单位种过几回树，都没成活过几棵，大树书记种一棵活一棵。

植树不是植数，植树前动员一下，植树时突击一下，植树节后总结一下，之后的施肥、浇水、修剪，这些事没人管，没有责任到人，那可不就是春天种、夏天黄、秋天死、来年再种。十年树木，百年树人呐。看到梧桐树，就想起焦裕禄；看到木麻黄，就想起谷文昌。焦裕禄、谷文昌为改变兰考和东山的面貌，组织干部群众种树，治服了盐碱地，锁住了大风沙，他们不仅仅是栽树人，自己也活成一棵参天大树了。人和树应该气节相通，时时刻刻坚定、坚韧，扎稳了脚跟，无论遇到什么样的风雨考验，都心存定力，风吹不转向，浪打不迷航。二琴啊，有时候，一棵树教给我们的比一摞书还要多咧。赵二琴边听边点着头，要不您叫大树呢，树大根深有运势。王大树爽朗地笑了，哪有什么运势，我靠什么活，泥土，人民就是泥土，离开了泥土，我就是朽木一桩，所以我要好好地服务群众咧。

办事处领导经常念叨，说等树长大，把坟头迁走，对山坡进行整形，装上步道、座椅、路灯啥的，规划成西山公园。

王大树停下手里的活，喜出望外，那可太好了，镇里的领导比我有远光，我光想着治荒了，应该变荒为宝，为民造福啊。

两个人不约而同望着远方，一片一片的苍穹，蓝得醉人，还有袅袅的人间烟火气，间或传来或有或无的狗吠声。是非也许绵绵无期，但谁又能弃了这人间烟火，只要肯坚持憧憬，平和的岁月与人总会遇见，让心灵挣脱生于斯死于斯的方寸之地。

一提起树我就想起了老家双河村，村里有棵古老苍劲的大榆树，特别是夏天，树荫如一把巨大的绿伞为大家遮凉。村里没有城里那么多业余活动，每当夕阳西下，或是早上阳光初现，乡亲们便会不约而同地聚集到这棵大榆树下，老人们喜欢搬来小板凳，围坐在树荫下，手里摇着蒲扇，聊着从前的日子，回忆着自己年少时候的趣事儿和苦事儿。年轻一点的则围在一旁，听着长辈的故事，间或插上几句自己在外闯荡的见闻与经历，让老人们给指点指点，"常忆青衿之志，时记履践致远"嘛。孩子们在树荫下追逐嬉戏，他们的欢声笑语在村子外面都能听到。树下的时间总是被拉长，随着天光渐渐弱了，种田的人也从四面八方赶回来，路过大榆树都会停下来，每个人的话匣子都能被打开，话题也就越来越动人，谁家地里庄稼势头不错，谁家老牛又下了牛犊，谁家女娃娃说下了人家……直到有人起个头说不早了，回家睡觉，明天再聊。说着说着，王大树仿佛回到了小时候的双河村，脸上洋溢着幸福而满足的笑容。

听着王大树久远的故事，看着眼前的情景，赵二琴仿佛也回到了过去。我老家也是这般情景。妇女们常围坐在一起聊日常琐碎，谁家的稻谷丰收了，谁家的孩子考上了大学，谁家又添了新丁……每次过完年回城最难受的就是难舍难分的乡情和亲情。王大树感同身受，有人说啊，在农村每天都是四平八稳的日子，犹如坐井观天，实际上要我说，在外面热闹惯了，脑子被冲击出各种弯弯绕，想事情就会太复杂。其实哪有那么复杂，就是凡事替别人想想嘛，凡是自己做的事都对别人有益，哪有那么多想不通的疙瘩！太平盛世不仅仅是衣食无忧，相处如一家人才最安心。吃饭管够，炮弹管够，打打杀杀没有穷尽，这种日子不如不过。

赵二琴赞许地直点头。又问，那棵大榆树还在吗？在，树干粗壮，枝叶繁茂，需要四五个人合抱才能围拢，仍是壮年啊。

二琴啊，咱俩扯得有点远了，赶紧说你的事。赵二琴也醒过神来。老孟家、老杨家东西连院，中间的火墙倒了以后，老孟在自己的一边垛起来了墙，然后依着墙要盖仓房，老杨坚决不同意，认为影响他家排水。两家房子都是1962年盖的，房照上说，东院老孟家16.4米宽，实际是15.05米，缺1.35米。西院老杨家31米宽。老杨要在原来房子基础上盖10.22米的房子，没和老孟商量就把两家中间的火墙拆了，老孟坚决反对，告到法院，法院判决老杨给老孟家让出去1.35米，再以火墙为基础建房，房子盖完后隔墙为两家共有。老孟人还是挺淳朴的，当居委会小组长的时候，为了方便居民通行，在自己东侧院子那儿打通成了小巷。这次，让老杨家让出一米多也不为过。老杨原是水利局的助理工程师，自己私自向西扩大了房基地面积。法院都判了，市政来了却说不合理，老杨家向西扩展出来的两米也得收回。老杨觉得里外吃亏，两家又杠上了，婆说婆有理，公说公有理，老孟媳妇说处理不公她就喝药。

王大树带上尺子，叫上老孟、老杨和居委会的几个干部，决定当面丈量。

王大树对老杨说，法院判的尺寸没问题。你家排水不好主要是老孟家先于你家建起了火墙，你家暂时空留，那能不灌水？你向西多占的两米是市政后来的裁定，事实确实存在，法院的判决也事实存在，现在你让老孟把1.35米还回来，缺点道理嘛。我们刚才都量了，老孟盖的火墙留足了50厘米的流水、风道，你们两家可以共同用这个火墙。老孟家东侧现在是小巷，已经不可能做任何变通了。

赵二琴也跟着说，于己方便，也要考虑邻里的生活便利嘛，老孟在自家宅基地范围内建围墙，合理合法。你的房屋不能正常排水，是你自己的原因。大家都看着呢，硬说自己有理，说不过去啊。

此时，看热闹的居民越来越多。

人多正是开展教育的时机，于是王大树说，这样吧，为了避免以后又节外生枝，今天就定个中线，立上标杆，写成调解书，双方签字，在场的居民们也给作个证，彻底了结此事，不要再吵闹了。老孟率先签了字，老杨不情愿，蹲在了墙角。

王大树跟周围的人说，这个世界，能量是守恒的。你有一个苹果，他有一个橘子，你分给他一半苹果，他分给你一半橘子，你们共同品尝了苹果跟橘子，这多好。闹得不可开交，只能自食其果。老人言：邻居两不交，亲戚三不走，不信要吃亏的。邻居们相处融洽，不仅能让我们的生活更加愉快，还能在关键时刻互相帮助。老杨啊，就是多给你一米，你能敞亮到哪去，几乎看不出来嘛，也影响不到你家正常生活。但是，生不带来死不带走的一米，却让你这么闹心，甚至还能让你失去一个好朋友和好邻居，结下一份恩怨，你算算账，哪个合适。咱们过日子就图个安生，不能天天鸡犬不宁。

围观的居民都说王大树说得在理。这时候，有几只狗也在人群中嬉闹。赵二琴灵机一动，房子的事到此为止，接下来咱们得说说这狗的事。赵二琴的本意是，房子的事处理得恰到好处，大家已经心领神会，此刻转移话题，顺理成章，大家都不尴尬，当面签字老杨是抹不开面子的，但也没有说不签，何必相逼。果然，两家人都瞅瞅旁边跟着起哄的狗，趁机各自找了台阶，话题随之翻篇。

王大树心领神会地接过话题，二琴说得没错，狗的事也是闹心的事儿。县里发了通知，为了消灭狂犬病，广泛开展捕杀家犬的活动，很多人看了报纸听了广播，但有不同意见，用狗看家护院在县里、村里是老习惯了，几乎家家都有狗，应该强制养主拴狗，别跑出去咬人，号召杀狗不是好办法。通知说最好自己杀，派人来杀收费，转移隐藏的罚款，最近我看居民们有把狗送到外地的，有藏起来的，也有准备跟杀狗的人讲理的，这不就是鸡犬不宁吗？

老孟心情好了很多，附和着王大树，50年代时，消灭了很多麻雀，后来发现麻雀是多种害虫的天敌，这才停止了。前几年县里为了防止一种什么病，消灭了家猫，结果耗子泛滥成灾，又派人花钱购买。打狗这个事，前几年县里就张罗过，后果小偷越来越多，牧区的狼也敢闯牲口圈了，欠考虑啊。

赵二琴说，县里领导也很无奈，上面来检查卫生，发现家家有狗，一两只、三四只的都有，就扣了分，年年考核不达标，县里就下定决心杀狗。老杨趁机把低落的情绪转移到这个话题上，咱们居委会有的人家已经把狗打死了，听见狗的惨叫声心里那叫一个难受，有的自己下不去手就卖给饭店，有的圈在屋子里，有的拉到野外留下些吃的，趁狗吃东西，偷偷跑了。那天我去农贸市场，有一个老汉牵着一条狗要卖，问多少钱，他说要是杀了吃肉就不卖，要是能保证它活命，给一块钱就行。有人买下了，老汉买了两斤肉看着狗吃饱了，才让带走。

在场的人都摇着头，赵二琴说晚上想开个会、串个门都不敢了，从打狗以来，狗叫声少了，口哨声多了，就是白天出去办事也怕家里招贼。我觉得，狂犬病加强防疫，坏人坏事继续严打。前几天咱们县召开的那次公审大会就挺解气，40来个犯罪分子游街示众，为民除害了。

王大树跟赵二琴说，把你的这些想法整理整理，咱们给办事处提提建议，逐级反映。以后，咱们遇事儿多商量，就像现在这样，凡事都有办法。晌午了，回家吃饭吧，都回吧。

大伙散了后，老杨果然把字签了，王大树跟他又聊会儿西山上那些树与人情世故的事。老杨说，管护树的事也叫上他，待着也是待着，闲待久了人就不敢亮了。

  初举一幕缠枝莲，
  吸山纳水起碧虔。

众人划桨索蹊径，

三更灯下书沃野。

（二）

果不其然，正如赵大力所说，快入秋的时候，开通县老年体协成立了。王大树出席了第一届代表大会，会上选举产生了主任、副主任和委员。王大树担任副主任一职，在讨论体协章程时，他提出把公社改为乡，因为不久公社就要被撤销了；将街道办事处改为镇，因为街道是镇的派出单位，不算一级。

不久后，按照全国政社分开，建立乡政权的工作要求，全县公社改为建制乡，街道办事处改为城关镇。镇人民代表大会也随即召开，全镇共有代表125人，第九居民委员会有5个名额。各居委会都贴出了镇人民代表大会代表候选人名单，标题是"海提镇代表候选人名单"。有人边看边问，咱们镇又改名字了？改啥了？海提镇。王大树也觉得这种简写莫名其妙，把群众都弄糊涂了，于是解释，这不是镇名字，是从多数人里选拔代表的意思。

经过"海提"，王大树和赵二琴通过选举当了代表，会议结束后按照他们的建议，镇里下发了居民自行拴狗和圈养猪的通知，总的意思是为了抓好城镇公共卫生和疫情防控，驻镇各单位和居民即日起拴好自己的狗、圈好自家的猪，镇里将组织专人专车对散养的猪、狗进行捕获，每只狗罚款3元，每头猪罚款5元，拒不配合者罚款30元，现场兑现，违者加倍，是单位的追查领导责任。这次大家比较赞同，市场上卖狗的人也不见了。

国庆前，王大树收到工资129.95元，另外有边疆补贴15元、冬季取暖费18元，共计162.95元。看着工资，王大树突然想起几天前看的消息，他找出那张报纸，看着上面的数据，跟文桂兰感慨着，咱们国家去年经济建设取得了突破性进展，你看这里写着，全年社会总产值1.62万亿元，比上年增长16.2%。其中工农业总产值1.32万亿元，比上年增长16.4%。据经济界人士计算，到2000年，全国工农业总产值达到3.9万亿元。文桂兰说，钱是越来越多了，可物价也是跟着涨咧，猪肉一块五一斤，比去年涨了3毛，据说粮食价格也要提高，面粉两毛四一斤，涨了6分多。话说回来，去年的棉布、燃料就说要涨价，街坊四邻囤了不少货，指望着涨价再卖出去，结果也没涨起来，现在还堆在家，每天看着发愁。

王大树放下报纸摘下眼镜气愤地说，那都是杞人忧天，跟着起哄，说煤要涨价，电厂为了省钱可能以后要经常停电，结果不断没停，咱们还通到大电网，原来的小电厂关停了，这倒好，"电灯加洋蜡啥也没省下"。王大树边说边翻出日记本，你看我都记着呢，今年中央一号文件《关于进一步活跃农村经济的十项政策》，其中指出打破集体经济中的"大锅饭"以后，农村的重点工作是，进一步改革农业管理制度，改革农产品统购派购制度，在国家计划指导下，扩大市场调节，使农业生产适应市场需要，促进农村产业结构的合理化，进一步把农村经济搞活。啥意思知道不？文桂兰说，就你知道得多。王大树得意地说，发挥市场调节的作用，价格涨落是买卖变化引起的，不像过去咱们规定的那样一成不变，生产的人和需求的人直接联系起来，你有钱，觉得合适就买，不喜欢，就不买。你看现在，商品多丰富，什么都能买得到，过去价格一成不变，也没有啥东西可选。文桂兰钦佩地说，还真是这个理儿。

王大树合上日记，继续说道，市场调节也带来了新问题，入秋以来，很多外地人和当地一些单位、个人挂上钩，到农村牧区收购牛，就地宰杀，牛肉每斤1.66元，羊肉每斤1.4元，直接装车运走。我去县委办公室反映了这个问题，建议严加控制，维护好存栏量，不能一说市场就盯着钱，忽略了调节两个字，以免折本失原。县领导说，提醒得及时，近日下乡镇调研，上会研究。

正说着，院里传来一阵汽车喇叭声，文桂兰闻声走出去，只听见她在院里喊，老王你看谁来了。史辉带着两个干部笑嘻嘻地走进院子，看到王大树就赶紧上前拥抱在一起。史辉说，国庆节慰问老干部，来看看你，说着指了指两个干部手里的几瓶罐头和酒。干部说，外面的车上还有200斤大米、100斤白面。王大树说，这么多！咱可不能搞特殊啊。不特殊，人人有份，今年的生产远远超过了计划，到第三季度就完成了全年的生产指标，福利随着就涨了。王大树看着文桂兰，看看，这才是形势一片大好。文桂兰笑着跟史辉解释，老王刚给我上完形势大好课，你们就带着喜气儿来了。快进屋聊。

史辉说，大树厂长在居委会干得热火朝天，给上级的建议多被采纳，作为一位离休干部，仍然保持着对工作的热情和追求，精神十分可嘉，为居民树立了榜样，也激励着咱们厂干部职工不断进取、创新咧。还记得，你说的那句话不，要培养一种不重复做一件事的习惯，现在，我还是这么要求大家，不断探索，让玻璃越来越亮。

王大树说，1982年，咱们国家建立了干部离退休制度，我也赶上了，这么好的待遇，想来想去心中有愧啊。在岗虽然多年，但是都是按照上级的指示尽了些应尽的职责，并没有显著的成就，如今享受这么好的待遇，实在是惭愧啊，所以能够继续发挥余热，为大家做点事求之不得。史辉说，大树厂长的建议都直击要害，始终把大家的利益放在首位，居民们十分信任和尊敬咧。

王大树听完不好意思地摆摆手，就是干了些力所能及的事。前几天，我到县里参加活动，看到走廊横幅上写着：热烈欢迎领导来我县光临指导，我说你这条幅有问题，来和光临是一个意思。我也建议他们不要搞剪彩，好好一条红绸缎，剪成好几段，心疼啊。还有不少单位一窝蜂地做制服，满街都是大檐帽，除了警察是白色的，交通监理是灰的，工商也是灰的，军队、公检法等都是草绿色的，有软肩章和硬肩章，眼花缭乱。服装挺漂亮，但是人员没经过训练，穿起来松松垮垮，而且见面也不敬礼，其实就是经济条件好了，过上了几天好日子，忘乎所以搞形式，这对"四化"建设是不利的。

史辉惭愧道，不瞒大树厂长啊，咱们厂子也计划给大家做一身西装呢，听了你的话，我们也要反思啊，不能盲目乐观，还是先把工作做扎实了，在我们胜利的时候多敲一些这样的警钟。

正说着起劲，一看窗外有人，原来是赵二琴。王大树将她招呼进来，给双方做了介绍。二琴，一看你就有事要说，正好史厂长也在，帮咱们参谋参谋。

大过节的扫大家兴，实在不好意思，只是居委会每天都是鸡毛蒜皮的事没个消停，大事小情的又离不开大树书记。史辉说，耳闻不如眼见，我们正想向大树厂长和基层的同志们学习实践经验。现在厂子发展步伐加快，上级要求我们依靠自身的能力，把医疗、教育、居委会管理等社会事业，也要做得风生水起。我们缺乏办社会的经验，所以过河的碰上摆渡的了，赶巧了。

那我就汇报汇报，居委会西把边有个砖厂，当初建立时居民们就反对，因为离得太近，他们一点火，附近的屋子里就呛烟，砖厂的废水也排到居民的巷子里，最心烦的是白天黑夜的机器轰鸣声，扰得大人孩子睡不着觉。这几天更厉害，砖厂把他们的电接到居民的生活用电线上，居民的鼓风机减速，烧不开锅，电灯忽明忽暗，电视机模糊，水泵提不上水。今天居民跟砖厂的工人吵了起来，被撵了出来。之前镇政府和电力公司来过几次，都没解决。大家伙说，今晚要去挖路，让砖厂进不去出不来。我估计，这么折腾会起冲突，就赶紧来找大树书记汇报。

王大树瞅着史辉说，这个事前前后后有一阵子了，既然赶上了，事不宜迟，大家一起去看看吧。

关于企业办社会这个事上，史辉只认同部分观点，他坚信厂子有自己的核心职能——生产、销售、研发等，这些职能是企业生存和发展的基础。企业办社会，虽然能够带来一定的社会效益，但确实分散了企业的资源和精力，会影响核心业务的发展。当然了，也不能完全否定企业办社会的意义，有钱了也应该承担一定的社会责任，比如增加就业啥的，但是让厂子办小学、医院，甚至参加居委会管理，会增加厂子的负担。这些话，史辉当时没有说，他模糊地意识到，因为缺少来自实践的可靠经验，他一厢情愿对事情的理解和现实还是有距离的，在这种距离还不明朗的时候，他的思想和方法都需要整理。

史辉的顾虑是有道理的，毕竟企业剥离办社会职能是一个长期而复杂的过程，涉及多个方面和多个层次。在中国，这一过程始于 20 世纪 90 年代初的初步探索与试点阶段，到 2016 年《国务院关于印发加快剥离国有企业办社会职能和解决历史遗留问题工作方案的通知》发布，到 2020 年剥离国有企业办社会职能和解决历史遗留问题的工作基本完成，标志着国有企业在改革道路上迈出了重要一步。这一历程体现了中国政府在推动国有企业改革方面的决心和力度。

而此刻，王大树还没有想那么多，他一边往砖厂走一边想，生活总会在他脑子刚刚清闲下来的时候，给他出一点难题，让他不停地寻找并确认着自己存在的价值。至于怎么解决接下来的问题，王大树坚信先让事实说话，他的经验是，人要是站在自己面前，总有心浮气躁的时候，但如果站在事实面前，心却是很容易静下来，毕竟事实是客观的，是由群众共同创造的，而且是无论如何也改不了的。

前朝雕奇幻，

留作后事踪。

医食无解处，

一笑宥众生。

（三）

此时砖厂的大门口已经聚集了不少人，吵吵闹闹，各执一词。见有人来了，人们自然让开一条通道，王大树他们径直来到前面。

王大树问道，谁是厂长。

我是厂长，叫何满金。说话的人带着一脸不服走到前面。

我是居委会的，何厂长简单说说情况吧。

这个砖厂是食品公司的副业，我承包了8年，这才第三年，如果关了，不但我损失大，食品公司在砖厂就业的工人也得下岗。居民们有反映，我尽量改正，实在不行就把机器搬得远点儿，减少噪音，现在造成的损失我负责补偿。王大树说，错了就改，改了再犯，反反复复，终究解决不了根本问题。

这时，王大树和史辉交换了一下眼神，然后跟围观的居民说，执法机关来了几次，但是为啥仍然不停止生产，睁一眼闭一眼地生产，这里面有原因，咱们得找到根源，彻底解决。大家呢，不要挖路，破坏公路是违法的，咱们还得依法解决。

大树书记，这地不是砖厂的，是我家的，镇政府给发过地照。大家转头一看，一位姓高的居民边说边拿出一个红本子。王大树他们翻看了一番，互相点头说果然不假。那你咋不早说。老高苦恼地说道，地批下来后，不咋平整，还有水涝，还没计划好咋盖房，这时候来了个砖厂把地占去了。我去问过，镇政府说占地两年不用就收回。这才一年功夫，怎么就不是我的了？

何满金也让人把他的地照拿过来，给众人看，还说交了5 000块钱才办下来。

史辉说，一个姑娘许了两家，这还不闹矛盾？人家老高地照在先，应该返还。砖厂地照在后，影响居民生活是另外一个事。大树厂长，这事可不比厂子里的事轻巧啊。王大树一边点头一边说民生无小事啊。此时的他大脑已经在飞速运转，思考着怎么解决这个看起来问题不小的问题。

与史辉他们分开后，王大树径直去了镇政府，先是商量，后又举证，但终究没有一个明确的意见。王大树提议按法律规定来。于是，全县第一例民告官的案子就这样发生了。起诉人是老高和居委会的若干居民，被告人是镇政府和砖厂。

这次庭审是公开的。

镇政府的代理人说，1983年，根据当时红砖供不应求，以及食品公司有待业人员需要安置的实际情况，批准在第九居民委员会地界西侧建设砖厂，从投产到现在，居民多次到镇政府反映该厂污染环境、噪声过大，造成电压不稳，已严重影响了居民的正常生活。镇政府也曾考虑过搬迁砖厂，但由于土地证已发，砖厂提出补偿，镇里又没有太多经费，造成问题久拖不决。为了维护镇的长远规划，不让居民遭受危害，我们马上通知砖厂停工，在居民区一公里外重新选址，进行可行性论证后，经请示再动工。

食品公司经理一脸无奈，砖厂厂长对搬迁也不满，说我们这么大一摊子，你们招之即来，一撵就走。我是生意人，没有铁饭碗，前前后后的损失谁来补偿？我们触犯了城镇规划调整、土地利用还有环保的有关要求，但我们在这里也是经过申请政府同意的，所以如果要搬迁必须进行损失评估，包括设备折旧、停产期间的损失、员工工资等费用。如果不考虑我们的苦衷，我们也要考虑通过法律维护自己的权益。

法官说，评估损失后，砖厂向政府相关部门提出具体补偿诉求。但希望与政府部门进行协商谈判，争取达成双方都能接受的补偿方案。建议在谈判过程中，邀请专业律师或顾问协助，以确保自己的权益得到最大程度的保障。

同时，在搬迁和补偿问题得到解决后，政府还需要关注砖厂的后续发展，恢复生产后的收益情况、环保措施等，如果有相关政策支持措施及时兑现，毕竟企业发展也是为了群众就业嘛。

休庭时，双方先是唇枪舌剑，根本听不清谁是谁，后来累了就各自无声了，法官瞄准时机，问双方愿不愿意接受庭外调解？大家默不作声。法官说道，那就是默认了，我们建议砖厂搬迁，但搬迁过程中镇政府应给予车辆、人员、材料支持等支持，重建期间的人员工资由食品公司支付，政府在第二年预算中予以增补。双方依然是默认。

法院最终宣判：

城关镇政府先后将涉案土地转让给居民高胜玉、开通县食品公司砖厂，又先后向他们颁发土地证，明显存在重复办证的情形，也没有进行公告，颁证程序明显违法，颁证程序违法，故判决撤销开通县食品公司砖厂土地证。

双方没有上诉。

关于这件事，盟里的日报还发了一则消息：近日，开通县法院解决了一起因政府重复发证而引发的土地行政登记纠纷案件，依法撤销了其中一方的土地证，土地纠纷得以圆满解决。消息还写了一则编者按：这起开通县首例居民告镇政府案，其影响是深远的，唤起了公民依法维权的意识和政府对依法行政的反思。

实际上，在这场纠纷之前，《中华人民共和国土地管理法》由中华人民共和国第六届全国人民代表大会常务委员会第十六次会议已于1986年6月25日通过，1987年1月1日起施行。从这以后，各级土地管理部门按照规定逐步更换全国统一的土地证书，土地登记发证工作必须由土地管理部门依法办理，不得"证"出多门。

判决履行后，老高来到法院，向执行法官赠送了"青天有鉴，司法为民"的锦旗，对法官依法公正办案表达了由衷感谢。

以此为例，镇政府召开了一次专门座谈会，讨论了普及法律知识的问题，参加人是各个居委会书记、主任、人大代表、派出所干警和驻镇有关企业代表。镇党委书记霍起立说，这个案例教训是深刻的，改革开放面临的都是新事物、新问题，啥事能干、啥事不能干，都要依法行事，再也不能当法盲，没有规矩地干了。各单位各级干部都要学习法律知识，这有助于解决一些具体问题。镇里组建法律咨询服务站，既能宣传法律法规，发挥调解作用，又能帮着老百姓解决告状难的问题。王大树激动得把手都拍红了。王大树和赵二琴被聘为助理员。

开完会往回走，骑着车的王大树感觉身后有股邪风袭来，接着是小四轮拖拉机哒哒声，王大树本能地停下来靠边，没想到拖拉机把王大树顶出去几米才停下来，王大树连人带车滚到路边，腿和车轮辐条都扯在了一起。王大树费了很大劲才把腿拔出来，问司机是哪里的，怎么给你让了路还追着人轧。司机涨红了脸，慌慌张张，干瞪眼说不出来话。围观的人越来越多，议论纷纷。不少人问王大树伤得如何。一个人帮着把自行车立起来，查看了一下，辐条断了三分之一，大梁弯了，车链子断了。王大树一瘸一拐坐在路边整理着扯碎的裤脚，一个军人骑车往这边飞奔，到了之后跟王大树说，自己是驻军教导队的，开车的是他哥哥，刚从村里来，学了几天车还没驾驶证，就着急买了拖拉机往村里拉化肥，只会踩油门，自己骑车跟着他都没撵上。这么着，您的车，我负责修，我的车您骑上回家，车修好了我给您送去。

王大树看了看军人，又看了看拖拉机司机，我骑车 30 多年了，还是头一回被人家瞄准了撞倒，你是怕我把管理站的人叫来处理你哥哥吧。这样吧，你安排会开的人把拖拉机开到交通管理站去，你哥哥什么时候有驾驶证了，再来开回去。你是名军人，有为民情怀，我很感动，我也曾是一名老兵，咱们是战友，我的车，我自己修。军人同意王大树的建议，塞给王大树 10 块钱修车，王大树摆摆手退了回去，留给你哥哥买化肥用吧。军人给王大树十分端正地敬了一个礼，转身和哥哥一起送拖拉机去了。

拖拉机送去后，交通管理站派人了解情况。办事员叫徐凤，家住第九居委会，认识王大树。哎呀，咋是你啊大树书记，赔钱没？王大树揉着肩膀和腿苦笑着，他也不是故意的，态度也挺好，咱也得讲理啊，等他学会开拖拉机你再让开回去，否则，再撞了什么就难说了。徐凤说，他们碰上大树书记你这样的好人，啥事都照顾别人。王大树有点疑惑地看着徐凤，预感到可能又有难题要出现了。

徐凤说，我姑娘今年正月初五正式和男方废除了婚约，退还了订婚钱 400 元，结果男方经常到我家闹腾，前几天还把我姑娘打坏了，住进医院。我们要求男方认错道歉，赔偿医药费，不要再去家胡闹。婚为啥不结了？估计是性格不合吧。

王大树说，你可以到镇法律咨询服务站，大家一起商量，我也在那儿，拿不准的可以找律师。

　　木石本无相，
　　壁下结为盟。
　　同倚隔世窗，
　　共置储明宫。

（四）

两家人按约定时间到了法律咨询服务站，各自带着愤愤不平的表情，互不说话。

王大树打破了沉默，我已经去医院了解了被打姑娘的伤情。当班大夫告诉我，事发当晚，病人是被抬进医院的，人处于昏迷状态，眼睛发直，不能说话，掐人中没知觉，扎脚心才缓过来，一直哭。经过几天的治疗，人已经清醒，体温、血压和化验指标都趋于正常，胸透没发现病变，外表的肿胀逐渐消退，但精神还是不太好，头晕，所以还得住院观察。且不说谁有理，下这么黑的手，这都构成犯罪了，何况是对一个姑娘。

姑娘的男朋友委屈地说，本来两家挺好的，都怪我对象的妈妈和姥姥，总是在我俩背后鼓捣矛盾，嫌我家条件不好，彩礼拿不出多少，没面子，弄得我俩一见面就吵架、闹分手。我也很后悔，失手打了人，送她到医院我也去了，还给她家20元，既然把人打坏，我愿意承担医药费，听从调解。男方的父亲说，我教训了这个逆子，都怪我平时教育得不够，给人家造成了伤害，打人不对，听从发落吧。徐凤说，既然大家都能听从调解，我们也不是揪住不放的人，住院费、医药费你们出，以后两个年轻人能不能处，以后再说。

王大树说，大家这样谈问题就好解决了，现在咱们就去医院，征求姑娘的意见。

病房里，姑娘已经能坐起来，她的男朋友最后一个进病房，把手里的罐头和点心放到床头柜上，退到边上站着，眼睛不敢直视。王大树说，两家的大人愿意接受调节，你男朋友也有悔意，能不能破镜重圆你自己做决定，大家不干涉。即便不处了，男方也不会干扰你们的生活。说话间，医院的支出账单也被拿来了，共计47.9元。误勤7天，每天2.49元，共计17.43元。男方的父亲插话道，让姑娘再休息几天，我们额外补15元，合计79.33元。当着众人的面，男方的父亲把80元给了徐凤。姑娘含着泪，头扭向一边，始终没有说话。

王大树说，人们总认为，自己的不幸福是别人造成的，其实幸福是自己的事，不仅是年轻人，我们每个人都是，想要获得幸福，就要千方百计建立自信，驱逐嫉妒，正视得失。为了几十块、几百块钱拆散一门亲事，为了一点矛盾，就出手打人，年轻人只要有这种认识上的狭隘，就遇不到真正的爱人，长辈们如果有这样的狭隘意识，就更不对了，因小失大嘛。在场的人都惭愧地低下了头。

1987年初，在王大树的建议下，司法局提议将法律咨询服务站改为法律事务所，实行法官和居委会干部联合值班制度，能调解的尽量不上法庭。

开通县人民代表大会前夕，王大树被县长邀请围绕政府工作报告，谈谈依法治县工作建议和对策。

王大树说，现在吃喝不缺，但还要有让群众平平安安的社会环境。在法律事务所工作期间，老百姓提出了许多法律问题，比如家里发生继承财产的纠纷怎么办，悔婚不退彩礼怎么办，借钱拖着不还怎么办。这些都事关老百姓，民生无小事啊。前段时间，在北京召开了全国法制宣传教育工作会议，这是新中国成立以来第一次开这样的会议。话说回来了，咱们县也不落后，小小的法律事务所其实也是一个里程碑。

县长说，大树同志给予我们的肯定我们会继续发扬，也给我们提些有针对性的意见吧。王大树想了想，那我举个法律事务所办理的个案，算一个工作提示，供县里参考。有一名群众叫孟江红，单身，家住第八居委会。来事务所反映问题，他与同一个居委会居民崔大泉一起向居委会写申请，自己出工出料，在孟江红的房基地上盖两间房住两年，之后房子归孟江红。房子盖好后，趁镇里不了解详情，以自己的名字登记了房照，随后拒绝孟江红的归还请求。很显然，崔大泉居心不良，先骗后占，法庭应判物归原主，但是法院写了请法律事务所调解的意见。我们所鉴于崔大泉居住期间打了井，垛了院墙，备了房基的石头等，建议孟江红可按定价480元给崔大泉，再与崔大泉商量更改房照，退还房子。崔大泉说房照是镇政府给他发的，他没有过错。根据这个情况，事务所只好给镇政府打报告，提出处理意见：一是把错发给崔大泉的房照改过来，二是限期物归房屋，三是孟江红给崔大泉480元工料费。

县长追问那后来呢？后来就按着我们的建议处理了。但是，从类似这种纠纷上来看，多数是管理部门行政决定不规范造成的，县级所在地的房地产管理权限不宜下放。这项工作一直是民政部门管理，后来交给建设部门，现在由镇政府管理，问题层出不穷。县长跟着问，哪些问题？本镇不少职工拿不到房照，但是外地搬来没有户口的人却有了房照，有些人甚至专门倒卖房屋。会场的人开始小声讨论。

王大树接着说道，县里应设置土地管理部门，把建设局的房产管理所加个"地"字，按国家最近公布的土地管理法规定，把房地产统一管理起来。会场的所有人都在记录。

县长语重心长道，大树同志的建议非常重要啊，我们不但要搞清楚土地、房产之间的概念，还要随时接受新思想、新观念、新事物的到来，人们的观念和生活发生了变化，普通老百姓都在用法维权，可是我们依法行政的步伐却没有跟上时代。我们搞市场建设、重奖人才、企业改制，除面临经济条件制约外，还面临着民主与法治环境的构建。我们要积极探索好的经验，一点一点用法律的形式固定下来，做到有法可依，有法必依，执法必严。总之，法治观念要嵌入我们工作生活的各个细节，成为我们的一日三餐。掌声。

令王大树没想到的是，生活不仅在给他接连不断地出题，也在给国家接连不断地出题。20世纪80年代，改革如火如荼的生动场景有很多，但王大树清楚，无论是经济社会发展方面的改革，还是老百姓过日子的改革，从来不是一帆风顺，对于决策者而言，势必会有切肤之痛。因为实践道路上改革的艰难，比文件里和会议室里改革的艰难难得多。多年的工作经验告诉他，那些真正的好东西，常常在夹缝里求生存，也需要在理论和实践、勇气和智慧、理想和现实的多番较量中仔细甄别，而且最需要考验人的胆识、诚意、胸怀和承受力。但是正因为有改革，有许多在改革路上做出卓越贡献的前辈，有他们在前面大胆试错，我们才得以感受生活日新月异的变化。这些改革的先锋队员，他们不仅有悲天悯人的情怀和匡世济民的志向，更有一种对社会发展深层的理解。

> 索径追日伴，
> 寻驿抵月明。
> 天平衡久远，
> 伏望心地晴。

第二章　生老病死

（一）

1987年是实行夏时制的第二年，从4月12日开始至9月13日结束，期间时钟向前拨1小时。人们已经比去年刚实行的时候适应多了。

不知跟夏令时的实施有没有关系，反正蔬菜是丰收了，从法律事务所值完班回家的路上，王大树去了菜市场。果然，白菜每斤2分钱，还可以讲价。大葱8分，萝卜6分，大葱8分，芥菜3分，芹菜1角7分，土豆7分……总之都不贵。王大树又去了邮局，取了7月份的工资，明细上写着：工资152.50元，理发卫生费6.00元，副食补贴5.00元，交通费9.00元，离休补助费17.00元，边疆补助15.00元。

回到家，文桂兰告诉王大树，后院的王老太太去世了，73岁，丧事从简，明天早上就出殡，邻居们都去帮忙，咱们也去看看吧。

王老太太的家门楣上挂着素白的挽联，随风轻轻摇曳，陆续有人进进出出送来纸人纸马纸庙。院子里，几张长桌一字排开，上面摆满了祭品，亲戚们在送金盆里烧着纸，他们穿着素服，神色凝重，步履间透露出几分沉重。在灵堂前，非亲非故的人依次鞠躬、上香，有的还会轻声细语地与逝者诉说着最后的告别。灵堂里，逝者的遗像高高悬挂，照片上的面容依旧慈祥。午后时分，唢呐哀乐响起，这是送别的时刻，家族中的长辈们手捧灵位，缓缓走出家门，身后跟随着一支长长的送葬队伍。队伍中，有人低声哭泣，有人默默祈祷。等大家站齐了，王老太太的大儿子将瓦盆，也就是阴阳盆，举过头向下用力一摔，只听"咣当"一声，瓦盆落地，这时唢呐哀乐更响亮了，亲友们开始哭声大作，灵柩被杠上卡车，直奔镇子外的墓地。

送葬的左右邻居陆续离去，王大树瞅着稀碎的阴阳盆想起霍起立布置过的一个任务，在第九居委会试行一个机构——婚姻丧葬事务理事会。霍起立让王大树牵头，组成理事会，三至五人，镇里派妇联和民政干部协助，共同研究和推进，办好之后宣传推广。其他省市的基层成立过类似的机构，施行婚丧事宜简单办，移风易俗。

考虑到王大树被拖拉机撞了之后，总有点一瘸一拐，就先不去法律事务所值班，集中精力抓这个试点。

王大树不由得想起当年那位举着菜刀冲进县政府民政科的妇女，他当时是连批评带吓唬地解决了那场包办婚姻引发的纠纷。那时候的他根本不会想到，如今还要成立婚姻丧葬事务理事会，专门处理这类纠纷。他隐隐地感觉到，这类问题比玻璃厂和砖厂的问题还要难办，因为清官难断家务事啊！何况婚丧事务里纠缠着祖祖辈辈传承下来的传统思想，用刚刚冒出来的新思想解决一些根深蒂固的问题，不会那么容易的。

王大树带着谦虚谨慎的心情，主持召开了第九居民委员会居民代表征求意见座谈会。

会上，王大树直言不讳，咱们居委会在全镇成立第一个婚姻丧葬理事会。这个理事会是干啥的呢，说得简单点就是倡导大家移风易俗、婚事新办、丧事从简，反对大操大办、铺张浪费，破除封建迷信和陋习，促进咱们镇的精神文明建设。

我先给大家讲一讲婚事的那些新规定：

一是婚姻自主，反对包办，提倡晚婚，禁止非法同居。

二是严格手续，办理婚姻登记时要有居委会的证明，然后到镇政府领证，理事会才能同意举办婚礼。

三是新式结婚，新娘新郎可以戴个胸花，新房贴个喜字，利用节假日举办婚礼，主张举办集体婚礼，不要讲排场、比阔气，不要使用公家的车辆。

四是不发请帖，不大办酒席，不给他人造成负担。待客限于自己的亲属好友就行。

丧事办理方面也有几条：

一是故去的人不宜久停，提倡尽快深埋。

二是戴黑纱、白花和默哀鞠躬表示哀悼即可，不提倡穿孝服，戴孝帽，扎纸人纸马啥的，禁止烧撒纸钱，以及开光、指路、摔丧盆等迷信活动。

三是老党员、老干部和有贡献的人逝世，可由理事会或本人原单位召开追悼会。可以送花圈，禁止烧纸、摆供品和挂挽幛。

大家可以讨论讨论，看看行不行。

一位居民站起来，大树书记，您都退休了还带着居委会干部给大家成立婚丧理事会这个机构，这是好事，是为了带领我们移风易俗、破除迷信，引导大家形成文明、健康、科学的生活方式，但要认清一个事实，大摆宴席、广收钱财、使用公车为自己服务的，基本不是普通老百姓，如果县领导、镇领导能够做到自我约束，很快就能刹住这股歪风。一番话语惊四座。

王大树也暗自给他叫好，果真群众的眼睛是雪亮的。

那边又有人呼应道，别说是镇里，就是农村娶媳妇，多的花七八千，少的也两三千，除了彩礼，还要沙发、茶几、组合柜、手表、皮鞋、呢子大衣。说是婚姻自主，实际都有保媒的，张口就要东西。也有旅行结婚的，出去花不少钱，回来接着办酒席，"一枪两眼儿"。

过去60多岁庆寿，现在40多岁、30多岁的也要庆祝一番。有的不知从哪里学来的，孩子12岁大办生日宴。对了，说起孩子，生孩子都要请满月酒，互相比着办，你整6个菜，我就8个菜，另外加火锅。去的人也都不空手，实在亲戚买身衣服，关系好点的亲友得拿五六十元，一般的至少也得10元吧。有人统计过，每户人家一年走礼的钱平均200元。

此时人群中冒出一句话，说明日子好过了，大家都有钱了。引得一阵大笑。

有钱了人就开始嘚瑟，男青年留长发、穿花衣服。有的姑娘为了钱跟着包工头走了，结果那个人家里有老婆孩子，去了一个月哭哭啼啼又回来了。咱们居委会的张名山是个光棍，去年从外地领了一个50来岁的妇女，还带着一个十几岁的孩子，没登记就一起过日子，后来那个妇女的男人找上门来，把人领走了。张名山人财两空。这都什么事儿嘛。

另一位居民发言道，到了该制止大操大办和封建活动的时候了，不然的话，随礼就随穷了。现在三五元根本拿不出手，一随就是10元以上，我的工资一个月才45元，躲着闪着随了30元，日子咋过嘛。

发言的人一个接一个，总之一致认为该规范了。

根据那天的征求意见，居委会党支部研究通过了《婚姻丧葬理事会章程》，王大树被推选为理事会主任，赵二琴任副主任，委员若干名，报给镇政府。

王大树建议，居委会共402户1 600多人，分为15个居民组，要想家喻户晓，得分片讨论和宣传，试行一段时间，再实事求是地修改，确定后印发到各户。居委会辖区内的大企业，也要协助开展此项工作。这个章程后来又修改了5次，报给了镇党委，霍起立批办给了妇联和民政局论证，最后镇政府印刷了500份，居委会内每户一份。

不几天，四组的任老太太来了，拿着镇医院开具的婚姻健康证明，要求给开个介绍信，去镇政府领结婚证。结婚的是她儿子，男方、女方都是23岁，旅行结婚，回来按照章程的规定不操办了。王大树签了第一份准予登记的介绍信。任老太太捧着介绍信笑眯眯地走了。

县牧业建设办公室长期工历永安,已经63岁,老伴去世多年,经人介绍要与第九居委会65岁的刘慧颖结婚,历永安拿着双方单位的证明材料来理事会请示准予登记,说他们两个是婚姻自主,不办酒席,互相依靠过日子,晚年有个伴儿就是福。王大树看着老两口,感觉时代真的变了,变得更需要人的勇气、热情、干劲、目标和行动力,要承认跑不起来的原因不是车太重,是给油不足。三天后历永安结婚了,家人和朋友共计两桌,王大树主持了婚礼。席间,两个人还唱了一段《夫妻双双把家还》,虽然上气不接下气地笑着没唱完,但依然换来很多掌声。

不出王大树所料,还是有居民找上门来。他径直找到王大树,儿子结婚要办10桌酒席,理由是前些年他给亲戚朋友已经随了很多礼,粗略算也得好几百,这个礼钱如果不收回来,他不平衡。王大树给他倒了杯水,耐心地听他讲完,安慰并开导他,改革嘛,总要有人先试先行,而且需要有觉悟的人带头先行,我看你就适合带这个头,如果一家破了规定,别人再申请,我们的规定就成了空头支票。你这个事情也不难办,我们治理大操大办,不是不让大家办,是号召大家从简,不搞铺张浪费,你把10桌改成3桌,关系近的亲戚每户来上一个,想给你回个礼表表心意的,你就收着,一来补偿你之前的损失,二来也不能完全把群众礼尚往来的习俗一刀切嘛。

那位居民听了后,紧锁的眉头渐渐舒展开,他一边盘算3桌也的确能省下些开支,每户来一个,多少也能收回些成本,一边为王大树给他的评价感到有些得意，于是痛快地答应下来。王大树看着他离开的背影，突然很感慨，给老百姓做工作，其实没那么难，他们本质上是非常守规矩的，而且习惯依靠组织解决问题，只要拿出耐心，站在他的角度考虑问题。

婚丧理事会的工作是有成效的，虽然多年后，随着生活条件好起来，婚宴又盛行起来，但是居民们一说起来，还是非常怀念这段时光，毕竟我们活着的每一个人，还能看着春夏秋冬花开花落，莫不都是在接受馈赠，而每一个生命离去都是他们与人间一场华丽的告别，有点仪式感也不为过嘛。

赵二琴也有喜事，经王大树介绍，组织考察后接收为预备党员。宣誓之后，王大树说，我们共产党员，每天每时每刻每分每秒所思所想所作所为，都是为了一份信仰。有的可以外化于行，有的必须内化于心，有的已经走在前面，有的还在赶路……总之，一切为了人民，行动就是最好的证明。

王大树送给赵二琴一本书——《红星照耀中国》。王大树说，一个外国人，这么理性地写着中国人的故事，是因为他站得远，进而看得更清楚？还是因为他先找到了事物的发展规律，后看到我们行走在规律里。如果是前者，那我们是不是也需要偶尔从事情中走出来，走得远一点，然后再上下打量一番。如果是后者，那我们是不是可以适时坐下来，研究一下事物的发展规律，再决定向哪里走。

如果两者都不是，那我们就更要努力去寻找第三种原因，在实践中边找答案边研究规律边上下打量。

  千里徙幽梦，
  纵马觅苍穹。
  挥鞭斩荆棘，
  力拔拓荒城。

故事背景资料：

  夏令时，又称日光节约时制，是一种为节约能源而人为规定地方时间的制度。夏令时一般在天亮较早的夏季将时间调快一小时，以使人早起早睡，从而充分利用光照资源，节约照明用电。我国在 1986 年至 1991 年间实行了夏令时，具体做法是从每年 4 月中旬的第一个星期日的凌晨 2 时整将时钟拨快一小时，到 9 月中旬的第一个星期日的凌晨 2 时整再将时钟拨回一小时。

（二）

  王大树写日记的习惯已经坚持几十年。

  昨夜一身酸软、头昏脑涨地醒过来，看看钟表是凌晨 1 点 20 分，他意识到最近身体有点疲劳，睡眠出现了问题。他环视熟悉的物品，努力想一想白天的事，想让身体从睡意中彻底清醒过来，这样会比头昏脑涨的感觉稍微好一点。

阳台上郁郁葱葱的植物，在月光下变成高贵的墨绿色。从文桂兰的呼吸中，王大树判断出她的睡姿和被子的位置。判断好了后，王大树慢慢地挪动身体，穿好鞋子，走到桌前，伸伸腰，随着关节骨肉拔节伸展，腰腿和神志也渐渐归了位。打开日记本，翻找到白天他在报纸上画线的那段话，抄写如下：

根据联合国人口学家测算，1987年全世界人口将达50亿，联合国把7月11日定为50亿人口纪念日，希望通过这个活动，能够引起全世界关注人口问题。目前全世界人口每分钟增长150人，每天净增长22万人，每年8000余万，给教育、就业、经济发展、消费、住房、交通等带来了越来越多的困扰。中国人口已经达到10亿多，主要原因是结婚和育龄妇女人数增加。计划生育工作不可掉以轻心。

还有一则日记。

镇里通知，11月13号县人民代表大会召开，我和赵二琴被推选为人大代表，要求12号代表到县招待所报到，每天交一元钱的伙食费，整理好各自的提案。我的提案是关于在全县、全镇推广婚丧理事会的经验和章程。

王大树把章程粘在笔记本的这一页上，才回去继续睡觉。
关于这个提案，王大树在会议之前征求过居委会干部和群众的意见，主要是大家都关心的问题，特别是马上要到年底了，婚宴多了起来，部分干部大操大办的情况比较突出，提前发请帖的，捎口信的，打电话的，搞得人们到处藏猫猫，或者装作不知道，有的人说今天随出去的，将来我们也得办，得把花出去的收回来，如此下去就变成恶性循环，啥时候是个头儿。建议把第九居委会婚丧理事会的经验和章程尽快推广到全县、全镇，同步规范。

还有一个，听这次参加会议的农村干部说，自从实行了家庭联产承包责任制以来，无论经济核算或是生产活动，都是以一家一户为主，分散经营，村民委员会没法子管，更谈不上统分结合。一村多屯，一个屯子多的100多户，少的几十户，只有几个村干部，连个像样的村民大会都开不成，咋能让国家的大政方针和各项任务家喻户晓呢？既然取消了人民公社，恢复了乡镇政府，成立了村民委员会，就应完善基层领导体制。居委会为了便于开展工作，组建了若干工作组，设立小组长，村民委员会也可以参照设立村民小组，根据村民居住分布的情况，一组二三十户、四五十户，有条件的地方，可与党、团、妇女组织结合起来，上通下达，便于工作。

赵二琴的提案是，居委会干部的补贴少，应当增加。现在每月45元，但是工作量大了，除轮流到镇政府值班，还要去法律事务所值班，回来就忙着处理本居委会的事。县里、镇里的干部工资增加了，临时工都有取暖费，农村的干部除了补贴外，还能参加农业生产增加收入，即使雇小工现在每天还3元钱，居委会干部的工资确实有点少，建议调整到每月60元。

有许多代表在他们的议案上签了字，表示共同提议。

会议期间，开通县老干部局的干部转交给王大树一份荣誉证书，是自治区党委、政府共同颁发的，上面写着：王大树同志离休后继续为社会主义物质文明和精神文明建设做出了新贡献，成绩显著，被评为先进离休干部，特发此证。还有一个荣誉证是开通县委颁发的"优秀党员证书"。王大树看着两份荣誉眼眶越来越红，离休后党和政府信任自己，让自己担任了居委会党支部书记，选为县、镇人大代表，能为群众做事，自己已经非常满足了，今天还给予这么高的荣誉。

回到家之后，王大树把获奖证书放在一个棕色木箱里。箱子里是满满一箱子的证书，但王大树很少翻开这些证书。在他心中，获奖的确代表着一份荣耀，但都是过去式，只能说明党和政府对他过去的工作是认可的，将来怎么样还得靠工作成效说话。当然，今天这份证书，他还是格外看重的。整个开通县，能拿到自治区级奖励的，还是少数。有一瞬间，他甚至觉得自己又年轻了，浑身充满了解决问题的力气。

镇党委在会议期间举办了居委会党员骨干训练班。座谈讨论时，霍起立介绍了王大树的成绩，邀请他谈谈"获奖"感言。王大树说，我们党之所以能在前进的道路上克服困难，取得一个又一个胜利，就是得到了人民群众的支持和拥护。一旦疏远了人民，也就丧失了力量源泉和胜利之本。治理中国事再难，只要有人民群众的理解，事就好办多了。国内国际的政治风浪再大，只要人民站在我们这边,我们什么都能顶得住。作为居委会书记,我始终叮嘱自己做好三件事:一是诚心诚意地倾听群众的意见、建议和批评,实事求是地回答群众关心的疑难问题,耐心细致地做好思想政治工作;二是宣传党和政府的方针政策,进行国内国际形势教育,让广大群众了解国家和社会长期稳定的重要性,动员群众努力维护安定团结,积极完成当前的各项任务;三是同基层干部和群众一起研究工作,共同出主意,解决生产生活中的实际困难。霍起立带头鼓掌。

关于设立村民小组,王大树还是决定先回农村看看,眼见为实,跟事实要答案。

那一路摇曳的大客车,始终跟着亮光在走,太阳晒在胳膊肘上,乘务员喊了一嗓子"双河村到了",王大树才从温暖的梦里醒来。

眼前是一个个宽阔的院子,蜿蜒盘旋而去的流水从村子边绕过,拆去粮仓留下的红色砖印,带着寒气的小风毫不含糊地从裤腿下面吹进来,头顶上被风扯成棉絮一样的流云好像要掉下来了,已经包裹住了远处的山川。阳光均匀地铺洒在视线里的每个角落,村里车少人慢,墙上涂着国泰民安四个大红字。王大树从一排整齐的杨树旁边穿行而过,走到渠沿上,下午的阳光拉长了王大树的影子。

陆续有几个路过的人来到王大树跟前,上下打量着他。你就是那个大手一挥领着乡亲们挖水渠的大树吧?你就是那个又能拿账本又能扛枪的大树吧?你就是那个当了区长又当了民政科科长的大树吧？现在是啥长了？王大结听到这里微微一笑，现在是家长，岁数大了，扛不动枪，只能拄着拐棍前后院串串门了。老人们嘻嘻哈哈地竖着大拇指。老人们说，我们更老，没想到还能看到这么多新东西，住上了瓦房，不少人家买了电视机，再活几年指不定又出现啥新玩意。也有穷的，拖拖拉拉不好好干活，自己造成的；有的得病了但一直没治好，侧侧歪歪的，不过，咋说也比以前强多了，而且强得不止一点半点。

王大树见到了仍然担任大队党支部书记的岳建国，岳建国还是那股劲儿。他指着一片片盖着一层薄雪的庄稼地说，今年所有的粮食、豆类、瓜果等农作物都丰收了，主要是河渠加机井、化肥加粪肥增加了地力，又有好种子，不但旱涝保收，还颗多粒满。当年的畦田，旱灌涝排，仍然管着大用呢。王金全承包了村里100多亩的大果园，琢磨着改良苹果梨，改良后的苹果梨香甜脆口，远近出了名、发了财。不光是老王，你看看，咱们村都是砖石结构的房子，以前的土房子没了，虽然赶不上城里的楼房，但也住着踏实安稳。

不知啥时候两个人身后跟了一群孩子，欢蹦乱跳的。岳建国说，你看看，这吃的穿的跟城里孩子也都没啥两样嘛，就连厕所也是男女分开的了，文明了。两个人笑了，孩子们也跟着笑。

父母的墓地村里给维护着，还有文桂兰父母的墓地也没落下，墓地的周围还挖了排水沟，周围树已经长得很高。

回来的路上，王大树经过东风乡政府所在地，也就是原来的东风公社，再往前就是第五区公所。第五区公所，是麦新同志工作和牺牲的地方，后来县政府将其改名为麦新区，改区划乡时定为麦新乡，后又改称麦新公社，现在叫麦新镇。不管怎么改，怎么叫，人们永远都记着这位英雄。

英雄不会老。

> 胜日驱车赴岭峦，
> 万里长空铺云卷。
> 城头洗砚攒珠玉，
> 帐外投竿鼎心灼。
> 执箕择扫柳下叶，
> 启路拂尘越迷艰。

（三）

文桂兰感觉自己正在变老，一个表现就是现在总回忆过去，也比以前爱哭了，不需要理由的事情越来越多。上班工作下班管孩子、柴米油盐锅碗瓢盆的日子，一过就是半辈子，离休后，她的生活重心还是王大树和王庆祥一家，她常常觉得在这个熙熙攘攘的人流里只剩下直线思维。

这个世界上有人负责赚你的钱，有人负责赚你的眼泪，有人负责让你如日中天，有人负责让你血肉丰满，有人负责考验你，有人负责成全你，有人负责来你的人生里转一圈就走，有人负责留下来让你有个伴儿，这个伴儿就是王大树。

回望过去，文桂兰想到当年最想得到和珍惜的东西，有知足，也有自爱。干了一辈子，忙了一辈子，退休的时候，没有一件放不下的事，只有那么多放不下的人，家人，朋友，爱自己的，自己爱的。

王大树才走几天，文桂兰有些想念。她预感自己病了。

东风乡的干部基本都是年轻人，许多是从县里调来的，对村子的前后变迁还不太清楚，比如，有的村民说自己是王家铺子的，实际是现在的北胜村，孙家庄是太平庄，曹家营是保胜村，林富村是钢铁村，"文革"期间改了一批村名，村民们叫习惯了，互相交流时还是用老名，即便说新名，也要解释一下，生怕别人不知道是哪个地方。

乡长姓谢，之前是县委宣传部副部长，他跟王大树介绍了一些基本情况。改革开放以来，实行家庭联产承包责任制，家家有余粮，饲养了牲畜不说，还利用农闲时间去外面打零工，月月有收入。吃的米面油蛋菜、喂牲口的草料，都是自己生产加工的。双河村的经验给全乡做了指引，乡里沙包子多，但是注重修灌渠、打机井，改造成畦田后精耕细作，近年来愣是长出了庄稼。

这几天所到的村屯，人们都在按县里的部署边规划边治理大街小巷，500平方米以内的宅基地不收费，500—800平方米的每平方米5分钱，超过800平方米不足1000平方米的，每平方米两角钱。不符合规定的房屋一律推倒，按每间100—200元赔付损失，谁宅前的路谁修，挖好边沟，垛齐院墙，大小街巷笔直宽敞，四通八达，整齐划一，一派欣欣向荣的景象。家家户户都有棚圈，牲口不乱跑，也积攒了不少粪肥，街道又干净，值得提倡，只不过厕所还是没有太像样的，这是个老大难问题。

原以为在老家走走看看，随便住在哪个小旅店，路边吃一口就行了，结果盟里得知后派来了老干部局的人，安排王大树住进宾馆，还邀请王大树熟悉的杨世福等几位离退休老同志一同调研，几个老哥难得有机会见见面，大家都分外珍惜这次机会。

除了乡镇，还安排参观了盟里的酒厂、糖厂和水利工程，走访了粮食局、公安局、检察院等单位。调研结束后又安排几位老同志进行了体检，配了些药品才各自回家。

麦新镇距离市区并不远，王大树又去看望了姐姐。王向阳耳不聋、眼不花，还是那么勤快，能干很多活，动员儿子、儿媳在自家院子里养猪养鸡，还种了不少蔬菜，到集市上出售。儿子膀大腰圆种地有力气，在乡政府兼着电工，家里电视机、收音机、拖拉机都很齐全，日子过得挺红火。

王大树正计划在王向阳家住上几天，却收到电报，上面只有几个字，文桂兰病重，速归。王大树看了只觉眼前一晕。

王大树心急如焚，大脑里几乎一片空白。他第一次觉得生活给他出了一道最难的题，他还没有想过生活里没有文桂兰的话，他该怎么生活。不，他根本接受不了，他没有做过那样的打算，也不打算面对那样的生活。他觉得老天爷不会让他失去文桂兰的。

到家的时候，文桂兰已经从重症病房转到了普通病房，是急性心肌梗死。迷糊着眼的文桂兰看到王大树，一下子有了精神，眼角湿润，伸出了双手，王大树激动地把文桂兰紧紧搂在怀里……

王庆祥告诉父亲，母亲总说胸有点痛，他赶紧张罗着送医院，医生紧急手术放了支架，现在血流恢复了。

文桂兰心情平复后，王大树说我在路上写了点东西，估计能顶一副药的作用，说着便展开一页纸。

大榆树下，自信少年，含胸闭眼，倾情激荡
桂兰灯前，驻足停望，夜空苍茫，家的方向
翩翩一舞，恍若惊鸿，悠悠一载，恍若浮萍
寂寥乡路，匆匆一别，车水马龙，似水流年

春天眨眼，山花绽放，一年之计，诗意张望
有人贪嗔，有人无助，有人辗转，有人高唱
烈日当空，心似洪钟，开通县城，高粱大红
平凡土地，英雄辈出，平凡畦渠，沸腾泥浆

秋草微黄，心有暖阳，举国欢庆，万民同唱
我的祖国，百万雄兵，我的家园，大爱无疆
秋意绵绵，白露成霜，秋爱顽顽，人民至上
有风乍起，以爱之名，有泪成行，光荣梦想

西风隐隐，有雾蒙蒙，收获大战，从秋到冬
在晨风里，在日光下，在晚霞边，在月光中
迷恋泥土，迷恋淳朴，迷恋花香，迷恋世殊
迷恋手掌，迷恋芬芳，迷恋欢笑，迷恋泪珠

牵小儿手，吹蒲公英，走成长路，踏儿歌行
痛脚底伤，盼健步行，观廊桥梦，叹雁离分
听党的话，感岁月情，跳健步舞，吟陇上行
笑镜中月，赞水中花，写梦中语，别天上星

故乡的景，故乡的云，流年的星，滚滚的尘
寒来暑往，日升月落，春夏秋冬，灿灿星河
兀自感怀，兀自难忘，兀自喜悦，兀自忧伤
兀自离去，兀自干杯，兀自挥手，兀自别过

大榆树下，自信少年，含胸闭眼，向着明天
桂兰灯前，低吟祈愿，十指连心，代我诉言
一九八七，夜色阑珊，二零零零，策马扬鞭
寒来暑往，皆成过往，锅碗瓢盆，继续奏响

　　文桂兰的眼泪顿时淌了下来，拉着王大树的手，本来觉得我们老了，现在好像又回到了从前，咱们还要好好活，好好过下去咧。

文桂兰生病的事，给王大树上了一课。这些年虽然是离休了，但陪老伴儿的时间并不比从前多，如果将人的所有活动放到一生里去谈，放到生死面前，放到诀别面前，放到稍纵即逝的瞬间，还有哪一件是不值得加倍珍惜的呢。

一个人对别人的感情，是对其事业、对其理想的感情基础。一个不信奉爱情和友谊的人会信奉一份崇高的理想吗？一个不敬仰热血的人会忠诚于一场伟大的革命吗？我们每天每时每刻每分每秒所思所想所作所为，都是为了一份爱和信仰。有的可以外化于行，有的必须内化于心，有的已经走在前面，有的还在赶路……总之，它们从未离开过。

何所能？让我遇见最好的你。

是什么？让我遇见最好的你们。

想到此，王大树提笔给县政府写了一份建议书，关于大力推进村民小组长规范化建设的建议，里面提到村委会干部分别联系各片区的村民小组长，掌握村民小组长职能的发挥情况；着重从农村致富能手、外出务工经商返乡人员、复退军人等群体中的党员选拔村民小组长，并优先向非党员村民小组长安排发展党员指标；注重将优秀的村民小组长纳入村级后备干部队伍进行重点培养。

让爱和信仰真正成长的，从来不是什么温室和温床，而是挫折、坎坷、苦难，乃至生死。支撑人们越挫越勇的，从来不是挫折、坎坷、苦难、生和死，而是未来，一个向往中的、并为之奋斗的更加美好的生活。

千里徙幽梦，

纵马觅苍穹。

挥鞭斩荆棘，

力拔拓荒城。

（四）

这几天，居民们议论纷纷，说吃粮不用凭证供应了。本以为粮食会涨价，打听了一下国营粮店的价格和市场上的差不多。

王大树想起了1953年开始粮食统购统销的那个秋季，到现在的1992年，已经30多个年头了。现在取消票证，放开价格，敞开供应，说明我们国家的粮食情况大有好转。

王大树边揉左肩边整理着1984年以来居委会的有关文件和材料，文桂兰走过来帮他轻轻地揉着，我还是带你去看看吧，风湿药也没少吃，结果越吃越严重，别说骑车了，连走路都一歪一歪的，这不是小毛病。王大树也知道，现在举个胳膊都费劲，总感觉肩膀上压着块石头，里面发胀。这一查，还真是有发现，大夫说，透视照相看，是多年老伤了，肩骨断裂、错位。听大夫这么一说，王大树首先想起的是多年前那个撞了他的拖拉机，还有那个军人的敬礼。王大树一拍脑袋，想起来了，就是那次，没想到留下这么个病根。

大夫给王大树做了十来天的正骨，胳膊能举得高些，但是断骨没有完全复位，运动幅度大了还能听见骨头响。大夫建议不要再骑车，也不要拎重物。

结束治疗回家的路上，王大树到邮局取上本月工资，一共335.6元。明细上写着，除了工资项目，另有奖金100元。接着的第二个月汇来463.3元，本来想打个电话问问怎么又多出钱来，合计了一下又放弃了。这说明国家经济形势好啊。

镇人民代表大会主席团来了通知，要召开本届人民代表大会第三次会议。王大树是推着自行车去的，能骑就骑几下，如果骑不了，就当是个拐棍。路上的人和车明显比以前多了，王大树躲躲闪闪终于到了地方，感觉头脑昏暗、手脚不灵。这次王大树没有做任何提案，只在讨论的时候讲了一个事例，食品公司的煮肉工人刘宝和，经单位同意离职开了一间熟食铺，定期给单位交一笔钱，结果惹来一些人嫉妒。工商管理部门第一次来例行检查说锅台不合格，必须贴瓷砖；第二次来说墙面不合格，也要贴瓷砖；第三次来说屋顶不合格，必须挂顶棚；第四次来说肉案不合格，必须是用竹板的；第五次来说地面不合格，必须抹水泥。刘宝和一步一步地改，这些人一次又一次地来，每次都要品尝是否够味道，还要酒喝，临走还要拎走几块肉说要化验。后来，刘宝和掐算着这帮人又要来了，一口气刨掉所有瓷砖，扒掉顶棚，大锅里煮上猪饲料，检查人啥也没说就走了。

代表们很气愤。这些败家子。有些人就是从小事小节上开始失守的，积小错成大错，积小腐成大腐。

王大树沉默了一会儿说，干部破坏社会风气，损害党的形象，老百姓深恶痛绝。作风问题无小事，干部们必须明白，我们日子好过了，但是经济刚复苏，还没有达到富裕的程度，甚至还有不少人困难到没有解决温饱问题。我们要赶上发达国家，要经过长期的艰苦努力，我们这一代人注定是创业吃苦的一代人，应该与群众同甘共苦，怎能将自己凌驾于人民群众之上，啃食人民群众的劳动成果，既与党员干部的身份格格不入，更对党员干部的形象造成莫大的伤害。干部的能力、成绩和威信都是来自吃苦，不吃苦不负责就是不称职。一个国家、一个民族也是如此，想不落后就必须保持一种奋发向上、艰苦创业的精神状态。

讨论组的召集人和记录员一直在记录。

我自己很久没细致地深入群众中了，说实话，现在走路也吃力，不能再当人民代表了。所有人都看着王大树。

新光玻璃厂的领导层也都换了新面孔，史辉等几个老同志都已退休，加入老年体协，给王大树打了好几次电话，王大树你退休后甩开膀子干了这么年，现在膀子甩不动了，就回市里住吧，毕竟医疗条件好于县城，咱们老哥几个还能在体协见见面聊聊天嘛。唉，我就是棵大树，风里来雨里去惯了，一天闻不到土腥味叶子就耷拉，树叶落到根儿，就在这儿化为泥土喽。

其实，不久后他们就见面了。为全面落实离退休干部生活待遇，及时掌握离退休干部身体健康状况，新光玻璃厂集中安排时间对全厂离退休干部进行年度健康体检。

体检后人事处特意安排王大树回厂参观，史辉也陪着。所有的厂房都喷绘了颜色，环境整洁，绿树成荫。工程师张国旗给做介绍。咱们的浮法线已经升级改造，比原来宽。原来每天熔化250吨原料，现在400多吨，原来只出两米宽的一片玻璃，现在能出一米五宽的两片。技术和中央控制室过去是美国产的，现在升级后完全国产化，有的还是咱们厂子机修车间自己制造的，增加了产量，提高了质量，节约了能源，降低了成本。如今咱们的厂子是自治区的先进企业，生产的玻璃是部级优质产品。史辉说，如今是鸟枪换炮喽。改造后每个职工平均每年创利税10万元，全厂1 500多人，你算算能为国家赚多少钱。

劳资处处长把王大树这个月的工资送了过来，并告诉王大树从下个月起给离退休老同志发工龄补贴，每年一块钱，王大树从1945年参加工作到1984年离休，共39年，每月增加39元。王大树是留着泪离开的厂子，就好像刚离休那天一样，史辉和他拥抱，不依不舍挥着手望着车越走越远。

不久，王大树收到了体检报告。在胸片上，除了肩部的陈旧性骨折，还查出少许陈旧索条影、陈旧纤维灶、陈旧钙化灶，结合伴有缺氧、咳嗽等症状，医生判断应该是慢性支气管炎、局部支气管扩张、肺气肿。医生建议不干重活，避免劳累，家里最好备上制氧机，每天持续低流量吸氧，发现症状加重立即到医院就医。

年轻的时候看不出有啥毛病，人老了问题就来了，刘胜利就是这个病没的。

王大树的咳嗽的确是渐渐在加重，甚至所有的力气都用来控制咳嗽，仍然徒劳于那种陌生而巨大的力量于无声处吞没着他的身体，每当这时他就把黑色甘草片压在舌根处。王大树承认当岁月流转时，他心底依然存在对于衰老的恐慌，那些不跟你商量就爬到你脸上的细纹，再也熬不起夜的身体，还有那咳嗽，无一不在一声重似一声地敲打着年轮，许多与生俱来的责任也变得沉甸甸了。

  昔日擎天梁，
  呼作旅人碑。
  霞光流今古，
  举杯欲语迟。

第七部

从院里到屋里

第一章　四季轮回

（一）

西北风一吹，天气开始变得生冷。西山坡上的落叶伴着风飞行在天空与大地之间，下落之时铆足了劲儿往人们的脖领子里钻。傍晚时分，天空墨一般凝固，浮云安静地流动成一只高高昂起头颅的骆驼、一条跃向龙门的金鱼、一个可以装得下很多心愿的高脚杯，或者分不清它们谁是谁。

屋子里暖洋洋的，王大树把收音机的声音调到比平时高出许多分贝，只听见播音员播报：1993年我国经济建设取得新成就，国内生产总值突破3万亿，人均突破2 500元。农村经济进一步发展，粮、油、肉、水产品突破历史记录。工业增加值按可比价计算，比上年增长19.5%。城镇居民人均生活费收入比上年增长10%……王大树招呼文桂兰放下手里的活儿，一起听一听。文桂兰问去年多少亿？王大树翻出去年的日记，差不多2.4万亿，一年就多出个六七千亿，怎么了得。

王向阳打电话来说，现在都现钱收购农畜产品，不再打白条了，农民们高兴咧。说起王向阳的电话，当时背景声音嘈杂，锅碗瓢盆互相撞击并掺杂着人们推杯换盏的热闹声，王向阳告诉王大树是村委会正办着有史以来规模最大的一次村宴，几对年轻人也是借机成亲，热闹都凑一起了。

按王向阳的描述，所谓的村宴，就是用纹路很粗的一块大帆布，在面积比较宽阔的院子里搭一顶大大的帐篷，帐篷里的四个角挂上亮得晃眼的灯。一顶粗布帐篷，加上院子里到处都是进进出出的人，平日鸡飞狗跳尘土飞扬拿不出手的院子，顿时也有了些色彩。

宴席用的桌子是从各家各户借来的，如果借遍了全村的桌子还是不够，东家就会去村里的小学跟校长商量借些课桌，拼在一起，苫块整洁的花布，远看也还可以。被借走课桌的孩子会被奖励去宴席上吃喝一顿，所以一到办宴席的东家去教室借书桌的时候，孩子们都争抢着贡献出书桌。

院子里支起一口大黑锅，锅下面是熊熊燃烧的炭火。一锅咕嘟咕嘟冒着热气的豆腐粉条，神圣而粗犷地吸引着孩子们，等到饭好了，大人们就给等得着急的孩子们先盛上一碗。大人们看着不远处的烧鸡炖肉，闻着豆腐粉条的香味，也是按捺不住，但还是有序地围坐在桌子前，耐心地等待着。最先上桌的是一盘盘油亮亮的炒花生米，结果瞬间就被十几双小黑爪子一抢而光。孩子们一哄而散后，大人们才笑眯眯地把花生米盘填满。

几对准备在村宴上成家的小两口，新娘坐在灶台边的炕头上，红衣服一件接着一件穿，各家媳妇们烫着一样款式的发型，穿着折痕明显的新衣裳，或笑或羞或拘谨地帮着新娘们梳头发、整衣服。新郎们则被四邻的弟兄们逗笑着拉走，西装领带瞬间被拉扯得七拧八歪。新房里的洗脸盆垒成一摞，里外贴满大红的喜字，下面是一打打的毛巾和枕巾。

王向阳边讲边笑，王大树也跟着笑。王向阳心眼子实，老实人惯讲老实话，老实得没有半点褶皱，就像风逆着南去的日发型，硬是给冬天提前送来热乎乎的风。王大树一时想不起该用啥样的话形容现在的福分，不冷不热不饥不慌？左右安稳、万籁俱寂、国泰民安？总之日子就是希望的那样好，要多好有多好。

新年之际，王大树家里新添了一台17寸天鹅牌黑白电视机，新闻联播还不是卫星直播，县里需要到市里卫星站录像，错一天播放。有时候天气不好，班车误点，新录像带没回来，就再播报上次的录像，即便再多的重播，令人振奋的数字还是让王大树常听常新，听得全身热血沸腾。他太明白这些数字代表着什么了，包含着一段时间里许多人的汗水与泪水、疼痛与责任、失去与得到。历史在头顶、身后，在看得见的繁花和看不见的群木生长之间，在历史波涛的起伏之间，探索和领悟着过去和未来，对于王大树来说其意义和节日一样，是为了确认和铭记。

节前，新光玻璃厂的领导照常来慰问，厂长姓常，40来岁的博士，是一位玻璃新材料技术专家，胖乎乎，戴着眼镜，也爱穿白色衬衫，说话略微带点官威和官腔。他给王大树说了一组数字，去年生产浮法玻璃超过200万箱，一级品达到86%以上，完成工业产值14 262万元，突破了年产值。现在的压力是建材价格回落，市场竞争激烈，玻璃厂越来越多。过去计划经济的时候，咱们主要是供产销，现在是市场经济销供产，所以根据市场需求，不断调整咱们的生产结构。市场需要白色的，咱们就生产白色的，需要茶色的，就生产茶色的，需要8毫米的，还是10毫米的，咱们摸准信息抢占市场。明年的计划是230万箱，继续突破计划。王大树连说好，转而喜忧参半地说，事在兴时想到衰，因为目前有利可图，许多地方兴建玻璃企业，一旦对手林立，价格跌落，产品积压，卖不出去怎么办，所以，谋划当下，规划前程，冒进不宜，保守也不宜，评估风险，未雨绸缪，把处理阶段性问题与长远发展统一起来，因势利导……唉，我这也是瞎操心，毕竟时代不同了。

常厂长没有继续讨论这些话题，在互相寒暄中，王大树完全听出了年轻厂长迫不及待想改革的想法。

的确，年轻是个好资本，丝毫不怕暴风骤雨，也不怕前进的路上没有灯，摸黑也敢往前走，只要有目标，就只想往前冲。王大树觉得自己多虑了，应该把时代交给年轻人。毕竟人的成长环境一直会给人一种暗示：你是谁，你的使命是什么。

送走常厂长，王大树去赵二琴家交党费，这已经形成习惯，到日子就交。

迎头碰上赵二琴正贴对联：春为一岁首，梅占百花魁，横批是万象更新。王大树说这个对联好，吉祥喜气。比财神到家、越过越发、招财进宝含蓄。在旧社会，穷苦人供奉财神，谁也没发财，自从有了共产党，领导人民闹革命，实行土地改革，消灭了剥削制度，人们才过上了好日子。尤其落实家庭联产承包责任制，实行改革开放，人民越来越富裕。赵二琴赶紧挽着王大树进屋，还是老书记有觉悟，虽然您离开了岗位，但依然是我们的榜样和顾问。二琴啊，整整10年了，想跟大伙说的话很多，明天是大年初一，我去给大家拜年。王大树说着把9元钱党费递到赵二琴手里，赵二琴留下了6元，退还了3元。告诉王大树，上面下发了文件，从这个月起，离休老同志党费不按照工资比例交了，王大树和文桂兰各3元。王大树说，自己有三个没想到，一是没想到能活这么大岁数，二是没想到能挣好几百块钱，三是没想到离了休了还能晋级享受厅局级待遇。这是党和国家给予的照顾，要知足，要感恩啊。

第二天一大早，王大树本想去拜年，结果前后左右的邻居先到了。文桂兰把瓜子糖果摆上，边吃边谈，来的人越来越多，只好又摆了一桌。老孟说，大树书记的门口缺一对儿门神，当心小偷啊。王大树说，龇牙咧嘴挺吓人，就没贴。这要是在清朝就违反规定了，内务府规定，在每年新旧交替时节，需要把门神画装裱张挂40天左右，之后还要交给内务府收藏，悉心保管，否则就治罪。门神的寓意是护法祛邪，摆脱灾难。实际上真正的平安要靠法律和法治，真正的致富要靠勤劳和政策。老杨笑道，让战功赫赫的秦叔宝、武艺高超的尉迟恭抓小偷岂不是大材小用，看门护院这个事老孟你最擅长了。屋里响起一片欢声笑语。老杨说，中华上下五千年第一件好事我就赶上了，退休了不干活每个月还能拿这么多，要不是社会主义、共产党，哪有这个好事。过去富人家也不过住瓦房，穷人能住上土房就不错了，现在咱们也住上瓦房了，有的人还住着高楼大厦。过去过年买几斤大米白面都是生活很不错的人家了，现在普通人家存着成袋的细粮，单位分的大米还送到家，谁说共产党不好我第一个不让。我要向老孟道个歉，生活这么好，我当年还在乎一米两米的跟你过不去。老孟摆摆手说，不提了不提了，好邻居就是一家人，一家人不说两家话。

赵二琴拿出一个红红的聘书，念道：聘王大树同志为开通县解放路小学政治顾问。学校的领导说，考虑大树书记年纪大了，从辅导员改为政治顾问，帮着老师和同学们解读党和国家的方针政策，提高大家的政治理论水平和政治素质。大家说，学校领导也是有心人咧。

还有一个好消息，大树书记种的树已经成林，镇政府今年在那里规划西山公园。今后，不允许乱开荒地、乱砍灌木、乱挖药材、乱搂柴火、乱烧茬子了。镇里领导知道大树书记花费了不少的时间、精力，美化了环境，还为生态建设做出了贡献。镇政府在此基础上规划省时省力还省了不少钱，今后公园有专人维护，保护和管理好您种下的树木，想邀请大树书记参与公园的建设和管理，为公园的建设和管理提供宝贵的经验和建议。镇政府还要给大树书记一笔经济补偿。听赵二琴讲到钱，王大树连连摆手，那可不敢，那可不敢，尽管国家有补偿政策，咱也不能要，植树造林不仅是政府的责任也是公民的义务和责任。既然是义务和责任，我积极参与是应当的。我希望百年之后，树木参天，大人围坐在一起乘凉聊天，抬头看看大树，我就知足咧。

潜意识里，新年第一天的第一件事第一种心情，应该是一件既苦又乐、苦乐难解、苦乐都心甘情愿的事。王大树如同一棵大树，看起来像彪形大汉，实际上在安静、沉默里长久进行着自我革命，认识到更多的自己，从来没有过内心惨淡和精神荒芜的日子。

过年是好日子，除了串门拜年，王大树前后收到6份左邻右舍的婚礼邀请。现在生活确实提高了许多，《婚姻丧葬理事会章程》已经与时俱进修改了好几次，默认了办婚宴，强调不要铺子浪费就可以。

那时候婚宴都是在家里办，桌子、凳子、人手不够，居民们帮着张罗。车队一到，酒席开始，推杯换盏。不管爱吃不爱吃，总有人夹着东西放到你的盘子里。小孩子们站在凳子上，拼命够着爱吃的菜，咬一口不对劲又扔回盘子。新婚夫妇敬酒，不是依次进行，而是端来一盘斟满的酒杯，大家各领一杯，一饮而尽。下一桌依然是这些酒杯，至于上一桌谁用过，顾不上计较，只顾热闹。厨房里用过的碗筷冲了冲、擦了擦，就摆出去了。

回到家后，王大树跟文桂兰说，咱们结婚那会儿要是有个小胶车就好了，我拉着你，经过老房子外的老榆树，经过咱们幼时聊过天的碾子墩，经过咱们上学走过的路，经过一望无际的玉米地，经过爹妈一样的父老乡亲，经过认不出模样的人影伫立在窗前目送我们离开,那该是怎样一番的良辰美景。

文桂兰说,小时候遇到水坑,你在前面试探着深浅,然后挽起裤腿把我背过去,感觉世界真美好。在琳琅满目的物质世界里,人的知觉心、洞察力这些肉眼不可见的东西,最叫人在意;心意纯净、行为朴素、胸怀善意之人才招人喜欢咧。

>暮鼓落边陲,
>青砖诉余威。
>陈墙衔御水,
>万巷华彩飞。

(二)

1998年的夏季快来临时,一连好多天下了几次暴雨,浇透了久旱的干土层。

西山公园郁郁葱葱,飘着醇厚的雨后泥土气息,园林工人开始补种果树和丁香树。工人们跟王大树说,雨水之后是种植果树的好时机,有水分有温度,果树可以更快地适应新环境,能提高成活率。当然,关键还是管理。

王大树遥望着山坡下开荒的人们,工人们搭话道,开一亩地交7元,但明年要涨价,每亩25元了。

有几个人来找王大树,说早上七点电力局来修电线,结果居民们和工人僵在那儿了。你们赶紧找二琴书记汇报解决呀。唉,一个月没见二琴书记了，支部也没开会。居委会的党员接到她的口信，要选模范党员，按党员的十分之二的比例推荐，也没提什么条件，让大家先琢磨着，下次开会定。有人抱怨说，赵二琴家买了一台拖拉机，正帮人开荒，挣了好几千元了，她已经顾不上支部的事。眼下最要紧的是，大树书记你先给大伙做个主，回头再跟二琴书记汇报。

电力局干部意见很明确，居委会这片地方，有40多户人家，电线、电表已经有些年头，不能再用，必须换成户外的节能电表。大伙说那按要求办。负责安装的师傅在一边说，电杆年久失修，安装的时候弄不好就得断，昨晚一场大雨，停电到现在，原因就在这里。

王大树想起来因为总停电，之前居民们计划每家凑50元，不愿意出钱的出工出力，买些水泥电线杆、电线、瓷瓶、铁件，利用休息时间，自行架换。王大树将这个想法与电力局干部沟通，他们认为可行，电力局派工人，居民备齐材料就行，把问题解决是关键。

但是新情况马上又出现了，当时兴师动众的人中有一部分不吱声了，那些积极的居民为此很是生气，嚷嚷着要自己挂线走另外一条线路，解决自己的事，集资的事不掺和了。工人们也愣在那儿，不知所措。

王大树找了一个高一点的地方站上去，说这个事儿是按大家的心愿操办的，到了节骨眼儿咋能说撂下就撂下呢。咱们在这里住了这么多年，最烦恼的事就是经常断电，过年过节用电高峰期，更严重，幸亏大家心齐，张罗着办这个事。既然要在这里长久住下去，共同出钱置办些永久性的用电设施，可以一劳永逸，我认为值得，半途而废，咱们还得继续遭罪。

有居民呼应道，我们原以为只换电线、电杆，结果还要换电表，一下子多出了钱，我们手里也没那闲钱啊。

王大树拿着表格数了数，12户愿意继续出钱，10户随大流，8户舍不得出钱，13户看看再说。这么着，12户愿意出的现在就出，其他户的钱我垫上，啥时候有了啥时候给。换杆换线的钱，加上电表钱，算下来4 700元。他问工人够不够，工人们回答说，暂时够了，缺啥少啥再说。

工人们干活，咱们能帮一把就帮一把，买材料装车，多去几个人帮忙，为的是早干完早通电。我岁数大了，没力气干活，但摇旗呐喊还行，同意的就干起来。居民们相互看了看，又不好意思地望了望王大树。有人说，还愣着干啥，按大树书记说的办，赶紧忙乎起来，干活不是相面，光看灯亮不了。

中途，工人师傅发现电线不够，每户还得凑30元。王庆祥去银行取了钱，没耽误工时。赵二琴的家门始终紧锁，王大树做主给换了。晚上8点多，灯终于亮了，王大树听见许多家里传来兴奋的笑声，才心满意足地回了家。

文桂兰把王大树拉到饭桌前，激动地递给他一张报纸。上市里的报纸了。谁？阿拉腾巴特尔。王大树疲惫的眼神一下子亮起了光，赶紧把报纸拽过来看。文桂兰赶紧指着发表的位置：在清华大学读研究生的开通籍学生阿拉腾巴特尔，把暑假期间做工挣得的 1 000 元钱寄到开通县救灾办公室，并寄来一封信，希望转给那些因洪涝灾害面临学习困难的孩子们。他在信里说，听广播新闻，我的家乡嘎达苏村被洪水冲泡了七八天，战胜洪涝灾害需要大家齐心协力，因学业在身，尽我所能，出一份绵薄之力，一份捐赠、一份爱心，水火无情人间有情，愿山河无恙，神州大地国泰民安，加油，我美丽的开通，我想念着的嘎达苏。

悲欢离合，人生起落。想不到，当年众人你一口我一口喂大的阿拉腾巴特尔，有这样了不起的情怀和行动，他才只是一个刚刚长大成人的青年，这个小小的善举看起来是多么神圣、多么可贵。假如时光倒流，一切重新开始，这就是常胜。无论已经过去多少年，常胜在王大树眼里心里，一直是理智与本能的对抗家，他是王大树见过最谨言慎行、行动力最强、斗志最顽强、不达目的最誓不罢休的人。他永远忘不了常胜为了救额拉巴拉在激流里的纵身一跃，那一跃，何尝不是生与死的选择，连他王大树也是没有做到的，可常胜无所顾忌地跳了下去。想到这儿，王大树禁不住老泪纵横，说这孩子是好样的，像常胜。

报纸上还有一则消息，长江、嫩江、松花江等河流域发生大洪水，这次洪水是继 1931 年和 1954 年两次洪水后，20 世纪发生的又一次全流域的特大洪水。嫩江、松花江洪水同样是 150 年来最严重的全流域特大洪水。据初步统计，包括受灾最重的江西、湖南、湖北、黑龙江四省，全国共有 29 个省（市、自治区）遭受了不同程度的洪涝灾害，受灾面积 3.18 亿亩，成灾面积 1.96

亿亩，受灾人口 2.23 亿人，倒塌房屋 685 万间，直接经济损失达 1 660 亿元。

文桂兰说，咱们盟也有 152 个乡镇苏木 1 378 个村嘎查 100 多万人受了灾。141 个村进水，农作物受灾有 300 多万亩；332 所学校受灾，12 855 名学生无开学条件。全盟直接经济损失 23.5 亿元。王大树眉头紧锁地看着报纸，情况这么严重，咱们不能落在孩子后面。

文桂兰找出几件大衣和雨衣，把钱包好，嘱咐王庆祥去县救灾办公室，钱到用时方正好，你爸怕晚了用不到正地方。王庆祥急急忙忙去了救灾办公室，捐款处的干部说县里正要发通知捐款捐物。一般干部 50 元，离退休的厅局级干部捐 100 元就行了，1 000 元都超过在职的了。王庆祥解释道，我爸说了，这是尽心量力而行，这点钱不影响日常生活，但是对于受灾的群众来说很要紧。捐款处的干部站起来给王庆祥鞠了一躬，请转告老爷子，谢谢他老人家的大爱，我们一定把钱用好。

灾情过去后，王大树从家里的窗户望出去，看到西山公园里高高矮矮的树更加郁郁葱葱了，白杨树下点缀着暴雨之后竞相盛开的丁香花，有的果树掉了花瓣长出了嫩绿的果子，茂盛的植物又在宣告四季的轮回。王大树此刻望着那一大片树林，忍不住一声叹息。他刚刚得知，杨世福在阿拉腾巴特尔捐款之前去世了，是文桂兰打电话给安振英表扬阿拉腾巴特尔时才知道的。

多年未联系，安振英的话匣子一下就打开了，事无巨细地跟文桂兰讲起他们一家三口这些年的许多故事，寻常吃的什么饭，爱喝什么汤，因为什么事情会睡不着，阿拉腾巴特尔怎么上的学，怎么勤奋读书考上了清华大学，这些年他们出门到过哪里，看见过、听见过什么事，有絮叨之嫌，却不惹人烦躁。文桂兰静静地听着，她知道，安振英身边已经没有人可以听她絮叨了，而女人对琐事是有分享欲的。那些细致、琐碎的寻常小事，是女人们维系生活热情的一部分基础，也是女人之间友谊的一部分支撑。尤其对于亲密的人，很多事怎么细致、怎么琐碎都是不够的。

文桂兰再三答应安振英有空就去看她，也邀请她身体允许的条件下来家里做客，之后轻轻地挂上了电话。

杨世福的去世让王大树好几日没怎么说话，时常回忆起插队落户的一帮人一起锄地的情景，那是一段充满艰辛却又饱含温情与成长的岁月。阳光洒在广袤的田野上，金黄色的麦浪随风起伏，队长的一声令下，大家纷纷弯腰挥锄，锄头一次次地落下，泥土一次次被翻起，杂草被铲除，汗水顺着人们的脸颊滑落，浸湿了衣衫。说到力气、技术、耐心非杨世福莫属。

每个人总以为自己是独特的生命体，额外具备一份享用光阴的权利。烦恼、不幸和瘟疫像火山、地震和海啸一样，永远与自己无关。不会被任何人冷落，遇不到绊脚石，所有的致病菌都会绕道而行，不会遭遇疼痛和一落千丈的袭击，听不到谩骂，从不会被诋毁，所有人、所有事、所有健康平安快乐都像你爱这个世界一样爱着你。其实这没什么错，只是别忘记了独特之外还有应尽的义务。那些义务会在一个人消失之后，变成满地的落叶，让想起你的人黯然伤感。

7月快结束的时候，赵二琴和居民们把钱陆续还给了王大树，赵二琴推荐王大树为优秀党员，王大树没有答应。他说，按照党的纲领、章程规定，不忘党的宗旨，履行党员义务，这是党员一辈子的事。他做的事不过是力所能及，自己已经不是早些年全身心扑在工作上的状态了，卧室就是书房，深夜睡不着起来抽个烟，看看报纸，抄抄写写，动不动就咳嗽，自己的力量只能对抗一些疼痛，扛不起荣誉了。

第九居民委员会没有上报优秀党员，这是多年来的第一次。赵二琴把拖拉机开回了家，在党员代表大会上做了检讨。

王大树没有参加党员代表大会，也没有批评过赵二琴，事实上这么多年，王大树理解她，过惯了穷日子的老百姓，哪个不是穷怕了。她没犯法，自食其力，只不过是找到了发家致富的路子，一下有点没兼顾好工作嘛。理解一个人的最好办法是变成这个人，那些不理解她的居民，假如也有一台拖拉机，难道不是也会连跑带颠地忙着挣钱吗，还会有时间评论别人吗？他知道赵二琴是个能够自觉认识到问题并妥善解决问题的人，只不过需要一点时间。毕竟，开拖拉机能挣钱，赵二琴也是第一次知道。

成长的路上，小成针尖，壮成大海，都是收获。

寂静等欢喜，
暮色怅寥廓。
晨曦话鸿蒙，
雀跃看朝阳。

（三）

　　1999 年，新光玻璃厂转制为新光玻璃集团有限公司，但是大家依然习惯称厂子，常厂长变成了常董事长，产能继续翻倍。当年，新光玻璃集团有限公司所在地撤盟设市。

　　众星捧月之际，厂子投资拍摄了电视连续剧《新光》，在市电视台每晚黄金时段播出。在剧里，厂子名改了，领导班子的人换了姓名。主要展现的是引进技术、改造升级、提高效益的场景，开会的镜头不少，生产的场景不多，引起工人们的议论。

　　常董事长甚至收到了投诉信，信中说电视剧的剧情、角色、场景有的不是我们厂的，那些工具和机床一看就不是制造玻璃用的。我们工人没有那种负面的人物，说工人缺乏文化素养，这是对我们的贬低、歧视。还有就是在拍摄电视剧的过程中，占用了不少工人的工作和休息时间，下班也不让走，各种摆拍做样子。

　　显然，工人们对电视剧有了抵触情绪。常董事长也意识到在拍摄电视剧这个事情上，厂子可能没有充分征求工人的意见和建议，降低了他们对电视剧的接受度和支持度，还有剧组对工人的实际状态了解不足。但是，生米已经煮成熟饭，反过头来调整电视剧的内容是不可能了，即便能也要重新花钱，那工人们意见可能更大。结果电视剧每播出一天，问题就积累一天，常董事长下令暂停播出，议论才逐渐淡化。

但是，翻倍的产能和库存积压问题却持续引起有关部门的关注。一般认为，生产能力与社会需求有直接关系，即所谓的供给平衡。新光玻璃集团有限公司出现产能过剩的同时又存在大量低端产能，这些低端产能因产品成本低而在市场竞争中采取低价竞争策略，利润率越来越低。活钱越来越少，新光玻璃集团有限公司不愿再投入研发经费进行技术创新，资源配置效率下降，供给结构得不到优化升级。工人们只能发基本工资，绩效和奖金只在库房的玻璃里。

以我们现在的眼光看，面对库存积压和产能落后的问题，仅仅期待奇迹发生或自动解除困境是不现实的。只有找到问题的根源，采取积极主动和系统的策略来应对和解决。

厂子领导选择了观望和等待奇迹的发生，一等就是三年，常董事长的面容似乎也变得憔悴了。他跟王大树讲，他在每次决策之后，都有一种在考场交了卷子又吃不准分数的感觉。短暂的释然与放松盘旋在头顶，思考的惯性却还在纠缠着意识，继续往前走，往哪里走，与谁相遇，说不清楚。

到2002年10月，王大树的工资单上显示，标准工资1 575元，电话费50元，其他费25元，护理费80元，补助43元，合计1 773元。厂子里优先保障离退休人员发工资，在职的2 000多名干部工人已经4个月未领工资。王大树心里不是滋味，决定回厂里去看看。

到了厂区，眼前的景象令他震惊。围墙残破，垃圾遍地，仓库里积压着大量成品，生产线锈迹斑斑。厂子的状况远比想象中糟糕。常董事长说，市里正和福照玻璃企业协商收购厂子的事，咱们要卖8亿，对方坚决表示只能出3亿。已历经多次谈判，估计也只能如此了。这个结果在厂子内部引起好多争议，许多干部和工人都反对这个看似亏本的买卖。但厂里认为，不走收购这条路，这家国企就会消失，工人们的饭碗就会被打碎。收购的企业也有社会情怀，承诺会补发所有拖欠工资，并尽量使用本地人解决就业问题。

王大树问厂子的存货、厂房、机器设备、土地使用权还值多少钱？咱们账面价值3.2亿，会计师事务所评估价值为近2.6亿。

王大树心情复杂，前人栽树，后人乘凉，20多年前的新光玻璃厂犹如一棵小树苗，在大家的精心呵护、用心培育下茁壮成长为参天大树。如今，面对企业改制与收购这样的重大变革，心中自然是五味杂陈，既有着对厂子的不舍，也怀揣着对未来的希望和担忧。常董事长说，下午有个收购前的职工代表形势教育会，大树厂长去听听吧。好，好。

形势教育会进行到后来实际变成了座谈会，工人代表说，这是一种痛苦的经历，毕竟还有一部分工人面临下岗，他们身份没了，未来的生计问题需要关注和解决。企业改制不应该只顾及企业本身的利益和发展，忽略工人的权益和生活问题。政府和企业应该为下岗工人提供更多的帮助和支持，比如提供就业培训、创业支持、社会保障等措施，帮助他们重新回到社会中。

听着工人代表的发言，常董事长心理也十分难受，表示厂里不会忽视工人的权益和生活问题，更不会让下岗工人成为改制的牺牲品。同时也希望工人师傅们，提高自身素质，学习新技能和新知识，适应市场的需求和变化，增强自身的竞争力和适应性。政府做好各种保障工作，厂子和工人一定要努力配合，才能够更好地应对企业改制带来的挑战和问题，才能渡过难关。

说到这里，常董事长将目光放在坐在台下第一排的王大树身上，今天我们请来了筹建新光玻璃厂的老厂长回访，跟大家说说心里话，说着便到台下搀扶王大树走上台。

王大树戴上花镜，摸出随身的小日记本，翻开，这是我从报纸上抄下来的，给大家念念：2002 年，国内生产总值为 102 398 亿元，人均 GDP 接近 1 000 美元，经济总量位居世界第六位。经济增长逐步平稳上升，经济活力逐渐增强。

合上本，摘下花镜，王大树继续说，国家形势这么好，为啥我们却遇到困境？时移世异，是不是我们有不适应的问题？回首往昔，咱们厂子从无到有、从弱到强，凝聚着几代人的心血与汗水。它不仅仅是一个生产产品的地方，更是我们共同的家，承载了太多的记忆与梦想。每当看到这些熟悉的厂房、设备，那些曾经并肩作战的干部工人们，心中便会涌起一股暖流。

记得离休那年，也是在这个讲台上，我说我们不要习惯于做一件事、习惯于埋头生产，不观望市场的风向标，不准确把握市场需求变化就会导致生产的产品与市场需求脱节。特别是如今，玻璃企业层出不穷，我们老一套产品缺乏核心竞争力，难以在激烈的市场竞争中脱颖而出。越不挣钱越没钱，越没钱越不舍得钱投入研发，厂子就像一个臃肿的巨人，反应迟钝，哪还有灵活的市场反应机制。既然不灵活了，还必须面对时代的变迁和市场的挑战，最好的选择就是企业改制与收购，这是顺应时代潮流、谋求长远发展的必然选择。这是为了企业的生存与发展，为了员工能有更好的未来，否则就是破产。其实我的心中也在担心，担心改制过程中能否妥善处理好员工的安置问题，确保他们的权益不受损害。担心新的管理模式是否能迅速适应市场，保持企业的竞争力。但更多的是希望，希望这次改制能够成为企业发展的新起点，激发新的活力与创造力。希望每一位员工都能在新的环境中找到属于自己的位置，实现个人价值与企业发展的双赢。虽然我们这一代人已经退出历史舞台，但我们对企业的热爱与责任不会因此减弱。我们愿意随时为后来者服务，希望年轻一代能够继承和发扬我们企业的优良传统，勇于创新，敢于担当，为企业的发展贡献自己的力量。最后，我想说的是，无论未来道路如何坎坷，我都将满怀信心地期待企业的明天。相信在全体员工的共同努力下，我们一定能够克服一切困难，迎来更加美好的明天。掌声开始不热烈，后来才越来越响。

完成收购手续后，不出所料，各种问题接二连三地冒出来，工人的去留和工厂资金的重组，管理混乱，陈旧设备，拖欠工资，等等。福照集团高层指示，其他不管，先解决员工的待遇问题，提出愿意留下的工人加薪30%，并且保证每个月15号准时发放工资，做到不拖欠工人工资。选择离开的补发工资，但永不再录用。这一举措反倒激发了员工的工作热情，厂子逐渐恢复了生机。

生机恢复了，但是库存还在。几个月后，福照集团召集东北、华北片区的玻璃经销商开会，通过合作，共同稳定市场价格，历时一年才清除了库存。

新光玻璃集团被收购后，变为福照新光玻璃有限公司，从原国有企业领导靠组织任命、工作只向上级负责的模式向公司治理结构过渡，总经理由董事会聘请职业经理人担任，总经理向董事会负责。一般工人由过去的计划指标安置，转变为与公司签订劳动合同，凭技术技能竞争上岗，实行多劳多得，工资与效益挂钩。精减行政人员，科室由过去的30多个减少到12个。职工工资是改制前的两倍多，失业、医疗、养老保险等按规定交纳。

王大树这些离退休人员移交市国资委管理，待遇不变。

崎途追烟渺，
虎口过悬松。
踟蹰进石阶，
赤手采菊蓬。

（四）

春节一过，天气渐渐暖和起来，王大树的哮喘有所减轻，他试着走出房间，文桂兰紧紧跟着。结果到街巷的理发馆这么一段路，喷了两次缓解哮喘的药物，好一阵子才顺了气。不久后，王大树住进了医院，吸上了氧气。

一种叫非典型肺炎的病已经扩展到包括中国在内的几十个国家和地区，死了几百人。医务人员给离退休人员注射预防和增强免疫力的药。

虽然开通县只有一例，但是医院还是在院子里单独开辟出一个区域，用轻型组合材料搭建了病房，分东西两区。东区是 X 光室、CT 室和手术室。西区是重症监护室、接诊室、检验科。为了防止医护人员和病患被传染，开设了疑似患者专用通道，并有专用的卫生间和洗浴系统，包括电视机、电话、空调等。社区和农村也都严防死守，各种聚集类活动被叫停。到 6 月份，连续 20 多天没有新增病例，开通县从近期有当地传播的名单中去除。王大树的哮喘也有较大改观，43 天医药费 11 787 元。王大树嘱咐王庆祥一定要按要求缴费，别给国家添负担。但收费的工作人员说，根据相关政策，离休干部及新中国成立前参加工作的退休职工，其医疗费通常可以全额报销，即报销比例为 100%，这是国家对离休老干部在医疗方面的特殊照顾。王大树得知后，一时语噎。

移交国资委管理后，王大树第一次收到工资 3 308 元。除了每月工资 1 778 元之外，补发 1 530 元。明细上标明是国家给离休人员的补发工资。国资委老干部处的工作人员打来电话作解释，国家规定给公务员增加工资的同时，也给离休人员增加工资，还有一项是给厅局级离休人员的增资，每月 600 元，正在落实中，下个月就能到账了。其他级别的也涨。

王大树后来在给支部的思想汇报中写道：

> 我现在的一切都是党给予的，一辈子不能忘记党的恩情，我要离休不离党，尽可能为党分忧，为人民做事。中国共产党是中国工人阶级的先锋队，又是中国人民的先锋队，也是中华民族的先锋队，代表着最广大人民的根本利益，宗旨是为人民服务。我们党已经依靠人民推翻帝国主义、封建主义、官僚资本主义的侵略、剥削和压迫，建起了社会主义新中国，并且改革开放，经济实现快速发展，增加了人民收入，改善了人民生活水平，说明，在中国共产党的领导下，没有解决不了的问题、办不了的事情，只是早晚的问题。

得知王大树的病情，王向阳委托自己的大儿子王庆丰来看望。王庆丰告诉王大树，因为村子地势低洼，总是遭灾，今年迁到了开通县的双河村，本来两村离得就近，所幸就合并了，不管怎么说，转了一圈又回了老家。村子如今可了不得，虽然只有 134 户 437 口人，去年却生产了 800 多万斤粮食，平均每户 6 万多斤，万元户可多了，三四万的也常见。他们把临近旗县不种的土地都转包过来，购买了周边乡村的农家肥，借鸡生蛋。改良了 8 000 多亩地，水浇地占多数，收成是一般地的两倍。村民有了钱，家家户户买了小尾寒羊，全村有 4 万多只，羊超过百只的就有 150 多户。王大树边听边拍着腿，惊喜万分。

你爸妈都好吧？

身体都硬朗，我妈耳朵有点背了，我爸也是肺病，总咳嗽。

家里的收成还好吧？

收成不错，虽然有的耕地在沙召里，但也能用机电井浇灌。前些年在沙子里栽的树苗都成林了。双河村基础好，风气好，只要跟着大伙干，勤劳就能致富。我开了一个摩托车修理部，忙完地里的活就修摩托，日子过得知足。

电价贵不贵？

安一个机电井几千块钱，花五六百块钱村委会能给安风力发电机，家里电灯、听广播、看电视、做饭足够了。

听着王庆丰的话，王大树心里别提多舒坦了，乡亲们的日子过好了。

可是，王大树的病情并没有发生奇迹般的好转。他隐约觉得自己身体里住着一些如同玻璃厂长期积累而未得到有效解决的问题，终于变成了难以根治的大问题。这是他自认为毕生最束手无策的问题。

他开始有意整理自己散落在家里各处的东西，也开始有意去找文桂兰说话，虽然话题总被他此起彼伏的咳嗽声打断。连对几个小孙子的打打闹闹，也多了耐心，他觉得除了失控的身体，周围的一切都是那么美好。

只要遇到天气不错的时候,他就强烈要求文桂兰推他到外面看看。已经进入数九天,东北地区气温极低,文桂兰怕他病情加重,总是催他回家,他却怎么也看不够。他要么望着双河村的方向,问文桂兰见到安振英记得要一张常胜的照片;要么望着西山公园自言自语,公园管理处还是要仔细研究一下土壤和气候条件,尽量多引进树种,否则冬天光秃秃没一点绿色了。文桂兰一一答应着。

2006年1月末,王大树昏迷住进医院。

文桂兰被巨大的恐惧包围着。她隐约意识到,王大树要离开她了,但是她又强迫自己不做这样的想象。她一边冷静地听着医生的解答,一边极力控制着身体的战栗。她流着泪跟医生说,这个人不是我们家的,他是国家的,他还有很多放心不下的工作,你们一定要尽全力救醒他。

4天后,王大树醒过来。

醒过来的第一件事,就是立了遗嘱:丧事从简,穿平时的棉布衣,棉线袜,不另外置办新的。把骨灰撒到双河村田里、河里。不举行告别仪式,存折上的积蓄归老伴文桂兰所有。

CT检查后,结果如下:右脑室受压变小,脑萎缩。两肺纹理稀疏,密度明显减低,两侧横膈下移,纵隔内淋巴结节肿大。膀胱癌。医生告诉王庆祥,膀胱癌是初发症状,并不要命,但肺部的问题朝夕都有危险。

60天后,医生尝试着停止滴注氨茶碱、地塞米松等药物,王大树气喘急促。医生改用喘立特，没见效，推进一支喘定仍无济于事，直到恢复先前的氨茶碱等才缓和，并且次数不断增加。此时王大树时而清醒时而糊涂，有时候醒来就自言自语讲起了故事。

1952年，我在三区政府工作期间，检查春耕，在大柳树村发现了一个特殊的互助组，三间房子两家住，厨房公用。两个男的25岁，两个女的二十三四岁，身体强壮，充满朝气，合二为一过日子，同吃同住同劳动。邻居们认为同吃同劳动有可取之处，同住好说不好听。村民们建议区政府把他们分开重组，大家问我啥意见。我说自助组是自愿组合的，他们目前没有违法，没有闹矛盾，也没有纠纷，生产搞得还不错，至于同住的事都是道听途说，观察观察再说。一晃十来年过去了，1964年我到开通县搞"四清"工作试点，又来到这个村，问起当年那个特殊的互助组怎么样了。大队干部指着两处新房说，属他们两家过得最好了，各自盖了新房，门窗安装了玻璃，早都分开过了，但是两家亲如兄弟，邻居也不再多怪。

文桂兰问你怎么想起这个事了？

王大树闭着眼睛慢慢地说，天空遇到大地，牛羊遇到草地，向左走遇到向右走，哪个也不是站成行等着我们相遇的。我想到他们的时候，就觉得人和人的相遇、心意和心意的重逢，不是缘分那么简单。我和你，何尝不是。只要有你在，我就觉得生活里没有苦。因为有你，我这一辈子才没有被困难吓倒。

有你这棵大树，我这一辈子也没觉得苦。

王大树慢慢地睡着了,梦到了小时候,他和文桂兰蹦蹦跳跳地走在上学的路上,随着时间一晃而过,他俩瞬间变成一对老人。然后,就像电影切换场景一样,不知道怎么的他就独自一人站在十字路口,没有路标,道路两侧长满榆树,有的还在缓慢地生长,有的叶子掉下来变成种子和水,有的变成土,榆树越来越多……他的身体里飘进一颗种子,种子晶莹剔透,生长之后,根、茎、枝、叶布满他的周身,有一双手抚平了那些缠绕在一起的根茎枝叶……

这一夜,两位老人的手一直紧握着。

凌晨5点的时候,王庆祥来换班,文桂兰坐着儿媳妇的车回家了。说好到中午时再过来。

6点半的时候,睡梦中的文桂兰接到王庆祥打来的电话,哽咽着说父亲去世了,时间是5点50分。文桂兰眼前一黑,顿时觉得身体失去了重心。她看见房顶重重地压在她身上,让她喘不过气。屋子里的书桌、书架和屋外刚刚透出亮光的天空,瞬间都轻飘飘地浮动在她的四周。她在长久的愣怔中,反复确认这件事是真的。

此时的天气冷热气流快速交替,气温骤升骤降之间,医院墙根下冒出的草芽,绿了一半的杨柳,颇惹人心疼,就像努力了一半就被打击了的人。无论气温作何反应,它们永远只随四季生长休眠,花草树木懂得规律,活出了不惊慌失措的样子。

文桂兰到医院时,王大树静静地躺在病床上,身体笔直。文桂兰坐在床边,抚摸着王大树脸上的余温,平静地说,如果知道你要走，我是说什么也不会回家的，你那么爱盘算，怎么也不提醒我一声，没见到你最后一面，我真是愚人啊。这是你给我唯一的苦！

窗外，太阳突然躲到树的后面，世界变得极其安静，安静得空无一人一物。文桂兰突然觉得自己似乎变成了西山公园某棵树上的一片树叶，因为没有了根而孤零零地由着风把她随便吹到哪里。

王大树枕头旁的日记本是翻开的，歪歪扭扭写着几行字：报纸上公布，从去年以来，国民经济收入超过20万亿元。时间是2006年2月25日。

最后的句号写得非常大，似乎为了这个句号从胸口到指尖都在用力。王大树在生命的最后，用了怎样的力气，他的身体和意志经历了怎样的燃烧，这个过程究竟是痛苦多还是快乐多，谁也无从知晓。

  不见人声沸，
  但闻车马喧。
  只留云起雾，
  鸟匿空寂林。

第二章　隔空对话

（一）

王大树留下的日记共50多本，这是文桂兰眼里最宝贵的财富，她曾经没那么关注，即便关注了也没有拿出时间或找不到合适的心境去记录的事情，都在王大树的日记里。这些日记确实不比读本小说来得爽快，都是陈年旧事，对旁的人而言，读来也无甚趣味。但对文桂兰这片脱离了树根的树叶来说，这些日记的存在，无疑成为她此刻最大的心理支撑，她想要回归的那种安定，更适合在王大树的文字里寻找。

区公所

1947年10月11日

关于区干部张财携枪逃脱的事调查和处理结果是这样的。1946年10月左右，我军战略转移，国民党进犯开通县。张财同部队行军到开通县五区附近，因为随行的孩子闹病，区领导同意他把家属安置到亲戚家，亲戚姓姜。从此之后与他失去联系，直到今年又回到部队，但枪没有了。

据张财自己说，那天的后半夜，他送完老婆孩子回到部队的住处，队伍已经走了。他追了20多里也没找到，把枪插入高粱秸秆丛里，返回姜家。住了几天，领着老婆孩子投奔开通县城里的叔父张青苗。他找了一个小胶车，把枪捆到高粱秸秆里，后来不知怎么的就丢了，他叔父也说不知道。是不是这么回事，上级委托我调查。

今天上午我和另外两名干部到开通县商务会，查看了登记，证实张青苗在县城开饭店，用过3个伙计，其中有张财登记过，属于零工，有时在有时不在。张青苗在我军收复开通县时被流弹击中死亡。我又到张青苗的邻居家和附近的商铺盘问取证，证实张财的确投奔过叔父家。同时，张财的档案里因有过伪造自愿参加革命的材料，受到过留党察看处分。在伪保安的花名册里，张财的职务是文书，领过津贴。这些证据我和张财对照过，他伤心了一阵，承认到县城后受到叔父的蛊惑，到伪保安队当了文书，上交了枪，整理些账目，啥坏事也没干。1947年我军收复开通县，他见国民党靠不住，又返回区里。

事实成立后，区里开了党员大会，大多数人同意开除党籍，少数人说留党察看，甚至有人说枪毙。最后投票，开除党籍，报县委批复。

民政科

1958年12月3日

今天在下乡的路上，听李国华讲了几段抗美援朝的故事，很感动。

整个朝鲜本来是一个统一的国家。自1910年，韩国和日本签署了《日韩合并条约》，全部的统治权让予日本帝国主义，自此朝鲜王朝灭亡了。一直到1945年日本在第二次世界大战中战败，美国出兵占领了日本和朝鲜半岛"三八线"以南地区。苏联出兵消灭了东北的日本侵略者，推翻了他们扶植的伪满洲国，解放了东北和朝鲜半岛"三八线"以北地区。1948年，朝鲜半岛南部成立了大韩民国。而北部则成立了朝鲜民主主义人民共和国，也就是朝鲜。

因为朝鲜是劳动党领导的社会主义国家，美国就把它看成是眼中钉肉中刺，1950年夏季疯狂侵略朝鲜，企图消灭新兴的社会主义国家，战火烧到了鸭绿江边，炮弹落到了我国境内。我国根据朝鲜政府的请求，派志愿军出国和朝鲜人民军并肩作战，一鼓作气把侵略军赶到了"三八线"以南，坚守阵地战。

李国华说，打了好几年，听到停战消息那天，大家万分激动，在坑道里守候了数十个日日夜夜的战士们都簇拥到战壕外，热烈拥抱，狂蹦狂跳，狂欢狂呼，中国人民志愿军万岁，中国共产党万岁，毛主席万岁！连长摆摆手说，同志们快去打水，舒舒服服地洗个澡，炊事班把糖果、香烟、酒菜摆出来，这时有一位调皮的老班长跃起身子高呼，连长万岁！又响起一阵掌声和欢呼声……李国华说着说着就抹起了眼泪。

"五七"干校
1968年11月16日

来"五七"干校快一个月了，已经做了3次检查。从17日在班务会上检查以来，经过督宣队和班上同志的帮助，考虑自己的过去，是有些错误需要改正。有的是认识上的问题，有的是工作方法上的问题，也有的是经验不足的问题，有的是按照上级的指示落实的，只能解释。但有的是无中生有，比如说我身高体直，皮肤细白，不像是劳苦大众的样子。对于这种说法和批评意见，我就是坚决拒绝的，实在认识不了，想不通，皮肤好坏还有政治问题？一提到这个话题，就处于顶牛状态。

不过，跟我观点对立的人也说，对我的一些错误可以谅解，诚恳地说，我是个工农干部，性情直爽，好话好讲，敢作敢当，以往在与坏人坏事做斗争中都是挺在前面。今后不要因为有了错误、受到批评就破罐子破摔，把本来正确的东西也一概改掉了，正确的就要坚持。比如，1966年"四清"运动时，你批评有些人无事生非迫害人，他们对你不满。但是你抗住了，不但坚持了原则，还给蒙冤的人平反，这个组织上是认可你的，希望你发扬优点，吸取教训，工作不当老好人。

今天在班务会上，人们再次对我进行了帮助，是按照我检查的顺序逐个题目进行的。我本来是端正思想的，说了心里话，可是还是有人提出似是而非的问题，我的态度就是实事求是，有则改之无则加勉，不能为了形式上过得去，丢了原则问题。

插队落户

1970年3月9日

这两天连续讨论选送到革委会工作和插队落户人员。

座谈会上，学员们还是希望到革委会工作为好，离家近，行不行都能干，不用下农村，衣食住行都得自己顾自己。有的说如果去不了革委会，去宣传队也行，毕竟还是在城里的时候多。但是，我在听说这个事之后，就口头跟组织上汇报了，我要去插队落户。当然，也有部分人员报了名，学校的干部说，这些人举棋不定，思想反复，有观望的现象。

为了表达我的决心，我又写了申请书，贴在了学校的宣传栏里，签了名。申请书上写道，我是共产党员，用不着摆条件讲形式，只要是党的召唤，我就行动，我是革命的一块砖，哪里用来哪里搬。

支部在宣传动员后，就来询问我的情况，文化程度，为何要去，家属的意见，等等。我本来没有想法，但是根据他们的提醒我还是和桂兰进行商量，共同认为这是人民的需要，坚决响应，都同意到农村插队落后，并正式回复了支部。

隔几天宣布我和桂兰插队落户，同行的还有常胜两口子。宣布完，现场有人就喊，向"五七"战士学习，大家都跟着喊。出发前，又对我们进行了提高认识教育，让我们坚定插队落户很有必要。

报名的是7人，实际走的是我和常胜。

（二）

长征公社

1972年4月24日

插队落户两年多了，接二连三有不少同志来看我。有的介绍了盟里这两年的形势和变化，有的出于好意极力建议我回盟里工作，不要留在乡下，这地方谁都不愿意来，大材小用。

我感谢他们的深情厚谊，但不愿意干那种违背自己的心意、违背组织决定的事情。一是感到城里的机关工作秩序还没有根本捋顺，以盟直属各单位来说，生建部下面有组，组里还有组，上下一边粗。还有，不管单位大小一律都叫革委会，分不清哪个是领导机关，哪个是职能部门，我在机关工作多年有时候都找不到门，可见，办公效率高不了，不容易把事情搞好搞出成效。二是我喜欢下乡工作，离开办公室和群众吃住在一块，不喜欢反复接电话、动不动就大会小会。

最近，群众就集中反映了很多问题，比如公社、大队脱产人员越来越多，干部不参加生产，不找历年亏损的原因，群众提了意见还打击报复，有的班子不团结，这些都是很好的意见，在机关坐着是听不到的，听不到真话，决策就是容易偏向。

今天公社召开专题会议研究群众反映的这些问题。各大队的班子和公社有关人员参加。大家反映，群众说得没错，脱产人员确实不少。生产队队长、副队长、统计员、保管员，等等，不下地，也算满勤。历年的亏损也不向群众说明，研究咋扭转。公社，有3辆牛车，12头牛，加上3头换班的共15头也够了，现在养了33头。这些牛常年喂着没活干，咋能不亏损。人，也是这个道理嘛。大队的班子有历史性的不团结，换了一茬又一茬，但是没换思想，以至于不断影响着下一届班子的团结，咋能一门心思用在生产上。

会议结束后，我和公社班子继续开会研究大家的意见，从精减和调整人员入手。一是减掉统计员，保管员兼统计员，保管员由大队副大队长担任。二是公社的3辆牛车，配15头牛，平时配给五大队，他们老弱病残和无依无靠人员多，秋季收储粮食时交由公社调度使用。多余的牛分给各大队，主要用于协助拉水、耕地等。三是大队班子成员由领导研究结合群众选举产生，缺头少尾、有色无声、笼笼统统的，不用。

其实有些事情，没必要反复研究，干部和群众心里都有数，就怕会无中心、议而不决，你一言我一嘴，说完之后无法集中正确意见，也不提具体打算，翻来覆去炒豆子，就是不给谁吃。就是上级的会议精神和文件也不一定托许多人去传达、讨论，因为基层的干部群众做得比较具体，只要上级的政策、规定、时间、要求、经验介绍搞出来，下面的人结合自己的实际，缺什么就会补什么。

政府大院

1975年8月15日

今天研究了一下午边界纠纷问题。开通县和开远县接壤的地方，双方牧民的草库仑遭到破坏。盟里责成两个县共同调查处理。

县委指示县委办、民政局办理，拿出意见。我之前并不了解来龙去脉，只是知道有史以来，这个地段就一直争议不断，经常闹纠纷，只是小打小闹的两个县都没有在意。国家测绘局在地图上有明确的标志，牧民们有了冲突通常指认边界，自行协调，倒也相安无事。但是这次一直没有缓解，双方的牲畜越界吃草，地段上开了五六百亩地，都说双方越了界，最后相互告到了盟里。

我认为，凡是纠纷的地方，不是有好草场、好牧场，就是有好地，并不是单一的行政划分引起的矛盾。单一的划分问题，对着地图划条线就行了，该是谁的就是谁的，你也别说牲畜没处放，我也别说没处打草。建议处理的时候农牧局也参与进来。

这一了解，果不其然。纠纷是两个人，一个是开远县复员残疾军人，今年54岁，是生产队的放牧员，全家9口人，7个孩子，最大的17岁，生活困难，放牧之际就越过两县的地界，开了地，放了牲畜。两个大队沟通起来也是各执一词，开通县的牧民见没成效，就给盟委书记写了信。后了解，老复员军人说，家里生活困难，每次领残疾金还得去县里，200来里，来往坐车、吃饭都得花钱，就几个月去一次，所以家里时常接济不上，只能就近想点办法。

我们在盟里的监督下，建议开远县把老军人的残疾金按月邮寄到公社。同时，老军人在我县开垦的地和圈起来的草库仑，属于越界部分的，收回我县。我县给予老军人100元的补偿费。双方同意，就此化解。

党的十一届三中全会

1978年12月26日

今天，我早早地起了床，虽然窗外还是一片冬日的寂静，但我的心中却涌动着一股难以言表的激动与期待。近日，中国共产党第十一届中央委员会第三次全体会议召开的消息，像春风一般吹遍了每一个角落，也深深触动了我的心弦。

回想起过去的这些年，国家经历了太多的波折，我们每一个党员、每一个中国人，都在期盼着一个新的、更加光明的时代的到来。而这次全会，据说将做出重大的历史性决策，把党和国家的工作重心转移到经济建设上来，实行改革开放。这对于我们这样一个饱经风霜的国家来说，无疑是一剂强心针，是开启新篇章的希望之光。

上午，我特意找来了最近几期的报纸和文件，仔细研读关于全会的各种报道和预测。字里行间，我仿佛能看到那些即将成为现实的宏伟蓝图——农业、工业、科技、教育……每一个领域都将迎来前所未有的变革与发展。我深知，这不仅仅是国家层面的大政方针，更是与我们每一个人的生活息息相关的命运转折。下午，我和几位厂里领导在一起谈这个事，大家的话语中充满了对过去的反思、对现状的分析以及对未来的憧憬。我们都相信，在党中央的坚强领导下，我们一定能够克服一切困难，走出一条适合中国国情的发展道路。

夜幕降临，我躺在床上辗转反侧，脑海中不断回放着白天的种种情景。我知道，这一刻已经近在咫尺了。我们要继续发扬实事求是的优良传统，不说大话、空话、假话，多做实际工作，脚踏实地，埋头苦干，雷厉风行，纠正过去那种松松垮垮、拖拖拉拉的作风，深入实际，调查研究，总结教训，树立样板，以点带面，推动全面，把我们国家各方面建设得更好。当我闭上眼睛的时候，我仿佛已经看到了那个充满生机与活力的中国，正在向我们大步走来……

（三）

新光玻璃厂

1981年2月24日

昨天以来，天气突然变冷，刮起了大风。

早上，我照常骑车上班，两只手冻得直麻，风像针尖一样刺到脸上，不得不走一阵停一阵，搓搓手，擦擦眼镜片。同行的工人们比我抗冻，顶着风还能说笑。我们一行人浩浩荡荡地骑行在通往厂子的路上。为了转移对冷的注意力，聊起了家常，分享了各自工作生活中的一些趣事，也交流了对工作的看法和建议。许多工人说，8亿农民提高了生活水平，咱们工人的工资也提高了，社会安定团结，自己赶上了好时候。也有人提出说现在吃的粮食、烧的煤炭、穿的衣服、住的房子等，普遍涨了价。但普遍对生活是满意的，对未来充满了期待。也有的对厂子里压缩基本建设投入，量力而行办事很赞成。对建筑公司给厂区铺油路不太赞成，认为他们盖房子行，公路建设应该不是行家，费用又高，质量也不一定有保证。

工人的每一句话可以让我更加了解他们的需求和期待。有时，我们也会遇到一些上坡路段，大家会相互鼓劲，推着车子走，那份团结和坚持，让我感到工人阶级有力量，没有解决不了的困难。

到了办公室，冻透的耳朵逐渐化开了，火辣辣的疼。自来水水龙头也挂了冰，夜间值班加盖了两层被子，没觉得暖和。

第二天中午下班的时候，司机开着车来接我，说天气冷，别再骑车了。我说天气已经好多了，阳光充足，微风拂面，正好骑车，司机没再坚持。

冷冷热热是老天爷的习惯，我不能按着老天爷的习惯来。无论春夏秋冬，只要条件允许，我都会坚持与工人们一同骑车上下班，这不仅是一种习惯，更是一种情感和信息的交互传递。与工人们同甘共苦，是我们之间最坚实的纽带。

没有工人，哪有工厂。

居委会

1985年8月5日

食品公司退休工人董向阳来反映问题。据他说，食品公司在自己的院内用推土机挖了深沟，准备用石头砌成围子，然后大量灌水，自己养鱼。食品公司墙外的居民很担心，因为前些年，县里在附近修水库，造成了部分居民家里进过水，房屋下沉，墙壁出现裂痕，后来被叫停了。现在修养鱼池，水渗透了附近居民的地基，同样也会房倒屋塌。

我跟着他去查看了这个养鱼池，居然有10来亩那么大，池子的外墙外几十米处就是居民的住房。居民已经反映过好几次，甚至本公司的职工也反对，但是公司都没有答复。这很明显，常年涝水，把地涝坏了，周围的房子塌陷可能性很大。为了居民安全，免除后患，我上午就去镇政府反映了这个问题，要求刻不容缓赶紧解决，提前一天是一天，这种事常常没有征兆，突发就晚了。

镇政府早有居民在那儿反映问题了，但不是养鱼池涝水的事，是说食品公司挖养鱼池推出来的土，堆在居民的街巷里，堵住了交通，出门绕行不说，还憋住了下雨的水，泡了很多人家的房子和院墙，现在这些死水一股子腥臭气，问谁谁不管。食品公司的人说，活包给了工程队，工程队说活包给了开推土机的人，开推土机的人说他是干活的，只管干不管后续的事，告状他也不怕。

镇政府很重视这个问题，给食品公司负责人打了电话，就这些情况进行了对质，并责令停工，解除隐患，恢复居民区的正常通行，至于你们去哪里养鱼，需要先规划再批准，不能自行其是，否则就要上报县里。食品公司的人不得不服从。在回来的路上，我看到推土机正转移土堆，池子也停止注水了，周围的居民边围观边议论着。

这个事儿原因是深层次的，违反规章制度、违规作业是表面，其实法治意识淡薄，还有严重的官僚主义作风，认为自己是一级单位，不出院子自己就是法度，忘记了自己的一举一动关系着民生。

在家里

1999年5月15日

最近发生了两件事。

一个是，5月8日，以美国为首的北大西洋公约组织用B-2隐形轰炸机，悍然轰炸了我国驻南斯拉夫联盟共和国大使馆。炸死炸伤多人，这是野蛮侵犯我国主权、粗暴践踏国际法的行为。

我国政府有关方面已经发表严正声明，强烈抗议，愤怒谴责。指出，以美国为首的北约，必须对此承担全部责任，我国保留采取进一步措施的权利。联合国召开紧急会议，我国常驻联合国代表驳斥了美国常驻代表所谓导弹误伤的谬论。北京大学、清华大学等首都十几所高校学生集会游行，向美国驻中国大使馆提交了抗议书。上海、广州、香港的大学生和市民集会游行，向美国领事馆提交了抗议书。接着，全国各地广大群众纷纷举行座谈会、集会和抗议活动，拥护我国政府的严正声明，要求美国必须做出交待。

开通县各族群众、师生，政协、统战、新闻宣传部门，也举行了各类有序活动，愤怒声讨北约侵犯我国主权的可耻行径。今天，天安门广场、中南海新华门前、人民大会堂、外交部降半旗致哀，以这种最庄重、最高的规格向在轰炸中死难的3位中国新闻工作者致哀。

在病房

2004年10月29日

这几天无论服用云南白药，还是点滴青霉素，都止不住尿中带血。根据大夫的建议，我下决心配合做手术。手术中并没有多少疼痛，手术后有难以忍受的痛苦。仅仅四五天静脉注射了21斤氯化钠混成的药液，还有每天一斤的葡萄糖液、半斤青霉素液，而且这些液体最终都要从导尿管排出，医生说先药洗后尿洗，让我坐卧不安，时常还出现一些下肢痉挛。撤掉导尿管后，继续每天中午服保列治和罗红霉素，晚上服用津源片、博利康尼片、复方甘草片等。

虽然排尿仍然带血，毕竟少些了，大夫说只能是这种治疗办法，按时服药，可以回家继续养着了。我让庆祥算了一下治疗的费用，打出了单子。

床位费1 700元，放射费64元，手术费179.4元，其他费

84.74元，西药费3 809.73元，化验费751.9元，吸氧费818元，中药费290.46元，护理费150元，治疗费2 509.44元，检测费1 058.4元，合计11 418.07元。我很心疼这些钱，我为国家添了很多负担和麻烦。文桂兰说，你住院的时候，也给我开点降压药，就几块钱，省得我去药店跑一趟了。我说你有自己的待遇，不要在我这开，我已经很惭愧了。

回家后的一些日子尿中的血一直不净，庆祥说那是正常的，靠自然黏膜慢慢恢复一般需要几个月的时间。治疗期间停了几种治疗哮喘的药，现在哮喘也出现了反复和加重。没过几天，血量突然增加，庆祥和桂兰又把我送进了医院，打了止血针之后，留院观察，然后通过B超才能确定原因。从这天开始，上午点滴止血霉，下午点滴喘定、优普林。

主治大夫姓仲，看了我的病例，听了我前后的叙述，说止血药不宜常用，要考虑影响全身的血凝，引起别的问题。因此，停一下止血药，继续点滴治哮喘的药，观察观察。我确实发现，身体正在慢慢浮肿，赶紧跟大夫汇报，吃了氢氯噻嗪片和螺内酯片，感觉身体畅通了许多，手脚等处的浮肿逐渐消退。这次住了7天，又花了2 760.32元。两次住院期间，医院按照国家给我的级别待遇，安排了住房、床位，大夫根据病情细心治疗，使我更加惭愧了。

住院期间，我听到一则新闻，10月22日，我们国家召开了新型农村合作医疗试点工作会议。会上说，新型农村合作医疗试点工作自去年7月在全国开展以来，经过各地区、各有关部门的共同努力，总体运行比较平稳，进展比较顺利，管理和运行机制开始形成，试点地区农民就医状况有所改善，医药费用负担有所减轻，农村医疗机构服务条件有所改善，医护人员队伍建设有所加强。

对基层群众来说这是大好事。

（四）

文保生

2006年2月2日

前几天文保生从外地来看望桂兰和我。他年纪比我大，但身体硬朗得很，谈笑风生，90来岁的人了据说还能骑自行车，真是了不得。

1945年，日本侵略者投降那年，开通县的年景还算好，风调雨顺，庄稼长势也好，丰收在望。因为打仗，学校停课了，文保生回到双河村，先帮文地主种地，文桂兰那时候闹革命去了。文保生虽然是燕京大学毕业的，但是并没有那么书生气和纨绔子弟的蛮横，身体强健，人缘也好，秋末冬初的时候，打粮食还是一把好手，一二百斤的粮食扛起了就走。

他家院子里五间正房，西边两间是带炕的卧室，中间是堂屋，东边两间是仓库，粮食就往这扛。粮食越堆越高，就不断地加高围子。围子外面加个梯子，旁边的人搭把手，鼓足了劲才能上去。文保生穿着长工的短衫和宽松缅裆裤，腰带其实就是粗布条一系。不巧的是，文保生一鼓作气上去了，腰带断了，在一旁搭把手的张桂芳眼疾手快，把差点掉下来的裤子按住了。张桂芳的爹也是文地主榜青的长工。她招呼自己的爹进来，把两个人头上的汗巾系在一起，文保生提着裤子，她给紧紧扎在裤腰上。这时，又有扛活的伙计进来了，张桂芳臊得脸通红，赶紧溜了出去。晚上，张桂芳又害羞地跟母亲说起了这件事，父母说她机灵、勇敢，处理得当，避免了文公子的难堪。

第二天干活歇着的时候，领头的长工开玩笑说，咱们东家的儿子真有福气，自己的裤腰带断了，桂芳妹子还亲自给系上，要是将来能给文公子当媳妇，那可好上加好了。大家听了笑了一阵，也都没在意。几天后，张桂芳爷爷知道了这件事，也不问啥原因见面就骂，说桂芳一个大姑娘家家的，给个男人系裤腰带成何体统，这分明就是动了心了。咱们门不当户不对，再说这世道，河东河西都说不好，最好收了这份心思。张桂芳就质问爷爷，你说我动了心思，我就动了心思，我嫁给他行了吧。爷爷说，你嫁给他行，家里不能白养你18年，至少要他们家20担粮食。桂芳说，你们有数就行，人家也不差这点粮食，说白了你们就是喜欢粮食不管不顾我的死活。父母看到这个场面很为难，劝谁也不是。张桂芳的舅舅是个聪明人，读过几年书，和文保生平时能搭上话，就把这些事一五一十地跟文保生讲了，没想到文保生说，这个姑娘挺好的，关键时刻挽救了他的面子。文地主说，日本人刚投降，世道无常，今后咋个活法谁也说不准，只要不怕今后吃苦受累有什么牵连，她家同意我们就同意，绝不亏待。

文保生住在西头的两间卧室的其中一间，文地主住一间。除此，院子里还有厢房若干，猪圈、鸡圈、牛羊圈，在当时的地主里，家境很普通，但是几十担粮食是绰绰有余的。舅舅说动了张桂芳的父母，找了个上门提亲的媒婆，这事就顺理成章地成了。文保生说，结婚很简单，不摆宴席，磕头拜父母就行了。

结婚当天，张桂芳家陪嫁了一套被子、毡子、褥子。文地主给了20担粮食，还额外多给了180斤，说桂芳的远亲近邻也分分吧，一个村子的人都不容易，沾沾喜气。双方叩拜了老人，向舅舅敬了礼，就算完成了。从这天开始，桂芳的父母没再去榜青，文地主时常接济一些油、盐、衣服等，补助他们的生活。

1946年，八路军来开通县开展工作，建立了各级政府、农会和武装，实行减租减息，减轻穷苦人的负担。1947年夏天，张桂芳生了个男孩，给全家增添了喜悦。秋季实行土地改革，首先确定了文地主一家的阶级成分，没收了他们的土地和财产分给了贫雇农。张桂芳是地主儿子的媳妇，也定为富农。"土改"工作组组长是关外来的八路军干部，他了解了文地主一家情况后说，文家虽然是地主，但是有闹革命的文桂兰，文保生也敢于背叛剥削阶级，投靠到劳动人民行列中，一起劳动，早年上过大学，当过老师，没干过危害人民的事。文保生可以定为学生成分。文地主留下能维持生活的房子、地和粮食，其他都自愿分给大家。

文保生响应"保田地、保果实、保家乡"的号召，带头报名参了军，先在区小队，后来去了县支队剿匪，作战勇敢立了功，被编入第四野战军，参加过辽沈战役、淮海战役，一直打到了海南岛，寄回来好几张立功喜报。这几个喜报对于文地主来说就是救身符，对于他的阶级身份没再深究，直到入土为安。

新中国成立后，文保生又被部队送到教导队学习，提高思想政治觉悟，毕竟他是地主的儿子，经历考验，当了干部。1950年冬，他随部队抗美援朝，担任某部排长。听文保生讲，有一次，他们排接到连部转上级的命令，说前方弹药紧缺，运输力量不足，你们排3个小时内必须送20吨炮弹过去。临危受命，文保生没有一丝犹豫，带着全排战士一起押送5车弹药奔赴前线。走到半路，发现路上的一座桥竟然被炸毁了。为了让运输车平安过河，文保生趟入刺骨的河水中探路，当时下了很大的雪，河里面的雪都融化了，他穿着套鞋直接往河里走，走到深的地方，河水齐腰，冻得话都说不清楚。文保生跟运输司机反复确认轮胎高度后，判断可以过河，才把车开了过去。几经曲折，20吨弹药最终在规定的时间里顺利送达前线，这批弹药很及时，炮火覆盖了敌方阵地，为我军的反攻发挥了巨大作用，文保生也因此立下二等功。抗美援朝作战期间，村里先后收到文保生两张立功喜报。

1954年凯旋，在辽宁彰武安家。不久又去部队军校深造，毕业后当了营长。那时候，张桂芳也去了区公所工作，工作成绩突出，好几次被评为模范。文保生稳定后，她带着孩子随军去了。部队还给她安置了工作。文保生离休的时候，已经是师级干部，他和张桂芳的故事成为村里的美谈。

纵然人世间的欢喜苦乐，从不以时间段进行分割，爱情，亲情，友情，它们有时混在一起让人分不清，但感情都很珍贵，都来之不易，都值得尽我所能安顿好它们。

能不能找到一个说心事的人度过一生，这对人的幸福太重要了。能，就瞬间富有；不能，就可能一辈子贫穷。

我有桂兰，保生有桂芳。

   青樽饮月半，暮色绣河山。
   人马忽归寂，旧事浮云端。
   钨丝锁童趣，秋穗垂木辕。
   去留无踪迹，相认不相还。

第八部

从屋里到梦里

文桂兰在王大树最后一本日记的最后一页，这样写道：

你的离去，洪水般唤醒了我的许多记忆。无论是盯着看山顶上的蓝天和白云，还是起身去往灌满风的房间，都觉得身后的光景远不止几十年。

几十年真是不长啊，不过是在我们之后又多了几棵长高的树，多了几幢新房子，少了几块旧砖瓦，或是村镇改了几个名字，最多不过是我们越过的那几个山丘，有树有庄稼变得有点认不出来了。

双河村的夜风还在吧，大榆树挺拔的英姿还在吧，小道上由我们共同的脚印叠加而成的脚感还在吧，当初县城的那几间教室是不是还回荡着之乎者也，从子曰到关关雎鸠，从李白到大江东去，从六月飞雪到葬花吟，还有撑着油纸伞的爹妈接我们放学……可是，几十年后，一棵风雨中像旗帜，一棵迎风唱着凯歌，一棵挺直入苍穹，一棵夜晚化作星辰，一棵敢于站在高处，一棵善于伏在群众身边，一棵会写诗的大树，在天地万物伸开手脚恣意生长的盛夏，被席卷而去了。

即便窗外雨水滴答而至，光阴倒转，日记重写，也只能全部凝滞在一张一张画面里，活生生的过往是回不去的。

昨日山前开路，心下意难平，不去管风从哪里来，又要到哪里去，人生那么长那么宽，总要信点什么。信点什么呢？信我们有过的梦想、举过的旗帜，信亲笔画下的蓝图，信我们爱过的方向。

我深知，无论是人，还是光阴，失去了就是失去了，就像你说的人事有代谢，往来成古今。但是倘若时光允许，还能回到那棵大榆树下，我多想做一些从前想不到也没做到的事情。

也是因为你的离开，我在深夜再次翻开这些日记，想重新读一读我们的今生过往。我看到苦心创业的刘胜利坦率地说"行动是最好的证明"，看到赵大力自豪地讲"党组织让我们见困难就上，见荣誉就让，我做到了！"我看到你说"老百姓的事就是天大的事"，还有常胜兄弟两次踏入河流。

我肃穆而立，向为了这份事业呕心沥血的创业者们致敬。也希望更多的人认识他们，了解他们，肉眼不可见的东西，都有精神的来处。

然后像他们一样踏实、勤奋、逐光而行。

坚定、认真、努力，为了那个还没有实现，但正在实现的目标，为了那个还没有到来但一定会来，并正在靠近的梦想。

两个月后，文桂兰去世。

  昨夜故梦一相逢
  漫天匝地

星辰绣满布
回眸问君髀何生
奈何年华若朝露
举杯敞怀旧时幕
春雪如故
新妆掸尽尘与土
愿君此去向阳处

绿树成荫
（代后记）

小说完成后，我把素材来源——日记全部捐给了档案馆。

这些日记不仅记录了个人在特定历史时期的经历和感悟，更是对那段历史的重要见证和补充，蕴含着丰富的历史信息和情感价值，记录了亲历者的思想变化、行动经历，它们像一棵棵大树，深深扎根于岁月的土壤，经历风雨的洗礼，撒向大地的绿荫荫庇着现在的我们。

我父母都是爱看书、爱读报、爱写日记的人，他们从参加工作开始就有这样的习惯，离休后每天固定时间阅读写作，从未改变，即便后来在医院里，仍带着氧气瓶读书，从未间断。一直到去世前，在病床上坚持看报纸，哪怕已经握不住笔，仍歪歪扭扭地记着日记。

他俩这辈子搬家多次，但书一直跟着。父母去世若干年后，我们合葬了他俩，清理了他俩很多过去的杂物，有的伴着纸钱烧了，但那些书和书柜依然保持原样，至今留在老房子里。书架上的书也按他俩的老习惯摆着，每次我回去都翻一翻。

他们的读书写作习惯潜移默化地影响了我们。

军校毕业后，我告诉父亲自己主动申请去最偏远、条件最艰苦的奇乾中队，那里有 50 多名战士，在没有电、没有水的原始森林里。那段时间，白天我们一起训练和劳动，晚上我点上蜡烛看书，写写战士们的故事。我用攒了一年的工资买了一台 586 电脑，战士们用四轮拖拉机改造了一台不太稳定的发电机，就这样我们开通了电脑课，战士们受到鼓舞，看书的多了，写信的多了。我还用剩下的油漆和胶合板，写标语和宣传画，立在院子里；自己当起了木匠，钉了书桌书柜，中队有了生气，战士们有了精神头。年底考核，大家建议让战士们在宿舍别出来，平时劳动多，多数衣衫不整，而且很多战士一年没见过陌生人，怕对首长不礼貌。我说，恰恰相反，咱们应该让战士们该干嘛就干嘛，团结紧张，严肃活泼，展示真实的精气神。考核完，我们还和考核组打了一场篮球赛，毫不客气地赢了他们。那年，这个总队的落后中队被评为先进中队。

没多久，我被支队机关调走了，我在城市里坐不住，常常想起我的战友，而他们也雪片般地给我写信，但是我离他们越来越远了，上海、北京、呼和浩特，最后摘下闪光的军衔退出现役。前些年，我叨叨这些事的时候，报社的朋友说再写写吧，我整整写了一版的《寻找奇乾》。后来听说这个中队搬家了，新址距离原来的地方不远，上级重视这个中队，给安装了电话、发电机、浴室、卫星电视，当然少不了图书室。

我也搬了几次家，跨越几千里，但书始终跟着我东奔西走，而且越来越多，逐渐占据了家里最重要的位置。现在家里所有书柜都不安装门,为的是让孩子随手翻阅。

我突然感到:或许阅读不一定给我们丰满的文笔,但会给你一个充实的情感和日子;或许阅读不能解答你所有的疑惑,但可以让流言蜚语变得安静;或许阅读不一定给你一双明眸善睐的眼睛,但一定会回你一个洞察世界的心灵。有意思的是,那些热爱书的人,似乎一辈子都在寻找一本最喜欢的书,可是他们一辈子也找不到,所以一本一本摞起来,就有了书柜。

我把父亲的日记放在书柜最重要的位置,写小说那些日子不知翻看了多少遍。其中有一段记载,我出生那天,又拉又吐,手蹬脚刨,母亲没有奶水。邻居宝音送来黄油和豆角,借给父母10块钱。孙洪祥爱人白天黑夜来喂奶,宁可自己孩子少吃。李淑芳让自己有经验的母亲来陪护。乌云送来一个摇篮。长明母亲送来一些茄子。生产队保管员老梁、知青刘聪借来一些小米。大夫包金山上门配药。两天后,我缓过气,活了下来,是汉族和蒙古族群众共同给了我生命的延续。无论岁月长短,我都合十而拜。

我们谁也离不开谁,所以,这个世界上所有的学问也是盘根错节的一家人,在公式里,在诗句里,在音符里,在书画里,在小说里,甚至在化学反应里、物理的能量里,我们都能找到自己生命的来龙去脉和宇宙的真知。你走得再远,还能远得过星星嘛。

如上所述,也许更重要的东西,是眼睛看不见的,谁也无法预料领悟会在何时出现,什么时候会出现预料之外的因素继续开拓我们的眼界。感谢您读完此书,这些记录着无数风雨与美好向往的日记，最终合上了最后一页。

  站在老树荫下
  一对儿老人眼里痴痴的光
  他们说睡不着觉
  一边回首来时的路
  一边展望着明天的光景
  ……

作　者
2024 年 9 月